길치모녀
도쿄헤매記

길치모녀 도쿄헤매 記

권남희 에세이

번역가 엄마와 여고생 딸의 투닥투닥 도쿄 여행기

사월의책

길치모녀
도쿄헤매記

1판 1쇄 발행 2012년 12월 5일

지은이 권남희
펴낸이 안희곤
펴낸곳 사월의책

편집 박동수 | 디자인 한승연
마케팅 현명하

등록번호 2009년 8월 20일 제396-2009-126호
주소 경기도 고양시 일산동구 무궁화로 7-45 451호
전화 031)912-9491 | 팩스 031)913-9491
이메일 aprilbooks@aprilbooks.net
홈페이지 www.aprilbooks.net
블로그 blog.naver.com/aprilbooks

ISBN 978-89-97186-29-7 03810

* 책값은 뒤표지에 있습니다.
* 이 도서의 국립중앙도서관 출판시도서목록(CIP)은 e-CIP홈페이지(http://www.nl.go.kr/ecip)와
국가자료공동목록시스템(http://www.nl.go.kr/kolisnet)에서 이용하실 수 있습니다.
(CIP제어번호: CIP2012005366)

책머리에

지나놓고 보면,
어떤 여행이든 아름답다

> 오늘날은 여행을 한다는 것, 그리고 그 여행에 대해서 글을 쓰고, 나아가 여행에 관한 한 권의 책을 쓴다는 것은 참 여러 가지로 어려운 일이다. 정말 어렵다. 그도 그럴 것이 최근에는 해외여행이란 것이 그다지 특별한 일은 아니기 때문이다.
>
> 무라카미 하루키의 『하루키의 여행법』에서

하루키가 저 얘길 쓴 것은 1990년대. 20년 전에도 특별하지 않은 해외여행이었으니 요즘이야 오죽하겠는가. 게다가 도쿄다. '그다지 특별하지 않은' 정도가 아니라 여행 가기 제일 만만한 도시라 해도 과언이 아닌 곳. 서점의 여행서 코너에는 도쿄 관련 책들이 비좁게 꽂혀 있고, 그 책들에는 도쿄의 멋진 명소나 유명 음식점의 맛있는 음식 사진이 달력 사진처럼 우아하게 실려 있다. 그뿐 아니라, 케이크는 어느 카페가 맛있고 무슨 요리는 어느 식당이 맛있으며 어딜 가면 어떤 볼거리가 있다는 소개는 물론, A 미술관은 어떻게 가고 B 놀이공원은 어느 역 몇 번 출구라는 길 안내와 까막눈도 찾아갈 수 있도록 상세한 약도까지 곁들여져 있다. 옵션으로 입장료가 얼마이며 문을 열고 닫는 시간은 언제인지까지 친절하게. 이른바 가이드북들이다.

미리 말씀드리지만 이 책은 가이드북이 아니다. 도쿄에 가시는 분들에게 어떤 길 안내도 해드리지 못한다(감히 길치 주제에 무슨…). 이 책을 믿고 갔다가는 나처럼 도쿄에서 길을 헤맬지도 모른다. 혹시라도 도쿄 길 찾기에 참고할 가이드북을 찾으신다면『도쿄 100배 즐기기』같은 전문 가이드북을 골라주세요. 그럼 이 책이 가이드북이 아니면, 이병률 시인의『바람이 분다 당신이 좋다』처럼 수려한 문장으로 가슴을 적시는 그런 고급스러운 여행 에세이인가 하면 그건 더욱 아니다. 아, 물론 나도 각 잡고 쓰면 그렇게 쓸 수 있을지 모른다. 그러나 콘셉트가 다르기 때문에 그렇게 쓰지 않았다(고 말도 안 되는 핑계를 댄다). 또한 달력 같은 도쿄 사진을 보고 싶다면 역시 고화질 화보의 다른 책을 고르셔야…. 보시다시피 발로 찍었는지 손으로 찍었는지 알 수 없는 사진들뿐이다. 인증샷 정도로 참고해주시길.

그래도 명색이 일본문학 번역가이니 뭔가 남들과는 다른 시선의 도쿄 여행이었겠지, 번역가가 본 도쿄는 또 다른 곳일 거야, 보통 사람들이 미처 발견하지 못한 여행의 재미 같은 게 있지 않을까?

분명 21년차 번역가답게 품위 있고 수준 높은 에세이겠지, 이런 기대를 하실지도 모르겠다. 그런 것 전혀 없다. 번역가고 뭐고 그냥 도쿄에 처음 간 이웃집 아줌마와 별 다를 바 없다. 내게는 모든 길이 열 번을 가도 처음 간 길처럼 느껴지는 희한한 능력이 있어서, 익숙한 도쿄지만 여전히 익숙하게 헤매고 다녔다. 직업과 하등 관계없는 여행이었음을 새삼 강조한다. 이번 여행에서 어떤 곳을 헤매 다녔나 하면 주로 도쿄에 처음 가는 사람들이 즐겨 가는 장소 위주였다. 다이칸야마, 지유가오카, 시부야, 하라주쿠, 기치조지, 미타카, 신오쿠보, 도쿄 돔, 우에노, 요코하마 등등. 한 가지 색다른 거라면 같이 간 딸을 위해 명문대학교(도쿄대, 와세다대, 게이오대)를 한 바퀴 돌고 왔다. 그러나 그 학교들에 대해서도 특별한 정보가 있는 게 아니니 혹시 유학 정보를 원하시는 분들 이 부분에 혹하지 마시길.

애초에 이 여행의 콘셉트는 이러했다. 내가 번역한 책 역자 후기 마지막에 항상 이름을 언급하는 딸 정하. 네다섯 살 때부터 이름을 넣었는데 어느새 고등학생이 되었다. 올해 역자 후기에 넣는 멘트는 "열여덟 정하에게 사랑을 보내며". 그렇다. 아이가 어릴 때는 오글거리는 얘기를 많이 썼지만, 청소년이 된 뒤로는 앞의 나이만 바뀌고 있다. 이 사랑을 보내고 싶은 딸이 입학식 다음 날부터 '야자'를 하는 고등학교에 다녀서 평일에는 대화할 시간이 거의 없고, 주말에는 학원이나 과외를 가야 하니 함께 있을 시간이 많지 않다. 맨날 같이 수다 떨다 얼굴 볼 시간이 대폭 줄어서 어찌나 외로운지. 그래서 생각 끝에 촌스럽긴 하지만, 고등학교 시절의 추억 만들기 삼아 '일주일간의 도쿄 여행'이란 걸 기획하게 됐다.

그러나! 외로운 건 내 사정이었을 뿐, 정하는 아주 즐겁게 학교를 다니고 있다는 사실을 간과한 게 함정이었다. 설마 대한민국 고등학생이 여행보다 학교 생활을 더 좋아할 줄이야. 여행 이틀째 만에 "차라리 야자나 할걸"이란 소리가 나왔으니 경악할 일이지 않은가(아, 어쩌면 '학교 생활보다 더 재미없는 여행'이어서일 수도 있겠구나).

하지만 지나놓고 보면 재미있게 다닌 여행도 투닥거리며 다닌 여행도 모두 아름다운 기억, 즐거운 추억이 된다는 것을 이번에 확실히 깨달았다. 이 책을 쓰면서 일주일 동안의 여행을 떠올리니 새삼스럽게 짜증이 나기도 하고 후회가 되기도 했지만, 연신 키득키득 웃음이 났다. 신기하게도 그렇게 원수같이 투닥투닥거리며 다녔던 여행의 기억들이 '무척 행복'하게 느껴진다. 다시는 같이 여행 가지 말자고 서로 치를 떨며 맹세해놓고, 언제 그랬느냐는 듯 정하는 또 옆에 실실 다가와서 "엄마, 여행 가자. 고등학교 시절 마지막 여행" 하고 조른다. 이런 쿨한 관계회복은 역시 혈연이어서 가능한 일이려나.

나 또한 지금은 길치모녀의 여행 시리즈를 쓰면 어떨까 하는 망상을 하고 있으니, 망각이란 정말 사람 잡는 기능인 것 같다.

각설하고, 이 책은 도쿄에 한 번도 가본 적 없는 길치님들을 위해 썼다. 부디 여행을 떠나는 길치들에게 좋은 반면교사가 되었으면 좋겠다. 곳곳에서의 해프닝을 읽으며 절대 저 아줌마처럼 치매에 가까운 길치 말기는 되지 말아야지, 다짐을 하게 되리라 믿는다. 나 같은 길치는 하늘이 내려준 길치여서, 보통 사람이 나처럼 헤매는 건 쉽지 않은 일이다. 겁먹지 말고 길을 떠나시기를. 그리고 청소년 자녀와 여행을 떠날 계획이 있는 부모님들께는 그들의 심리를 읽는 데 참고가 되었으면 좋겠다. "청소년 자식과는 여행을 가면 안 되겠구나" 하는 깨우침을 얻는다면 더욱 좋을지도. 그 시기에 여행을 가면 부모 자식 간에 원한만 깊어질지도 모른다. 돌아온 뒤에 바로 풀릴 원한이긴 하지만.

자주 갔던 도쿄였으나, 여행을 목적으로 간 적은 거의 없어서 명함 내밀기 무색할 정도로 현란한 삽질을 한 일주일의 기록이다. 그냥 동네 푼수 아줌마의 수다 정도로 읽어주셨으면.

열여덟 정하에게 사랑을 보내며

권남희

차례

책머리에 지나놓고 보면, 어떤 여행이든 아름답다

심란한 여행의 시작 · 서울에서 13

여행을 떠나다 · 서울에서 도쿄로 23

일정표 없이 카페 순례 · 다이칸야마와 지유가오카 37

학교에 가자 · 와세다대, 도쿄대, 게이오대 57

도쿄의 팽이 심지 · 도쿄타워와 롯폰기 힐스 97

가난한 날의 행복 · 기치조지와 미타카 111

사진 한 장 찍어줄까요 · 하라주쿠와 메이지신궁 143

날씨도 표정도 우중충 · 시부야 165

혼자 길을 나서다 · 신오쿠보 177

일요일의 책방 · 간다 고서점 거리 189

모녀의 두근두근 공원 산책 · 우에노 201

빨강 파랑 노랑 · 도쿄 돔 시티 어트랙션 217

여긴, 도쿄 필수 코스 · 도쿄도청 231

요코하마 괴담 · 요코하마 245

맛있긴 맛있는 스테이크 하우스 · 신바시 267

노숙자와 빌딩숲 · 신주쿠 277

어른들의 거리 · 긴자 293

우리 또 여행 가면 좋겠다 · 도쿄에서 서울로 307

이 집에서 점심 먹기 · 음식 이야기 319

호텔과는 밀당을 할 수 없다 · 숙소 정하기 333

여행가방에 무엇을 넣나 · 가방 이야기 339

심란한 여행의 시작

서울에서

"일주일 동안 정하랑 도쿄 여행을 다녀와서 여행 에세이를 쓰기로 했어."

"나랑? 우리 둘이? 와, 신난다!"

글쎄다. 과연 신날까. 저 시도 때도 없이 우울해졌다가 밝아졌다가 하는 조울증 청소년을 데리고 여행을 하는 것이. 서울에서야 일단 학교라도 보내놓으면 변화무쌍한 감정의 변화를 안 보고 지내도 되지만, 여행을 가면 좋으나 싫으나 24시간 붙어 있어야 한다. 우리가 남들 눈에는 정말 사이좋은 모녀로 보일지 모르지만, 사춘기 청소년과 (머잖아) 갱년기(가 될) 엄마 사이가 좋아야 얼마나 좋겠는가. 나도 지나온 사춘기이니 그 마음 이해하고도 남는다. 사춘기 때는 부모님이 왜 그렇게 마음에 안 들고 만사가 불만스럽던지. 특히 우리 부모님은 지극히 말초적이고 지극히 단순한 대화밖에 나눌 수 없는 무지한 촌사람들이어서, 모든 대화의 테마는 의식주 한정이었다.

그런 한이 맺힌 터라 딸에게는 정말 열린 엄마, 쏘쿨한 엄마, 친구 같은 엄마가 되고 싶었다. 그러나… 이것은 불교 믿는 신부님, 절에 다니는 목사님, 오로지 국민을 위해 일하는 국회의원, 이런 것처럼 애초에 가능하지 않은 일이었다. 세상은 넓으니 어딘가 그런 사람들도 서식하기는 하겠지만, 평범한 인간성을 가지고 평범한 상식을 가진 평범한 엄마로서 그런 도를 닦는 일은 무리였다. 일단 딸이 외출해서 밤 9시까지 돌아오지 않으면 휴대전화로 잔소리 문자를 퍼붓는다. 열려 있고 쏘쿨하고 화통하고 친구 같은 엄마라면 '친구들끼리 모여서 좀 늦을 수도 있지' 하는 게 정답일 텐데, 한창 가슴 봉긋하고 허리 잘록하고 엉덩이 오동통한 딸이 밤길에 오다가 무슨 일을 당하면 어떡하지? 하는 상상을 하는 순간, 쏘쿨이고 나발이고 그런 꿈의 단어는 순식간에 깨갱거리며 머릿속에서 퇴출되고 만다. 딸과 거리가 이만큼 벌어지는 순간이다. 최소한 일주일의 냉전을 각오해야 한다.

아, 시작부터 너무 부정적인 모녀의 모습을 묘사했나. 아무튼 어찌 보면 일방적인 구애 관계인 이 청소년 딸과 일주일 동안 도쿄 여행을 한다는 미션이 마냥 즐겁지만은 않았다. 그러나 즐거워야 한다. 즐겁게 다녀와야 한다. 그러기 위해 나는 정하에게 숙제를 내주었다.

"인터넷을 검색해서 도쿄에서 네가 가고 싶은 곳을 찾아 한번 메모해봐."

"응!"

다른 집 아이들도 그런지 모르겠는데, 우리 집 청소년의 특징은 대답을 잘한다. 아니, 대답은 잘한다. 좀처럼 실행은 안 한다. 당연히 야단친다. "너는 대답만 하고 뭐 하나 하는 게 없냐?" 그러면 이렇게 대답한다. "대답이라도 잘 해야지, 대답도 안 하는 게 좋아?"

첫 번째 내준 숙제, 가고 싶은 곳 메모하기. 하지 않았다. 하긴 남들과 달리 도쿄를 자주 다녀서, 특별히 가고 싶은 데가 없을 수도 있다. 이번엔 도쿄가 무대인 소설을 찾아서 읽으라고 두 번째 숙제를 내주었다. "응!" 이번에도 발랄하게 대답했다. 결과는 여러분이 상상한 그대로다. 청소년들은 절대 우리의 기대를 저버리지 않는다. 책 읽어라, 응, 책 좀 읽어라, 응, 책 읽을 거지? 응. 그러다 세월은 흘러 시험기간이 되고 말았다. 시험기간에 책을 읽으라고 할 수는 없는 노릇이다.

"됐다, 됐어. 우리가 언제 책 읽고 여행 갔냐. 그냥 편하게 가서 즐기다 오자."

"응!!"

아…, 애초에 청소년과 여행을 가려고 마음먹은 게 잘못이었나.

딸은 갑, 엄마는 을

내가 생각했던 여행의 시작은 딸하고 둘이 사이좋게 머리 맞대고 설레는 마음으로 여행 계획을 짜는 것부터였다. 그러나 아침 7시에 학교 가면 밤 11시 넘어서 오는 고딩, 주말이면 과외와 학원으로 바쁜 고딩, 짬나는 시간에는 카톡질 하는 게 유일한 낙인 고딩과 그런 계획을 짠다는 것은 판타지였다. 여행을 준비하며 고딩이 한 일이라곤 일본 여행 간다고 동네방네 나불나불 자랑하는 것뿐, 여행 준비에는 일고의 도움도 주지 않았다. 나름 공동 작업이라면 공동 작업인데 전혀 협조하지 않는 고딩 때문에 한번은 버럭 짜증을 냈다.

"차라리 혼자 갈 걸 괜히 너하고 같이 간다 그랬어!"

그러자,

"어머니, 죄송합니다. 지금부터라도 열심히 협조할게요. 제발 데려가 주세요."

이런 반응을 계산했으나, 대뜸 나오는 소리는 "아, 그럼 혼자 가든가."

어째서 모녀 관계는 딸이 갑인가요. 흑흑. 바쁜 학업 일정 중에 시간 내서 따라가 주시는 것만도 감지덕지해야 할 판이었다. 이리하여 이번 여행 일정은 '을'이 임의로 짜게 됐다는 슬픈 이야기.

일단 여행을 떠나는 날짜 정하기가 중요했다. 이것은 늘 마감에 쫓기는 내 스케줄이 아니라 정하 스케줄에 맞춰야 했다. 기본적으로 6박 7일까지는 체험학습이 되지만, 거기서 초과하면 결석이 된다. 그래서 6박 7일이라는 기간을 최대한 활용하느라, 중간고사 끝나는 다음 날 출발해서 주중에 오자마자 바로 다음 날 등교하는 (무모한) 일정이 되었다. 담임선생님과 의논하여 가장 학업에 지장이 적은 시기를 택한 것이다. 아무래도 학기 중에 여행을 할 때는 담임선생님의 이해와 협조가 필요하다. 다행히 이런 일정들을 의논하며 담임선생님이 좋은 기회라고 부추겨 주셨는지, 엄마하고 실랑이를 하느라 가기도 전에 지친 정하는 새롭게 기대와 흥미를 갖기 시작했다.

사실, 친구들은 촌음을 아껴가면서 피 튀기게 공부하는데 한가로이 여행이라니. 우리나라 고딩이 학기 중에 일주일씩 여행을 한다는 것은 정말 간이 배 밖에 나온 일이긴 하다. 실제로 공항에서도 도쿄에서도 평일에 돌아다니는 학생은 우리 고딩밖에 안 보이더라. 초등학생 같으면 산교육, 현장교육이 중요하다 하겠지만, 이제 머리 다 굵은 청소년에게도 산교육이 중요한지 그건 잘 모르겠다. 그저 청소년 시절 엄마와 떠나는 마지막 여행이 될지도 모를 이번 여행이 아름다운 추억이 되길 바라는 마음뿐이었다.

그렇게 출발 날짜는 정했지만, 시간적으로 여유가 있어서 호텔과 항공권 예약을 차일피일 미루던 중에 뜻밖의 복병이 생겨났다. 환율 급등! 얼른 여행사 사이트에 들어가보니 여행 계획을 짜던 초기에 조사할 때보다 3, 40만 원이 더 오른 가격이 올라왔다. 어느

진작 그럴것이지…
아잉~어머니
그러지 마시고…
제가 잘할게여!!
갑
그럼, 혼자가시던가…
아냐…
일정은
내가 하지
뭐!
을

평론가의 표현처럼 휴머니즘보다 진한 귀차니즘 때문에 3, 40만 원 더 쓰게 된 것이다. 환율이 떨어질까 지켜보았으나, 점점 더 오르기만 해서 일단 그 시점에서 항공권과 호텔을 예약하기로 했다.

여행사에 예약을 할 때, 비행기는 어느 항공사든 상관없으니 가장 저가 항공으로 하고 숙소는 신주쿠의 W호텔로 해달라고 지정했다. 숙소를 W호텔로 한 것은 공항에서 호텔 앞까지 리무진 버스가 다니기 때문이다. 몇 군데 호텔이 있지만, 이곳이 가장 저렴하다. 무거운 가방 들고 전철역 계단을 오르내리지 않아도 된다는 것은 연약한 모녀에게 구세주 같은 일이다. 그리고 호텔에서 신주쿠역까지 셔틀버스가 다닌다는 것도 무시할 수 없는 편리함이다. 짐이 없을 때는 역까지 가볍게 걸어도 부담 없는 거리이기도 하다.

비행기와 호텔 예약을 마치고 나니 그제야 여행을 간다는 실감이 났다. 나는 여행 보름 전부터 모든 번역 작업을 중단하고, 오로지 여행 준비에만 열을 올렸다. 여러 권의 일본 여행 관련 책자들을 샅샅이 읽고 또 읽었다. 학창시절에 이런 열정으로 공부를 했더라면 사법고시도 패스했을 것 같다. 누군가 그 꼴을 봤으면 아마도 40여 년을 산골에서 살다 하산하여, 생전 처음 비행기를 타러 가는 아줌마인 줄 알았을지도 모른다. 마치 어느 중간고사 보던 날 "엄마, 그렇게 열심히 공부했는데 수학 시험지를 받는 순간 갑자기 머릿속이 하얘졌어" 하고 엉엉 울며 왔던 정하처럼, 수없이 갔었고 몇 년 살기도 했던 도쿄인데 순수하게 여행을 목적으로 가려고 하니 갑자기 머리가 하얘지고 막막해졌다. 게다가 여행을 하고 와서 사람들에게 그 얘기를 들려주어야 한다는 부담감은 여행 준비를 하는 설렘을 상쇄시켰다.

가이드북을 읽으며 그렇게 '고뇌와 번민에 찬 등신불' 같은 표정을 짓는 사람은 아마도 나밖에 없었을 거다. 가볍게 읽어 넘길 여행 에세이를 신림동 고시촌 사람들처럼 비장하게 읽는 아줌마도 나밖에 없었을 거다. 머리로는 '이러면 안 돼, 즐겨야 해. 즐거운 여행을 다녀와야 즐거운 글을 쓸 수 있어' 하고 생각하지만, 마음이 무거운 건 어쩔 수 없었다.

여행 일정표는 정말 수없이 바뀌었다. 되도록 많은 곳을 다녀올 욕심으로 무리하게 짜서 실패, 전철 노선을 생각하지 않고 동서남북 왔다 갔다 하게 짜서 실패, 너무 통일성이 없어서 실패. 그래서 생각한 것이 하루는 카페 순례하는 날, 하루는 쇼핑하는 날, 하루는 대학 순례하는 날, 하루는 추억 순례하는 날… 이런 식으로 그날그날 주제를 정하기로 했다. 주제를 정한다고 지킬 수 있을 것 같진 않지만, 최대한 그 테마에 맞는 행선지를 뽑았다. 그리고 그 행선지들로 전철 노선도를 펼쳐놓고 최소한의 동선으로 다닐 수 있게 일정표를 짰다. 얼마나 노선도를 많이 들여다보았는지, 일정표를 짜고 나니 극심한 노화현상을 맞이하고 있는 아줌마의 뇌가 JR 노선도를 거의 다 외울 것 같더라니까요.

그런데 일정표를 짜긴 했지만, 과연 그대로 다닐 수 있을지는 의문이었다. 최대한 느슨하게 짠다고 짰으나, 하루에 적어도 세 곳 이상을 가야 한다. 운동이라고는 숨쉬기 운동도 버거워하고, 은둔형 외톨이 기질이 다분하여 집 안에서만 거주하던 아줌마가 일주일 내내 돌아다닐 체력이 될까? 이론상으로는 절대 불가능해 보인다. 그러나 세상에는 가끔 드라마 같은 일도 일어나지. 그래서 세상은 아름답지. 막상 닥치면 갑자기 의지의 한국인으로 둔갑할지도 모르잖아? 근거 없는 자신에 대한 믿음과 기대와 불안 속에 세월은 흘러 드디어 여행을 떠날 날이 다가왔다.

여행을 떠나다

서울에서 도쿄로

출발은 아침 8시 40분 비행기였다. 요금이 저렴한 비행기가 대부분 그렇듯이 출발은 이른 아침이고 도착은 늦은 밤이다. 집에서 일하는 프리랜서인 나는 괜찮지만, 등교를 해야 하는 정하에게는 최악의 시간표다. 일주일 내내 다리품 팔다 밤 12시 가까이 돌아와서, 다음 날 6시에 일어나 학교에 가야 한다. 정하한테 걱정스럽게 비행기 시간 얘기를 했더니, 스크루지 영감과 맞짱 떠도 밀리지 않을 이 청소년, 비행기 표 값만 싸다면 그까짓 고생쯤 아무것도 아니라고 코웃음 쳤다. 미안한 마음으로 말을 꺼냈는데 그렇게 생각해주니 어찌나 고맙던지. 경제관념도 생기고 이제 다 키웠구나, 하는 생각에 흐뭇하기까지 했다. (아아, 그러나 이것이 이 여행의 어두운 서막이었던 것을 그때는 몰랐다. 이 구두쇠 청소년이 돈 쓰는 일 만사에 일일이 태클을 걸며 여행에 초를 칠 줄이야.)

평일 아침의 공항에는 유치원생 모습조차 보이지 않았다. 남들 다 학교 갈 때 여행 가는 청소년의 기분은 어떨까? 슬며시 정하의 표정을 보니 아무 생각이 없어 보인다. 흠, 좋게 표현하면 시크하지만, 여행에 대한 설렘이라곤 전혀 보이지 않는 무표정한 얼굴이다. 떠나기 전부터 살짝 기분이 언짢긴 했으나, 괜히 언급하면 분위기만 더 안 좋아질 것 같아서 그냥 모르는 척했다. 그러나 출국 수속을 하는 동안 무언과 무표정이 계속되니 화가 나서 저 밑에 있던 잔소리가 스멀스멀 혀끝까지 기어올라 왔다. 이제 뭐라도 하나 걸리면 잔소리는 자동발사 될 것이다. 그래도 애써 참으며 한마디 했다.

"여행 가는데 안 좋냐?"

"좋아."

'좋아'라는 말에 어쩌면 그렇게 감정을 담지 않고 말할 수 있는지 참 훌륭한 개인기구나.

드디어 출국 수속을 마치고 면세점으로 나왔다. 일찍 나온 덕분에 시간은 철철 남아돌았으나, 높은 환율 때문에 쇼핑은 엄두도 낼 수 없었다. 유일하게 산 물건은 국내 저가 화장품 회사에서 나오는 5매에 9,000원 하는 마스크시트. 하루 일과를 마치고 사이좋게 씻고 누워서, 마스크시트 얼굴에 붙이고 도란도란 그날 다녀온 곳에 대해 얘기 나누는 모습을 상상하며 샀으나… 그것은 해리포터를 능가하는 판타지. 새나라의 청소년은 머리만 붙이면 잠들기 바빴다. 결국 아줌마 혼자 반짝거리는 피부로 돌아왔습니다요.

평일 아침 시간이란 게 믿기지 않을 정도로 비행기는 만석이어서 우리는 4인석 중간에 끼어 앉아야 했다. 에고에고. 항공사 카운터 직원도 딱했는지 인터넷으로 좌석을 찜할 수 있으니 다음부턴 미리 예약해서 둘이 오붓하게 앉으시라고 조언을 해준다. 자주 타지도 않는 비행기, 그 조언을 언제 써먹어보려나.

아시다시피 비행기 입구에는 다양한 조간신문들이 구비되어 있다. 그걸 보는 순간 반사적으로 떠오른 생각. '그래! 청소년에게 신문 사설을 읽히자!'

고등학생에게 신문 사설 읽기는 정말 중요한 공부다. 집에선 신문을 받아보지 않아 사설 읽힐 일이 좀처럼 없었는데 마침 좋은 기회였다(인터넷으로 보면 되잖아! 하시겠지만요). 신문을 종류대로 들고 가는 건 좀 눈치 보이고 해서, 친여 신문 1부와 친야 신문 1부를 집어 들었다. 학기 중에 여행을 가는 상황에서도 아이의 공부를 신경 쓰다니, 나도 어쩔 수 없는 대한민국 고딩 엄마다. 다행히 모범생(응? 누가?) 정하도 좋아라 하며 신문을 받아들었다.

안전벨트도 매고 만반의 출발 준비를 마친 다음 우리는 우아하게 신문을 펴서 읽었다. 그리고 친여 신문과 친야 신문의 너무 다른 시각에 대해 대화를 나누었다. 나도 참 오랜만에 보는 신문이었지만, 갈수록 각각의 색깔이 빨강, 파랑이 아니라, '시뻘겋게, 시퍼렇게' 되어가는 것 같아서 읽는 마음이 불편했는데 정하도 그런 걸

느꼈던 모양이다. 공항에서부터 시종 심드렁하게 있던 아이가 편향된 기사에 대해 열을 올렸다. 집에서 출발한 뒤 처음으로 우리는 동지의식을 느꼈다. 이런저런 정치, 문화 얘기들로 지적이고 교양 있는 학부모 코스프레를 하며 의식 있는 시민으로서 서로 대화를 나누는 사이, 비행기 여행의 가장 큰 즐거움인 기내식이 나왔다(그러나 맛은 없었다). 대충 먹고 잠시 눈을 붙였다 일어나니 어느새 비행기는 하네다 공항에 착륙! 그러나 "우와, 드디어 도착했다!" 하고 신난 우리 모녀를 기다리는 것은….

뜻대로 하세요

살다보니 내가 겪은 나쁜 경험들, 내가 만난 나쁜 사람들은 사실 알고 보면 참 좋은 경험이고 참 좋은 사람들이었구나 싶은 생각이 든다. 나쁜 경험을 해보지 못했더라면 세상이 하염없이 만만하고 아름다운 줄 알고 방심하다 큰코다쳤을 테고, 나쁜 사람을 만나보지 못했더라면 세상 사람들이 다 내 맘 같은 줄 알고 믿다가 뒨통뒤통수 맞았을 것이다. 셰익스피어의 희극『뜻대로 하세요』에 "배신한 자에게는 배울 게 많지"라는 대사가 나온다. 같은 맥락이라고 생각한다. 전화위복, 새옹지마라는 말도 넓게 보면 같은 맥락…이라고 갖다 붙이면 너무 어이없어 하시려나요?

아, 지금부터 하네다 공항에서 삽질한 얘기 한 토막을 꺼내려 하면서 셰익스피어까지 들먹이고 있다. 시작은 창대하나 끝은 미미할 이 이야기의 뒷수습은 어찌해야 할 것인가.

하네다 공항에서 출발해본 적은 있지만, 도착은 처음이었다. 그래서 헤매지 않도록 사전 조사를 철저히 해왔다. 서울에서도 외출할 때마다 목적지까지 실수하지 않고 순탄하게 가는 법이 없는 길치인지라, 사전 조사 하나는 꼼꼼하게 한다. 그러고도 매번 삽질하는 것은 무슨 재주인지 스스로도 감탄스럽지만.

자, 각설하고 무사히 도착한 하네다 공항. 드디어 모녀의 가슴에는 여행의 설렘이 살랑거렸다. 청소년의 얼굴은 김포공항에서의 뚱하던 표정 대신 여행에 대한 기대로 뽀송뽀송해졌다. 얼른 호텔에 가서 짐을 맡기고 즐거운 여행을 시작해야지! 사전 조사에 따르면 리무진 버스는 셔틀버스를 타고 1청사로 가서 승차한다고 했다. 그래서 셔틀버스 타는 곳을 물으려고 안내 데스크로 갔다.

"리무진 버스 타는 곳에 가려고 하는데요. 셔틀버스는 어디에서 타죠?"

물었더니 바로 옆을 가리킨다. 오잉, 바로 옆 데스크가 리무진 버스 매표소다. 셔틀버스를 타지 않고도 우리가 내린 곳에서 바로 리무진 버스를 탈 수 있었다. 아니, 도쿄 여행책자를 몇 번이나 보고, 인터넷을 몇 번이나 검색했는데 이렇게 완전 잘못된 정보가 있다니! …혹시 우리가 내린 청사가 1청사였나? 음, 그런 것은 중요하지 않다. 우리는 번거롭게 셔틀버스를 타고 이동하지 않아도 된다는 사실에 신났다. 룰루랄라 차표를 구입한 뒤, 숙소인 W호텔까지 직행하는 리무진 버스 타는 곳에 가서 검표원에게 정하가 들고 있던 차표를 보여주고 줄을 섰다. 방금 앞차가 떠난 뒤라 줄을 선 사람은 우리밖에 없었다. 20분 정도 기다려야 해서 번갈아가며 화장실도 다녀왔다.

그리고 버스가 오기 몇 분 전. 우리 뒤로 선 줄도 길어졌다. 슬슬 탈 준비를 하려고 차표를 꺼내려는데, 허걱! 차표가 없다! 아무리 기억을 더듬어보아도 정하가 들고 있던 차표를 본 게 마지막이다. 그런데 정하는 내게 줬다고 한다. 가방을 샅샅이 뒤졌지만 표는 안 나오고, 혹시나 하고 화장실에 가봐도 없고, 버스 시간은 다 돼가고…. 귀신 곡할 노릇이란 말은 이럴 때 쓰는구나 싶었다. 대체 표는 어디로 사라졌을까?

검표원에게 "아까 너 우리가 차표 들고 있는 거 봤지? 그거 잃어버린 것 같은데 어떻게 해야 돼?" 물었다. 그랬더니 "다시 사야지. 그렇지만 나중에 잃어버린 표 찾아오면 환불해줄 거야"라고 했다. 그지? 다시 사야 되지? 그럼 사와야 되겠네…라고 개콘 놀이 할 때는 아니고, 시간이 몇 분 남지 않았으니 죽도록 뛰어 차표를 사러 가야 했다. 그 버스를 놓치면 한 시간을 기다려야 다음 차가 온다. 우리에겐 타임 이즈 머니.

차표가 없어진 걸 알고 거의 사색이 된 정하에게 "엄마가 표 다시 끊어올게. 기다려"라고 했더니, 금방이라도 울음을 터트릴 것 같은 얼굴로 눈물까지 글썽거리며 "절대 안 돼. 차라리 걸어가는 한이 있어도. 그걸 어떻게 또 사. 아깝게" 하고 말도 안 되는 억지를 부렸다.

하네다 공항에서 호텔까지의 리무진 버스비는 1인당 1,200엔. 아깝긴 하지만 잃어버린 것은 빨리 잊어버리는 게 상책이다. 그런데 스크루지 고딩은 그 엄하게 써야 하는 돈이 살을 도려내는 듯한가 보다. 2,400엔 때문에 남의 나라에서 창피하게 통곡할 기세다. 기분 좋게 공항에 도착하자마자 이렇게 먹구름이 드리워지다니. 과연 이 사건은 이번 여행의 액땜이 될지, 복선이 될지 기대하시라, 두둥.

리무진 버스표를 판매하는 카운터에 가서 좀 전에 산 차표를 분실했다고 했더니, 시간도 몇 분 안 남았는데 아주 느긋한 동작으로 다시 찾았을 때 어떻게 하라는 행동요령이 적힌 인쇄물과 함께 새 차표를 주었다. 물론 돈을 내고 새로 산 것이다. 분실한 차표를 찾으면 일단 전화로 찾았다고 신고를 하고, 새 차표 영수증과 같이 가져오면 환불을 해준다고 했다. 불행 중 다행이긴 한데, 도대체 차표는 어디로 사라져버린 걸까? 나는 돈이 아까운 건 둘째 치고, 감쪽같이 사라진 차표의 행방이 궁금해서 미칠 것 같았다. '차표야,

バス
BUSTICKETS
버스승차권
다…
다이죠부데스까?
크흑!
도착하자마자
조짐이
안 좋아…

돌아오란 말은 하지 않으마, 제발 어디 있는지만 알려주렴.' 자식이 가출하면 이런 심정일까.

차표를 새로 사서 오니 이미 버스 줄은 하염없이 길어졌고, 제일 앞에 서 있어야 할 정하는 표가 없으니 울상을 짓고 따로 서 있었다. 그러나 역시 질서와 줄에 일가견 있는 나라. 검표원은 따로 서 있는 우리를 불러서 제일 먼저 타게 해주었다. 버스에 타서도 계속 가방을 뒤졌으나 차표는 나오지 않고, 정하는 썩은 표정 그대로 눈을 감아버렸다.

하아, 이 여행 앞으로 어떻게 될까. 그러나 한 가지 분명했던 건, 이 독한 경험을 거울삼아 여행 내내 입장권이나 차표를 살 때면 절대 안 잃어버리게, 또는 안 잊어버리게 무지하게 잘 챙겼다는 것. 어…, 셰익스피어까지 들먹거렸던 이야기의 미미한 끝은 이런 것이었습니다, 예.

아, 요도바시 카메라

W호텔까지는 한 시간이 채 걸리지 않았다. 11시 30분 도착. 체크인은 2시부터이니 시간이 많이 남았다. 우리는 호텔에 짐을 맡기고 나왔다. 일정표에 쓰인 계획대로라면 신주쿠 동쪽 출구 쪽에 있는 샤브샤브집에 가서 점심을 먹어야 하는데, 둘 다 생각이 없었다.

하긴 그게 정상이지. 금방 생돈 날리고 와서 샤브샤브가 넘어가겠는가. 일단 점심 스케줄은 패스하고, 다음 일정으로 넘어가기 위해 셔틀버스를 타고 신주쿠 역으로 갔다. 이 셔틀버스가 서는 곳은 신주쿠 역 서쪽 출구. 길 건너에 그 유명한 '요도바시 카메라'가 떠억 하니 보이는 곳이었다. 요도바시 카메라는 우리나라 관광객들이 가면 꼭 찾는 전자제품 전문 매장이다. 그렇다고 전자제품만 파는 것은 아니고, 요즘은 먹는 것 빼고 다 있지 않나 싶을 정도로 멀티미디어 쇼핑몰이 되어가고 있다. 미국의 '공화국 찬가'에 가사를 붙인 이곳의 광고송이 아주 유명한데, 그 가사를 보면 이곳에 어떤 물건을 파는지 알 수 있다.

> 동그란 초록색의 야마노테센, 한가운데 지나가는 주오센
> 신주쿠니시구치 역 앞, 카메라는 요도바시 카메라.
> 젊은이들 모여드는 신주쿠에 기쁜 카메라 가게가 있지
> 디지털 제품 다 있는 모두의 요도바시 카메라.
> 신주쿠니시구치 역 앞에 멀티미디어 가게가 있지
> 값도 싸고 뭐든지 다 있는 게임의 요도바시 카메라.
> 컴퓨터도 텔레비전도 모바일도 휴대전화도 디지털카메라도
> 오디오도 시계도 다 있는 모두의 요도바시 카메라.

어찌나 중독성 강한 노래인지 한두 번만 들으면 다들 흥얼거리

게 되는 이 주제가. 재미있는 것은 시대에 따라 가사도 달라진다는 것. 왜냐하면 나오는 제품이 시대에 따라 달라지니까. 내가 이 노래를 처음 들은 20년 전만 해도 '모바일, 휴대전화, 디지털카메라' 이런 건 없었다. 아마 워크맨이나 카세트 같은 게 있지 않았을까.

몇 가지 안 되는 쇼핑 목록 중에 아버지께 드릴 면도기가 있어서,

일정에 요도바시 카메라는 없었지만 바로 앞까지 온 길에 들르기로 했다. 여행 중에는 '나중에 시간 나면 다시 와야지' 이런 게 통하지 않는다. 한 곳이라도 더 새로운 곳을 찾아가야 하는 일정 가운데, 갔던 곳을 다시 가기란 쉽지 않다.

아아, 역시 요도바시 카메라는 전자제품의 첨단을 가는 곳! 듣도 보도 못한 전자제품들로 가득했다(처음 가본 아줌마처럼 감탄사를 연발하시만, 사실 도쿄에서 신혼살림을 시작할 때 전자제품은 모두 이곳에서 샀었다). 밥솥, 전자레인지 같은 평범한 가전제품도 놀랍도록 업그레이드되어 있었다. 십 년째 같은 가전제품을 쓰는 아줌마로서는 (일본식 표현으로 하자면) '목에서 손이 나올 만큼' 탐이 났다. 무엇보다 모녀가 연신 입을 못 다물고 감탄했던 것은 스킨케어 제품들. 어마어마한 가격이어서 살 엄두도 낼 수 없었지만, 드디어 인간들은 이런 것까지 만들어냈구나 하는 감탄이 절로 나왔다.

이것저것 신기한 것도 많고 탐나는 것도 많고 만져보고 싶은 것도 많았지만, 일정이 빠듯한 탓에 계속 그곳에 머무를 수 없었다. 지나놓고 보니 여행 중 정하가 눈을 반짝거리며 즐거워했던 몇 안 되는 곳이었는데 말이다. 아무래도 여행 첫날이라 즐기기보다는 일정표대로 도는 것에 연연했던 것 같다. 머릿속에는 오늘 가기로 했던 곳들 다 돌 수 있을까 하는 생각뿐이었던 듯. 애초의 목적대로 싸구려 면도기 하나만 달랑 사서 나오며 우리는 다짐했다.

"로또 1등 걸리면 여기부터 털러 오자!"

평생 털러 올 일은 없다는 말이지요.

아쉬움을 뒤로 하고, 이제 본격적으로 일정표대로 움직이기로 했다. 첫 번째 코스는 다이칸야마와 지유가오카다.

일정표 없이 카페 순례

다이칸야마와 지유가오카

다이칸야마. 약 20년 전, 내가 도쿄 살던 시절에는 그렇게 유명하지 않던 곳이었는데, 언젠가부터 도쿄 관광에서 빼놓을 수 없는 인기 명소로 떠올랐다. 젊은 사람들이 특히나 더 찬양하는 곳, 이번에 한번 가보기로 했다. 인터넷에서 보면 어떤 사람은 다이칸야마를 일본의 홍대라고도 하고, 어떤 사람은 일본의 삼청동이라고도 한다. 홍대와 삼청동은 어디에서 공통점을 찾아야 할까? 흥청거리는 홍대와 조용한 삼청동. 그 두 가지의 모습이 공존하는 동네라는 말인가? 아니면 소음의 정도는 다르지만 예쁜 카페나 가게들이 많은 점?

어쨌거나 책자나 인터넷에서 본 다이칸야마의 사진들은 아기자기하고 앙증맞으면서도 고급스럽고 부티 좔좔 흘렀다. 예쁜 카페와 소품 가게, 옷가게들이 많아서 정하도 꽤 좋아할 만한 동네로구나 생각하며 찾아간 다이칸야마 역. 그러나 역에 내린 우리 모녀가 무의식적으로 내뱉은 감탄사는 "헐~"이었다. 멋스럽고 부티 나는 곳이란 명성에 어울리지 않게 역은 누추했다. 아, 역은 평범했을 텐데 기대가 과했을지도.

일정을 짤 때 "거기 뭐가 있는데?" 하고 심드렁해하는 정하한테 멋진 사진들을 보여주며 "이거 봐, 정말 멋있지 않냐? 여기 예쁜 가게도 되게 많고 아름다운 동네여서, 드라마에도 자주 나오고 도쿄 사람들이 살고 싶어 하는 곳 중 하나래. 일본의 삼청동 같은 곳이라네" 설명을 해주었지만, 정하는 아직 서울의 삼청동도 못 가 본 청소년…. 그렇게 사전 교육에서 열변을 토하며 찬양했던(역시 안 가본 사람이 더 리얼하다) 다이칸야마였는데, 다이칸야마 역에 내린 정하의 얼굴에는 '엄마 안목이 그럼 그렇지' 하는 표정이 진하다. 아, 엄마나 딸이나 어찌나 성미가 급하고 경망스러운지. 아직 역에서 한 발자국도 나가지 않고 이런 섣부른 판단을 내리다니. 이제 역을 나가면 사진에서 보았던 멋진 다이칸야마가 펼쳐질 거야! 생각하며 둘러보니 작은 역에는 동쪽 출구와 서쪽 출구와 정면 출구가 있다. 어라? 어느 출구로 나가야 '유럽풍의 멋진 거리와 세련된 셀렉트 숍'이 펼쳐진다 했더라? 사전 조사는 빵빵하게 했는데 기억이 나지 않는다. 그토록 열심히 검색하고 여행 가이드북을 고시 공부하듯 읽으며 작성해놓은 사전 정보가 하나도 생각나질 않는 것이다. 그래서 준비했지요, 일정표! 이것저것 잡동사니가 든 가방에서 일정표를 찾았다. 아, 그러나 이번 여행 처음부터 왠지 꼬이는 느낌이다. 호텔에 짐을 맡길 때 일정표와 지도가 든 파일도 넣어버리고 만 것이다. 종이 대여섯 장이 무거우면 얼마나 무겁다고 맡기고 왔는지. 이제 숱한 시간 연구하여 메모해둔 맛집과 가게들 하나도 못 가는 건가요. 으흑흑.

일정표를 두고 왔다는 사실에 점점 표정이 사라져가는 청소년을 곁눈질하며 이미 머릿속에 다 입력되어 있는 척, 찍기의 신공을 발휘했다. 마침 서 있는 곳이 동쪽 출구 쪽에 가까워서 자연스럽게 그쪽으로 청소년을 안내했다(나중에 일정표를 보니 역에서 내리면 서쪽 출구로 나가라고 적혀 있었다…).

동쪽 출구 앞에는 참으로 다이칸야마스럽게 카페, 식당을 선전하는 아기자기한 패널과 간판이 나란히 서서 역에서 나오는 사람들을 맞이하고 있었다. "아하하, 이거 참 예쁘네. 멋있다, 그지? 그지?" 오버하며 사진을 찰칵찰칵…(그렇게 한참동안 사진을 찍을

곳도 아니었는데). 사진을 찍고 그 길을 쭉 나오다 보니 편의점 '로손'이 보였다. 그래도 아직 머리가 쓸 만한지 '아하, 로손에서 지브리 미술관 입장권을 예매하라고 적어두었지' 하는 생각이 났다. 지브리 미술관은 반드시 예매를 통해서만 들어갈 수 있는데, 한국에서 여행사를 통해 예매하는 방법도 있고, 인터넷에서 직접 예매하는 방법도 있지만, 로손에서 사는 게 수월할 것 같았다. 로손에 들어가서 "지브리 미술관 예매하려고 하는데요" 했더니 한쪽 구석의 티켓 발매기를 가리켰다. 직접 예매를 해야 하는 것이다.

아, 일본어 번역가라는 직업이 무색하게 티켓 발매기의 일본어 앞에서 버벅거린 아줌마. 정말 제대로 하는 게 하나도 없구나. 결국 직원에게 도움을 요청했다. 이름과 전화번호 등의 예매 정보를 입력한 뒤에 영수증 같은 종이 한 장이 나오면 그걸 카운터로 갖고 가서 계산을 하고 입장권을 받는 시스템이었다. 그렇게 간단한 걸 왜 못 했냐고 물으신다면, 글쎄 말입니다. 그걸 왜 못 했는지. 갑자기 일본어가 낯선 외국어로 보이는 바람에…. 와중에 입장권 가격이 성인은 1,000엔, 청소년은 800엔인데 둘 다 성인표를 끊어버렸다. 그런 실수를 말했다가는 구두쇠 청소년이 또 잔소리를 할 것 같아 모른 척했지만, 이 글을 보면 엄마의 덤벙거림으로 200엔이란 헛돈을 썼다는 사실에 새삼 속 쓰려 할 것 같다.

지브리 티켓도 샀겠다, 살짝 뿌듯한 마음으로 앞으로 앞으로 쭉

쪽 걸어갔다. 그러나 중간중간 귀여운 가게들이 있긴 했지만, 그냥 평범한 주택가만 이어졌다. 그럴 수밖에. 다이칸야마의 랜드마크인 대형 쇼핑몰 다이칸야마 어드레스나 세련된 셀렉트 숍들은 서쪽 출구에 많고, 동쪽 출구에는 '잔물결이 흐르듯 조용하고 한적한 일반 주택가 사이에 아기자기한 가게들이 있다'고 사전 조사를 해 놓고서는 동쪽 출구로 나왔으니…. 정말 볼거리 없는 길을 까칠한 청소년의 눈치를 보며 걸어가다 카페 같은 곳이 나와서 잠시 쉬어 가기로 했다. 그래, 우리의 여행 계획에는 '카페 순례'도 있었잖아. 예쁜 카페에 가서 눈이 시리도록 예쁜 케이크를 실컷 먹어보자고 했었지.

우리가 들어간 곳은 '르 코르동 블루'라는 깔끔한 외관의 카페였다. 안으로 들어가니 예쁜 케이크가 진열된 유리 케이스가 있고, 점잖은 남녀가 서 있었다. 이곳에서 주문을 하고 자리에 가서 앉는 모양이었다. 유리 케이스 안의 케이크들은 정말 하나같이 예쁘고 맛있어 보였지만, 정하의 매의 눈은 부지런히 가격만 체크하고 있었다. 정하가 케이크를 고르는 기준은 무조건 '싼 것'. 이 기준은 여행 내내 음식을 먹을 때마다 적용되어 맛있는 음식 사진을 많이 찍기로 했던 계획은 일찌감치 무산되었다. 둘 다 먹성이 좋은 편이 아니어서 그렇게 된 것도 있지만, 절대적으로 방해한 것은 정하의 스크루지 정신이었다.

어쨌거나 그 기준대로 가격대가 낮고 맛있어 보이는 케이크 한

조각과 아이스티(이것을 시킨 이유도 음료 중에서 제일 저렴하기 때문인데, 맛이 너무 없어서 좀 더 돈을 쓸 걸 하고 후회했다) 한 잔을 시켜 둘이 나눠 먹었다. 각자 시켜 먹으면 좋을 텐데, 가격을 본 정하는 이내 환율을 떠올리며 자기는 배가 고프지 않으니 한 개만 시키자고 선수를 쳤다. 원래 이런 애들이 하나 시켜서 자기가 더 많이 먹는 건 만고불변의 진리. 케이크 맛은 기가 막히게 좋았다. 동그란 베이글처럼 생겨서 가운데에 정하가 좋아하는 몽블랑이 샌드위치처럼 들어가 있었는데, 입에서 살살 녹았지만 그냥 맛만 보고 정하에게 밀어주었다. 그래, 어머니는 짜장면이 싫다고 하셨지. 누가 보면 참 빈티 나는 여행자 같아 보였을 것 같다. 그러나 실제로는 빈곤한 여행을 싫어하는지라 엔화 넉넉하게 준비해온 아줌마였다. 다만 딸이 외화 낭비를 허락하지 않았을 뿐이다.

정하가 케이크를 먹는 동안 카페 안을 둘러보다 신기한 광경을 목격했다. 한쪽에 유리문으로 된 공간 안에서 영화에서나 보던 흰 머리 꼬불꼬불한 외국인이 높다란 요리사 모자를 쓰고 요리 수업을 하고 있는 게 아닌가! 아, 그러고 보니 이 가게 이름이 '르 코르동 블루'Le Cordon Bleu. 그 유명한 프랑스 요리학교 이름이다. 진열되어 있는 팸플릿을 하나 가져와서 보니, 역시나 이곳은 르 코르동 블루 일본 학교였다. 3층 건물의 학교인데, 1층에 티룸을 만들어 카페처럼 이용하게 해놓은 것이다. 일본에서 프랑스 파티시에가 만든 케이크를 먹다니, 역시 다이칸야마로구나 싶었다. 달랑 맛만 보고 이런 감탄을 하는 건 좀 우습죠. 아하하.

케이크를 먹고 난 뒤에, 카페 입구와 반대쪽에 있는 요리학교 입구의 데스크 직원에게 다이칸야마를 관광하고 싶은데 여기서 어느 쪽으로 가면 볼거리가 많은지 물어보았다. 물론 요리학교에 대한 설명을 위해 앉아 있는 직원이었지만, 그래도 지도를 꺼내서 친절하게 설명해주었다. 카페 문을 나가 도로가 나오면 그 도로를 건너서 왼쪽으로 쭉 내려가란다.

길치들은 여러 번 간 길도 처음 간 길 같아서 못 찾을 뿐 아니라, 지도도 잘 볼 줄 모르고 길 설명을 해도 바로 알아듣질 못한다. 이것도 유전인지 정하 역시 심한 길치다, 같이 머리 맞대고 지도를 보아도 어디가 어딘지 알 수가 없어 아예 가기를 포기하거나, '어·

cafe
cafe
이쪽 방향
맞는 건가?
저쪽인거
같은데?
MAP

느·쪽·으·로·갈·까·요·알·아·맞·혀·보·세·요' 해서 찍거나… 하는 미취학 아동스러운 방법으로 돌아다닌다. 인간 내비게이션들이 옆에서 본다면 아마 속 터져서 수명이 대폭 줄어들지도 모른다. 그 직원에게 금방 설명해준 길을 다시 묻자, 이내 내가 외국인 길치(일본어로는 '호코온치' 즉 방향음치方向音癡라고 한다)라는 사실을 간파했는지, 아주 쉽게 천천히 또박또박 다시 한 번 가르쳐주었다. "카페 문을, 나가서, 오른쪽으로, 100미터쯤, 내려가면, 도로가 하나 나와요. 그 도로를, 건너서, 왼쪽으로 내려가면, 역 서쪽 출구 쪽인데, 쇼핑몰도 많고, 예쁜 가게들도 많아요." 그러고는 덧붙이는 말, "특별한 구경거리는 없을 거예요"란다. 흠, 그래도 기대해볼랍니다. 사람들이 다이칸야마, 다이칸야마 할 때는 다 이유가 있겠지요.

직원이 가르쳐준 길은 서쪽 출구 쪽이었다. 확실히 말로만 듣던 스타일리시한 디자인의 부티크나 유럽풍 가게들이 즐비했다. 듣던 대로 대형 쇼핑몰 다이칸야마 어드레스도 그쪽에 있었다. 이제 제대로 왔구나 하는 생각에 마음이 놓이는 것도 잠시, 기껏 제대로 찾아왔더니만 살 것도 없는데 들어갈 필요 없다며 청소년이 모든 가게의 입장을 거부했다. 돌아다니다 보니 꼭 가야 할 곳이라고 일정표에 적어둔 가게들이 속속 눈에 띄는데, 겉에서만 잠시 구경할 뿐 아무리 꼬여도 들어가려고 하지 않았다. 평소에는 예쁜 가게에 들어가서 구경하는 것 좋아하는 청소년인데 얘가 사춘기를 재탕하나? 이럴 때, "아하, 우리 정하는 피곤해서 윈도쇼핑을 하고 싶지 않구나, 이해한단다"라고 말해주라고 했다, 〈우리 아이가 달라졌어요〉에서. 여기까지 와서 왜 안 들어가! 하고 짜증내는 건 나쁜 엄마다. 내가 어질게 그 마음을 이해해주다 보면 우리 청소년도 조만간 달라지겠지… 하는 헛된 기대를 하면서 모두들 찬양하는 다이칸야마, 대충 한 바퀴 돌았다. 다 돌고 난 뒤에 청소년께서 무거운 입을 열고 한마디 귀한 촌평을 해주셨다.

"별로 볼 것도 없구만."

확실히 다이칸야마는 멋있는 동네였다. 그러나 관광하고 싶은 곳이 아니라 살고 싶은 동네였다. 돈 많이 벌어 이 깔끔한 동네에 살면 참 좋겠다, 하는 생각이 줄곧 들었다. 관광객으로는 글쎄다. 쇼핑과 맛있는 케이크 먹기를 목적으로 온다면 좋은 동네겠지만, 마냥 구경만 하며 돌아다니기에는 심심한 곳 같았다. 구두쇠 청소년은 예쁜 물건 파는 가게에 들어가는 걸 애초에 봉쇄했다. 들어갔다가 철없는 엄마가 덜컥 충동구매라도 할까봐 걱정됐던 모양이다. 덕분에 제대로 돌아보진 못했지만, 언젠가 이 청소년이 20대가 되면 한 번 더 같이 와보고 싶었다. 다이칸야마 예찬을 하는 사람들도 보면 대부분 젊은 아가씨들이 많다. 역시 나이에 따라 호불호가 나눠지는 곳 같다. 20대 아가씨가 된 정하와 함께 오면 천천히 예쁜 길 산책하며 자잘한 액세서리도 사고, 독특한 디자인의 인테리어 소품도 사고, 카페에서 차도 마시며 제대로 다이칸야마를 즐길 수 있을 것 같다. 아직 청소년에게는 어울리지 않는 곳이었다. 여행을 떠나기 전에 읽었던 『일생에 한번은 도쿄를 만나라』라는 책에서 작가는 다이칸야마에 대해 이렇게 얘기했다.

> 자신의 라이프스타일이 현지인에 더 가깝다면 다이칸야마를 여행지로 선택한 것에 만족할 수 있을 것이다. 그렇지 않다면? 볼 것 없다는 불만을 가득 품은 채, 서둘러 다른 곳으로 이동하는 자신을 발견하게 될 것이다.

볼 것 없다는 불만을 가득 품은 청소년은 서둘러 다른 곳으로 이동하자고 강력히 권했다. 다음 목적지는 지유가오카였다.

원조 몽블랑의 맛

다이칸야마 역에서 같은 도큐도요코센東急東横線을 타고 다섯 정거장 더 가면 지유가오카다. 다이칸야마가 좋았던 사람이라면 지유가오카도 좋아할 것이다. 바꿔 말하자면, 다이칸야마에 실망한 사람이라면 지유가오카 역시 즐길 수 없을지 모른다. 우리 집 청소년처럼.

나는 케이크나 빵 종류를 별로 좋아하지 않지만, 정하는 아주 좋아하는 편이다. 맛있는 케이크와 빵을 파는 가게가 많기로 유명한 지유가오카까지 왔으니 당연히 먹고 가야 하지 않겠는가. 이미 사전 조사로 지유가오카에서 가볼 만한 가게들의 정보를 세세히 적어두었지만, 앞에서도 말했다시피 일정표는 호텔에 두고 왔고, 머릿속은 포맷 상태다. 유일하게 기억이 나는 곳은 '도쿄 지유가오카 몽블랑'(간단히 '몽블랑'이라고들 함). 정하가 일본에만 오면 몽블랑을 찾기 때문에 이번에야말로 원조 몽블랑을 맛보여주겠노라고 미리 장황한 선전을 해두었다.

그런데 몽블랑은 역에서 나와 어느 쪽으로 가야 하는지…. 일단 개찰구를 나와 앞으로 쭉쭉 나가보았으나 전혀 보일 기미가 없다. 분명 역에서 1, 2분 거리라 했는데, 이렇게 많이 갈 리가 없는데 싶어서 지나가는 아저씨에게 물어보았다. 그랬더니 역에서 나와 우측으로 가면 바로 있단다. 사지선다형 학력고사 출신인 주제에 어째서 이렇게 찍기를 못하는 걸까요. 흑흑.

다시 왔던 길을 되돌아 몽블랑을 찾아가는 길에 정하와 나는 동시에 얼굴이 환해지며 탄성을 질렀다. 몽블랑을 발견해서가 아니었다. 애견숍에 정말 귀여운 강아지가 있었기 때문이다. 몽블랑이고 뭐고 잊어버리고 무작정 애견숍부터 들어간 모녀. 일본 오면 둘 다 똑같은 관심도로 환장하며 구경하는 유일한 곳이 애견숍이다. 아마 둘 다 그날 하루 중 가장 밝은 얼굴이었을 것이다. 실내에도 많은 애견들이 있어서 정신없이 구경하다가 일정 빠듯한데 이럴 때가 아니지 싶어서 몹시 아쉽지만 그냥 나왔다. 예쁜 애견 옷들이 우리를 유혹했지만, 환율을 계산하면 사람 옷값보다 비싸 아예 살 엄두도 내지 못했다.

애견숍에서 몇 걸음 더 가니 눈앞에 까만색 대리석 벽이 멋있는 '도쿄 지유가오카 몽블랑'이 나타났다. 생각보다 굉장히 큰 건물의 제과점으로, 외관은 마치 긴자의 보석 가게 같았다. 쇼윈도에는 과자와 케이크를 보석처럼 진열해놓았다. 과자 값에 놀라며 안으로 들어갔다. 다이칸야마에서 빵 하나와 음료 한 잔을 나눠먹고 온 뒤여서 사실은 전혀 당기지 않았지만, 몽블랑 원조 가게에 와서 그냥 갈 수는 없다. 가게에 들어가니 바로 입구 진열장에 진열이 되어

있기에 셀프인가 싶어서 "몽블랑 하나 주세요" 그러고 기다렸다. 그랬더니 몽블랑을 예쁜 케이크 상자에 포장해서 주는 게 아닌가. 당황해서 "저기, 여기서 먹으려고 하는데요?"

하자, 미안하다며 안에 테이블에 가서 앉으라고 했다. 미안하기야 가게 이용법을 몰라서 번거롭게 한 우리가 미안하지요. 나중에 보니 테이크아웃 하는 사람은 거기에서 사고, 실내 티룸을 이용할 사람들은 그냥 들어가서 메뉴판 보고 주문하는 거였다. 하아, 몽블랑 이용법도 가이드북에 넣어주세요.

자리에 앉으니 메뉴판을 가져왔다. "몽블랑 시켰는데요?" 그랬더니 1인 1품씩 시켜야 한다고 친절하게 설명했다. 하긴 줄을 시서 기다려야 하는 유명 제과점에서 몽블랑 한 개 시켜놓고 둘이 자리 차지하고 있는 것도 매너가 아니긴 하지. 비록 우리가 갔을 때는 빈자리가 많았긴 했지만.

설명을 들은 구두쇠 정하는 또 인상이 구겨졌다. 환율을 생각하면 가격이 비싸기 때문이다. 아, 그놈의 환율. 정하가 빨리 환율에 익숙해져야 편히 다닐 텐데, 일일이 우리 돈으로 환산하니 애가 먹고 체하는 거 아닐까 걱정스러웠다. 한 가지 더 시켜야 한다고 해서 고른 것은 크림소다였다. 르 코르동 블루의 아이스티를 교훈 삼아 음료수에 푼돈을 아끼지 않기로 했다. 메뉴판을 나만 보았기에 가능한 일이긴 했지만. 둘러보니 다들 각자 음료 하나 케이크 하나씩 앞에 놓고 먹고 있었다. 우리 하마터면 진상 손님 될 뻔했다.

드디어 몽블랑과 맛있게 생긴 크림소다가 나왔다. 원조 몽블랑의 맛은 과연 어떨까. 서울에서부터 몹시 기대가 컸던 몽블랑 팬 정하는 한두 번 떠먹더니 "별론데? 아까 그게 더 맛있어" 하고 실망한 표정을 지었다. 솔직히 말하면 나도 그랬다. 특별히 다른 곳보다 더 맛있는 것 같진 않았다. 기대가 너무 컸거나 별로 당기지 않는데 의무적으로 먹어서 그랬을지도 모르겠다('몽블랑'의 자존심을 위해 덧붙이는 말, 다른 사람들은 다들 맛있다고 합디다). 이번에도 정하의 환심을 사는 데는 실패했다. 이 청소년 비위 맞추려고 떠난 여행은 아니지만, 그래도 여행 준비를 한 사람으로서 미안한 마음이 들었다.

원조 몽블랑 맛에 실망한 딸을 데리고 나오면서, 뭔가 눈이 번쩍 뜨이는 환상적인 케이크 맛, 뭔가 영화 같은, 그림 같은, 동화 같은 멋진 지유가오카 풍경을 보여주어야 할 텐데, 대체 어디로 가야 할지 참으로 난감한 심정이었다. 사전 조사 때 익힌 가게 이름들을 떠올리려고 마구 기억을 더듬다 한 군데를 생각해내긴 했다. 세계적 파티시에가 한다는 '몽상클레르'라는 유명한 프랑스 과자점. 그러나 또 케이크를 먹었다가는 서로 토할지도 모른다. 중간고사가 끝난 다음 날 바로 도쿄로 날아온 청소년은 몹시 지쳐 있고, 공항에서부터 자꾸 실수를 하는 엉터리 가이드 때문에 한껏 날카로워져 있다. 무엇보다 환율 노이로제 때문에 돈 쓰는 걸 극도로 아까워하고 있다. 프랑스 과자 아니라 어디 과자라도 사먹을 리가 없다. 그렇지만 말이나 한번 꺼내보았다.

"몽상클레르라고 유명한 프랑스 과자점이 있대. 가볼래?"

“토할 것 같아.”

역시….

기대했던 카페 순례였지만, 그것으로 마치기로 했다(어딜 갔다고?). 도쿄에 있는 동안 케이크는 그만 먹기로 했다(둘이서 달랑 두 개 먹고?). 숙제하듯이 의무적으로 다니고, 마지못해 먹는 것은 의미가 없을 것 같았다. 지유가오카에서 카페와 케이크를 포기하니 갑자기 할 일이 없어졌다. 그래서 목적지는 없(어졌)지만, 지유가오카 자체가 아름다운 동네이니 한번 구석구석 다녀보자, 하고 역을 향해 걸어갔다. 건널목을 건너 슬슬 걷다 보니 그림처럼 아름다운 거리가 짜잔! 그래, 이게 지유가오카지, 하고 속으로 ‘빙고!’를 외쳤다. 가로수와 벤치가 하염없이 이어지고, 양쪽 길가로는 옷가게나 카페, 깔끔한 음식점들이 늘어서 있다. 이야, 이래서 도쿄 사람들이 이 동네에 살고 싶어 하는구나. 이 길만 있어도 이 동네 사는 게 행복할 것 같았다. 양쪽으로 마주보며 끝없이 놓여

있는 수많은 벤치에는 책 읽는 사람, 화장하는 사람, 조는 사람, 멍 때리는 사람, 친구와 수다 떠는 사람, 지루해하는 외국인 청소년 한 사람…. 평화가 따로 없다.

평화롭긴 하지만, 갈 길이 먼 관광객이 거기서만 시간을 보낼 수는 없는 노릇. 이제 그만 마지막 행선지인 에비스 가든 플레이스에 가기로 하고 역으로 돌아왔다. 하지만 모녀의 저질 체력은 벌써 바닥을 보였다. 벌써라고 하기에는 새벽 5시부터의 강행군이 13시간째 계속된 것이지만. 무리해서 다니다 괜히 오자마자 몸살 나면 그야말로 낭패다. 결국 에비스 가든은 포기하기로 했다. 대신 시부야로 갔다. 시부야도 일정표에 있으니 미리 당겨서 오늘 가는 것도 괜찮겠다 싶었다. 어차피 숙소인 신주쿠로 가려면 시부야 역에서 환승해야 한다.

그러나 너무 야무진 계획이었을까. 시부야에서 잠시 쇼핑을 하던 청소년이 갑자기 어지럼증을 호소하며 더 이상 갈 수 없다고 나자빠져서(?), 이날은 일찍 호텔로 돌아왔다(이 얘기는 시부야 편에서 자세히).

시부야에서 맛있는 저녁을 먹을 생각이었는데, 정하는 식당에 갈 힘도 없다며 무조건 숙소행을 주장하는 바람에 첫날부터 저녁은 편의점 도시락으로 때워야 했다. 그러나 우리 모녀는(특히 정하

는) 메뉴도 많고 맛도 좋은 일본 편의점 도시락을 무척 좋아한다. 호텔 1층에 있는 편의점에서 도시락을 사다 먹였더니, 죽어가던 청소년이 벌떡 살아났다. 그때부터 하루 종일 했던 말보다 더 많이 재잘거리면서, 아이팟을 꺼내 그날 다녀온 곳과 감상평, 지출내역을 꼼꼼히 기록했다. 자기가 잔소리를 한 덕분에 지출이 적었다고 몹시 흐뭇해하면서.

"그래, 철없이 펑펑 쓰려고 하는 청소년보다 낫구나." 그랬더니 "엄마가 철없이 쓰려고 해서 문제야"란다. 나도 꽤 아껴 쓰는 편인데 구두쇠 청소년이랑 있으니 상대적으로 철없는 아줌마가 돼버렸다. 이렇게 억울할 데가 있나. 그래도 막상 예산보다 훨씬 적은 지출 기록을 보니 기분이 좋긴 좋았다. 구두쇠들은 이런 맛에 아껴 쓰나?

영수증을 다 챙기고 기록할 것 다 기록한 뒤(그렇게 정한 건 아니었는데, 어쩌다 보니 정하는 기록 담당, 재무 담당이 돼버렸다), 나란히 침대에 누웠다. "엄마, 우리 나꼼수 들을까?" 하고, 정하가 이

어폰을 자기 귀에 하나 꽂고 내 귀에 하나 꽂아주었다. 여행 오기 전에 몇 달치를 다운받아 온 모양이다. 오호, 나꼼수. 자장가로 이렇게 좋을 줄이야. 이어폰을 꽂은 지 얼마 되지 않아 둘 다 스르륵 잠이 들어버렸다. 겨우 밤 9시 조금 지났는데. 나 선천적 야행성임을 주장하던 아줌마 맞는지?

아아, 어쨌거나 여행이 아니라 고행을 했던 하루는 이렇게 끝이 났다.

학교에 가자

와세다대, 도쿄대, 게이오대

도쿄에서 고등학생 딸과 가장 가보고 싶은 곳은 디즈니랜드도 온천도 아니고, 일본의 3대 명문대학교였다. 지극히 대한민국 학부모다운 생각이라는 것을 스스로도 인정한다. 나는 경쟁 속에 아이를 밀어 넣고 싶어 하지 않는 엄마라고 늘 착각하고 살지만(그래서 정하는 몹시 억울해하지만), 아무리 그럴듯한 수식어로 포장해도 어쩔 수 없는 학부모다. 성적에 민감하고, 명문대 가기를 간절히 바라는 보통 학부모.

"도쿄 가면 어디 가고 싶어?"

"디즈니랜드!"

"디즈니랜드 여러 번 가봤잖아. 다 늙어서 또 가고 싶냐?"

"그래도 재미있는데."

"요즘 환율이 높아서 디즈니랜드 자유이용권 한 장 10만원 넘어. 갈 거야?"

"아니. 그렇게 비싸면 절대 못 가지."

아이의 구두쇠 심리를 이용하여 단칼에 스스로 포기하게 만들어버린 악덕 학부모다. 애초에 어디 가고 싶은지 물어보질 말던가. 디즈니랜드 입장권은 당시 환율로 약 7만원 정도였다. 물론 7만원이라 해도 정하는 안 간다 했을 것이다.

"도쿄에 3대 명문대학교가 있거든? 도쿄대, 와세다대, 게이오대. 이름 들어봤지? 우리나라의 SKY 같은 곳이야. 이번에 도쿄 가면 그 학교들을 돌아보려고 해. 그런 명문대를 보면 자극이 돼서 꿈도 더 커지고 공부도 더 열심히 하고 싶어지지 않을까?"

"(시큰둥하게) 나 아직 SKY도 안 가봤어."

"그…래. 그랬지, 그지. 일본 다녀와서 친구들이랑 SKY 순례도 해봐. 일본이랑 비교하면서 보면 재미있겠다, 그지?"

"응!"

사춘기 아이들은 까칠한 듯하면서 여리고, 까다로운 것 같으면서 단순하다. 아주 간단하게 모녀 만장일치로 여행 중 하루는 대학 순례하는 날로 결정됐다. 대학 순례. 환율 높은 시대에 돈도 안 들고 관광도 되고 공부도 되고 자극도 되는 멋진 여행 코스이지 않은가? 게다가 학교 식당은 음식 종류도 많고, 맛있고, 값도 싸니 이보다 더 좋을 순 없다! …라는 것은 만구 학부모 생각이었다.

대학 순례를 일정에 집어넣으며 과연 정하는 그 학교들을 둘러보면서 어떤 꿈을 품게 될지 괜히 혼자 들떴다. 대학교 2학년 때 와세다 대학교에 가보고 홀딱 반해서 대학원은 꼭 이 학교로 오겠다고 마음먹었던 나처럼(아, 물론 마음만 다부지게 먹었지만), 이 청소년도 뭔가 좀 더 원대한 꿈을 꾸게 되지 않을까 기대가 컸다.

드디어 대학 순례를 하는 날. 순례 코스는 와세다 대학교-도쿄 대학교-게이오 대학교 순이었다. 숙소인 신주쿠를 나와서 가장 시간 절약하며 돌 수 있는 코스로 잡은 것이다. 사실 일정표에 적혀 있는 일정은 '와세다 대학교-가구라자카-도쿄 대학교-간다(헌책방 거리)-게이오 대학교-도쿄타워'였다. 정말 환상적인 일정이라 아니할 수 없다. 와세다 대학교 다음 역이 '도쿄의 교토'라고 불리는 가구라자카이니 간 길에 또 하나의 관광지를 덤으로 구경할 수 있다. 그리고 도쿄 대학교 가는 길에 헌책방 거리로 유명한 간다에도 가고. 게이오 대학교에서 찬란히 보이는 도쿄타워까지 가는 것은 당연한 코스다. 그러나 저질 체력과 박약한 의지력의 모녀에게 일정표란 무의미한 종이쪼가리. 정하가 의욕적으로 따라다녀 준다면야 비록 머잖아 갱년기인 쇠약한 아줌마이지만 일정대로 돌 의향이 있었다. 하지만 이 청소년이 계속 심신상태 불량으로 거부권을 행사하는 바람에 중간 중간에 낀 일정들은 생략 또 생략해야만 했다. 여행 첫날밤에 깨달은 것은 일정을 무리하게 강행하지 말자는 것이었다. 취재를 하러 온 게 아니라 여행을 온 것인데 일정을 소화하기 바빠서 즐기지 못하는 것은 옳지 않다고 생각했다. 그래서 무리다 싶은 일정은 과감히 빼기로 했다. 그런데 빼다 보니 너무 많이 빼서…, 비행기 삯이 아까울 지경이었다.

복고풍의 전차를 타고

호텔 조식은 1인당 1,500엔이나 해서 별로 식사 양이 많지 않은 우리는 예약할 때 조식을 뺐다. 그래서 주로 늦은 아침 겸 점심으로 호텔 밖에서 때웠는데, 이날은 요시노야에서 규동(소고기덮밥)을 먹었다. 값도 싸고 맛도 좋고 양도 많은 규동은 여행자들에게 참으로 감사한 음식이다. 같은 음식이지만 서울에서는 칠팔천 원씩 하는 비교적 고급(?) 음식인데, 일본에서는 400엔 미만으로도 먹을 수 있는 싸구려 음식. 그래서 일본 올 때면 한번쯤은 꼭 먹어준다. 감사한 음식이지만, 한 가지 불편한 게 있다. 젓가락으로 먹어야 한다는 것. 소고기덮밥을 젓가락으로 먹다니, 젓가락질 잘 못하는 우리 모녀에게는 참으로 어려운 미션이다. 일찍이 DJ DOC가 "젓가락질 잘해야만 밥 잘 먹나요"라고 노래했지만, 으음… 우리 젓가락질로는 소고기덮밥 못 먹는다. 소스에 젖어 낱낱이 흩어지는 밥알을 젓가락으로 긁어모아 먹는 것은 거의 사투에 가깝다. 그래서 이번에는 용기를 내어 "숟가락 하나 주세요"라고 주문을 해보았다. 그랬더니 의외로 그런 사람이 많은지 바로 카운터 아래에서 숟가락을 꺼내주는 게 아닌가. 아, 먼 옛날 규동을 처음 먹을 때부터 숟가락으로 먹는 것이 평생 소원이었는데 이렇게 간단한 것이었다니.

로마에 가서는 로마법을 따라야지, 하고 젓가락 문화 속에 굳이 숟가락 문화를 고집한 우리 모녀를 나무라는 분이 계실지도 모르겠다. 음, 그렇지만 인도 사람이 한국에 와서 카레를 손으로 먹는다고 나무랄 일은 아니지 않나요. 대충 통촉하시기를.

아침을 든든히 먹은 우리는 신주쿠 역에서 야마노테센을 타고 가다 오쓰카 역에서 내렸다. 첫 번째 행선지인 와세다 대학교에 가기 위해서는 신주쿠에서 학교까지 바로 가는 버스를 타는 방법도 있고, 전철로 다카다노바바 역까지 가서 걸어가거나 버스를 타는 방법도 있다. 그런데 굳이 오쓰카 역까지 간 것은 노면전차인 도덴 아라카와센都電荒川線을 타보기 위해서였다. 도덴 아라카와센의 종착역이 와세다 대학교가 있는 와세다 역이다. 조금이라도 색다른 경험을 하여 여행자라는 사실을 느껴보기 위해 이 교통편을 선택

했다. 자주 오기도 했고 생활한 적도 있는 우리에게 도쿄는 너무나 익숙한 곳이어서 낯선 곳을 여행하는 설렘이 크지 않은 편이었다. 그래서 되도록 해보지 않았던 것을 하고 싶었다. 마치 도쿄에 처음 온 것처럼 초짜 여행자가 되어 도쿄를 즐겨보고 싶었다. 물론, 그렇게 의도적으로 초짜 여행자 흉내를 내지 않더라도 모든 길 위에서 버벅거리고 헤맨 길치모녀는 초짜보다 더 초짜 여행자였지만.

길치가 가장 두려워하는 것이 무엇인 줄 아는가? 당연히 길을 헤매는 것이다. 처음 가는 길이니 헤매는 게 당연하다고 생각하면 마음이 편할 텐데, 헤매면 어떡하지 하는 생각에 미리 불안에 떤다. 그래서 나는 그 불안을 해소하기 위해 길을 떠나기 전에 여기저기에서 최대한 많은 정보를 긁어모아 헤매지 않도록 만반의 준비를 한다. 이를테면 오쓰카 역에서 내려 도덴 아라카와센을 타려면 어느 쪽으로 가야 하는가 하는 사소한 것조차 서울에서 미리 알고 간다. 덕분에 오쓰카 역에서 내렸을 때는 자신만만하게 도덴 아라카와센 타는 곳을 찾아갔다. 그리고 이마빡에 '미노와바시'라고 쓰여 있는 노면전차가 들어오는 것을 보고, 단번에 찾은 내 자신에게 감동하며 기쁨에 겨워 홈에 들어오는 노면전차를 마구 사진기로 찍어댔다. 이윽고 전차가 서고, 당당하게 사전에 습득한 지식대로 스이카 카드를 찍 대고 탔다. 몇 년 전 가이드북을 보면 현금만 가능하니 차장 옆에 있는 통에 요금을 직접 넣으라고 적혀 있는데, 스이카 카드도 사용할 수 있다. 두 역마다 운임이 올라가는 일반 전철 요금과 달리 도덴 아라카와센은 모든 구간이 어른 160엔, 어린이 80엔으로 동일하다. 대신 종점인 미노와바시 역에서 와세다 역까지 32개역, 전체 노선길이가 12킬로미터 정도로 조금 짧은 거리이긴 하다.

복고풍의 이 전차, 뭔가 멋스러웠다. 빠르고, 시끄럽고, 현란한 도시 풍경이 아니라, 느릿하고, 조용하고, 단조로워서 서울을 떠나올 때부터 허둥거렸던 마음이 그제야 차분해지는 느낌이 들었다… 라고 쓰고 보니 진부한 여행 에세이의 단골 표현 같지만, 실제로 느릿한 전차 안에서 비로소 긴장이 풀리며 마음이 편안해졌다. 고층빌딩과 차들 대신 현관이 다닥다닥 붙은 나지막한 단층 주택가를 지나는 차창 풍경을 보니 어찌나 정겨운지. 차내에서 유일한 청소년인 정하는 그런 평화로운 정경에 아무 감흥도 없는지 무표정했다. 그래, 청소년이 이런 고즈넉한 풍경을 좋아하는 것도 너무 애늙은이 같지, 하고 애써 긍정적으로 생각하는 내 뇌리 속에 스쳐가는 불길함. 앗, 이 전차 이마빡에 '미노와바시'라고 쓰여 있었는데? 앞에서 얘기했듯 이 노면전차는 미노와바시 역에서 와세다 역까지 운행한다. 고로, 우리는 반대로 가는 전차를 탔….

아아, 전철을 잘못 타는 삽질, 아니 실수는 서울에서도 일상다반

栗山耳鼻咽喉科 →
ワンマン
PASMO
7005

사여서 새삼스러울 것은 없지만, 그토록 만반의 준비를 하고 와서도 이러니 참…. 여행 내내 정하가 심기 불편한 표정으로 다니는 건 다 그만한 이유가 있는지도 모른다. 가이드가 이리 엉터리이니 표정이 좋을 수가 있나. 엄마만 아니면 해고시키고 싶었겠지.

전차가 어느 역에서 섰다가 출발하려고 문이 닫힌 순간에야 잘못 탔다는 사실을 깨닫고, 차장에게 다가가서 물었다.

"이거 와세다 역 가는 거 아니에요?"

"반대편으로 가는 건데요."

"아, 예. 제가 잘못 타서요."

이미 문이 닫혔으므로 다음 역에 서면 내리려고 다시 정하랑 차창에 붙어서 "아이고, 또 잘못 탔네. 오나가나 삽질이야" 하며 키득거리고 있는데, 운전사가 돌아보며 말했다.

"안 내리세요?"

허걱. 앞문 승차 뒷문 하차 하는 노면전차. 잘못 탔다는 내 말에 운전사 아저씨가 내리라고 뒷문을 열어놓고 기다리고 있었는데 그걸 몰랐던 것이다. 창피한 마음과 미안한 마음에 고맙다는 인사도 못하고 후다닥 뛰어내렸다. 그런 배려를 해줄 땐 보통 "얼른 내리세요" 하고 앞문을 열어줄 텐데 그 와중에도 '뒷문 하차'라는 원칙을 지키는 투철한 직업정신.

이번에는 제대로 탄 와세다 역행 전차는 오전 11시가 지났는데 출근 시간 못잖은 만원전차였다. 발 디딜 틈도 없이 복잡한 차내에서 승객들은 아까도 그랬는데 이번에도 역시 우리 빼고 모두 노인들. 대체 이 많은 노인들은 이 시간에 어디로 가는 것일까? 왜 이 차는 노인들밖에 타지 않는 걸까? 노면전차는 경로전차인가? 마치 무슨 괴기스러운 애니메이션에 나오는 전철을 탄 기분이었다. 승객의 평균 연령은 우리 모녀가 한껏 낮춰 준다 해도 70세가 넘을 것 같았다. 8, 90세로 보이는 노인들도 많은데 그중 제일 연로해 보이는 할머니 한 분은 종점에 가까워지며 차가 헐렁해지고 빈자리가 생겨도 꿋꿋이 서서 가고 있었다. 와우, 신선한 충격. 지하철에서 자리에 목숨 거는 우리나라 아줌마들에게 꼭 보여주고 싶은 광경이었다. 그러는 너는? 이라고 물으신다면…, 체력이 빈곤하니 자리가 나면 좋아라 하긴 하지만, 추하게 자리를 잡느니 곱게 서서 가자는 주의입니다요.

비록 처음엔 잘못 타서 후다닥 내리고, 두 번째는 만원전차여서 제대로 즐기진 못했지만, 세상에 바쁠 것 하나 없는 시속 40킬로미터의 노면전차를 타고 종점에서 종점까지 160엔짜리 여행을 하는 것도 참 운치 있을 것 같다. 고층빌딩 즐비한 화려한 바깥 풍경이 아니라 나지막하고 고요하며 시골스럽기까지 한 서민들의 동네 풍경을 보고 있노라니 마치 과거로 여행하는 것 같은 기분도 들고 싸한 향수가 밀려왔다. 혹시라도 도쿄 여행을 한다면 경험 삼아 한번 타보시기를 권한다.

고요한 와세다 대학교

사전 정보에 따르면 와세다 역에 내려서 5분 정도 걸어가면 와세다 대학교라고 했으나, 어느 쪽으로 어떻게 가라는 게 나와 있지 않아 적어오지 못했다. 아, 길치에게 이건 치명적인 절망이다. 고장 난 내비게이션보다 더 미덥지 않은 엄마를 따라다니느라 지친 정하는 오전이지만 벌써 얼굴에 빗살무늬가 진하게 드리워졌다. "어디로 가야 되지?" 하고 사방을 두리번거리다 문득 떠오른 생각!

"학교 근처에서는 학생 같아 보이는 사람을 따라가면 돼. 아, 쟤를 따라가자" 하고 골목으로 들어가는 한 사람을 가리켰더니 정하가 "학생 같이 안 생겼어" 하고 딴죽을 걸었다. 얘야, 학생이라고 다 풋풋한 건 아니란다. 특히 남자 대학생들 중에는 아저씨 같아 보이는 사람들도 많아. 기껏 따라갔는데 하숙집으로 들어가는 건 아닐까 하는 걱정도 됐지만, 그 뒤를 따라가다 보니 다행히 예상했던 대로 학생으로 보이는 사람들의 모습이 늘어났다. 확인사살 차 이미 하교하는 길인 듯 마주 오는 여학생에게 길을 물었더니 요리로 나가서 조리로 가면 서문이 있고, 모퉁이를 더 올라가면 정문이 있을 거라고 친절하게 알려주었다. 그 정도로 쉽게 가르쳐주면 눈 감고도 찾아가는 게 정상일 텐데, 설명을 들으면서 드는 생각은 '음, 찾아갈 수 있을까?'였다. 길치는 길 설명을 들어도 그림이 그려지지 않는다. 이 정도라면 길치 말기 증세.

다시 사라져가는 아까 그 학생을 찾아 꽁무니를 따라갔더니(아주머니, 길은 뭐하러 물어보셨어요), 학생들 한 무리가 좁은 문(?)으로 학교에 들어갔다. 그렇다. 나야 청소년과 함께 정문으로 들어가고 싶지만, 학생들은 굳이 돌아서 정문으로 갈 필요가 없다. 정문으로 들어가지 않으면 헤맬 텐데 싶은 생각이 들긴 했지만, 오전부터 지쳐가는 청소년을 위해 일단 아무 데로나 얼른 들어가는 게 좋을 것 같았다. 실수였다. 학교든 사람이든 첫인상이란 게 중요한 법. 정문에서 제대로 펼쳐진 학교의 모습을 보는 것과 외진 곳에 있는 어느 건물의 뒷모습부터 보는 것은 느낌이 다르다. 쪽문(?)으로 캠퍼스에 진입하여 정문을 찾아 이리저리 헤매는 동안 청소년이 말했다.

"별것 없구만. 아무 느낌도 안 들어."

뭐, 물론 별것은 없었다. 그저 낡은 회색 건물이 쭉쭉 서 있을 뿐이었다. 수업시간인지 학생들도 보이지 않았고, 캠퍼스 안은 고요했다. 내가 대학교 2학년 때 처음 이 학교에 왔던 날이나 스물다섯 살 때 청운의 꿈을 안고 두 번째 이 학교에 왔던 날과 사뭇 다른 분위기다. 그도 그럴 것이 그때는 단체로 왔었기 때문에 학교 측에서 구석구석 가이드를 해주어 헤맬 일도 없었고, 그저 낡은 건물로만 보이는 곳이 뭐하는 곳인지 어떤 유서가 담긴 곳인지 일일이 설명해주어 하나하나가 대단해 보였다. 그리고 계절적으로는 햇살이 쏟아지는 봄이거나 초여름이어서 캠퍼스는 온통 싱싱한 젊음으로 넘쳐났고, 같은 대학생이었던 우리도 관광객 티가 전혀 나지 않아 무리 없이 섞여 잔디밭에 뒹굴 수 있었다. 특히 싸고 맛있고 크고 깨끗한 학생식당은 천국이었다. 내가 와세다 대학교 식당에서 밥을 먹고, 잔디밭에서 뒹구는 미래를 감히 고등학교 때까지만 해도 상상이라도 해보았겠는가. 국어 참고서에 실린 저자들의 약력에서 '와세다 대학교 졸업'이란 글을 볼 때만 해도 와세다 대학교는 너무나 머나먼 곳이었는데, 그 '와세다 대학교'에 내가 서 있다는 사실이 꿈만 같았다. 그때 나는 굳게 결심했었다. 사람이 태어나서 한 번쯤 이렇게 대처에 나와 살아봐야 하지 않겠는가. 대학원은 꼭 이곳으로 오자! 오부지게 야무진 꿈, 몇 년 뒤 학교를 졸업하고 실제로 시도까지 했었다. 일본에 와서 입학 준비를 하는 기간 동안 연애질만 하지 않았더라면, 그래서 실연의 상처에 한국으로 돌아가

흠…
별거 없네!
뭘 기대한거냐…

지만 않았더라면 내 인생은 또 어떻게 풀렸을지. 아, 확실한 건 옆에서 인상 쓰고 다니는 청소년이 태어나지 않았겠군요.

서울에서부터 이런 얘기들을 들려주며 너는 어떤 감흥을 받을지 기대된다고 미리 설레발쳤던 내게 들려주는 첫 소감이 "별것 없구만. 아무 느낌도 안 들어"라니. 아, 뭐, 그…래. 내가 보기에도 20여 년 전 그때의 그 설레던 분위기는 아니구나. 게다가 어딜 봐도 청소년과 어딜 봐도 아줌마, 캠퍼스와 전혀 어울리지 않는 이방인의 모습으로 돌아다니니 뭔가 열없기도 하다.

오자마자 기운 빠지는 소감을 듣는 바람에 다리에 5킬로그램짜리 모래주머니라도 차고 다니는 기분이었지만, 애써 표현하지 않으며 학교를 둘러보았다. 예나 지금이나 변함없는 것은 교복 입은 학생들의 견학 무리. 이날도 시골에서 관광버스 타고 온 남녀 학생들이 견학을 하고 있었다. 일본 남학생들의 교복은 아직도 옛날 우리 세대, 선배 세대의 그 까만 교복 그대로다. 그 아이들은 교복 자율화, 내지는 교복 현대화도 주장하지 않는 모양이다. 착하다. 정하는 어쩌면 저렇게 하나같이 촌스러우냐고 경악을 했다. "우리 학교 애들 여기 오면 완전 킹카겠네"라며. 역시 개 눈에는 똥만 보인다더니 청소년 눈에는 이성의 외모가 먼저 들어오는 모양이다. 청소년님, 저 높이 서 있는 설립자 오쿠마 시게노부 할아버지의 동상에도 관심 좀 가져주세요.

1882년도에 세워진 명문 사립대인 와세다 대학교 출신 중에는 유명한 사람들이 수없이 많지만(국내에는 최남선, 양주동, 이은상, 황순원 등이 이 학교 출신), 그중 한 명이 소설가인 무라카미 하루키다. 두어 해 전에 무라카미 하루키의 긴 인터뷰를 번역하면서 이 사람도 와세다 대학교 출신이란 걸 확실히 기억하게 됐다. 그전에 몇 번 와세다 대학교 출신이라는 저자 약력을 옮겼으면서도 기억에 없었는데(그렇다, 번역한 작가들의 출신학교까지 외우기에는 나의 뇌 용량이 한참 부족하다), 인터뷰에서 대학교 때 얘기가 나와 그때서야 '참, 그랬지' 하고 와세다 대학교 출신이란 걸 각인하게 되었다.

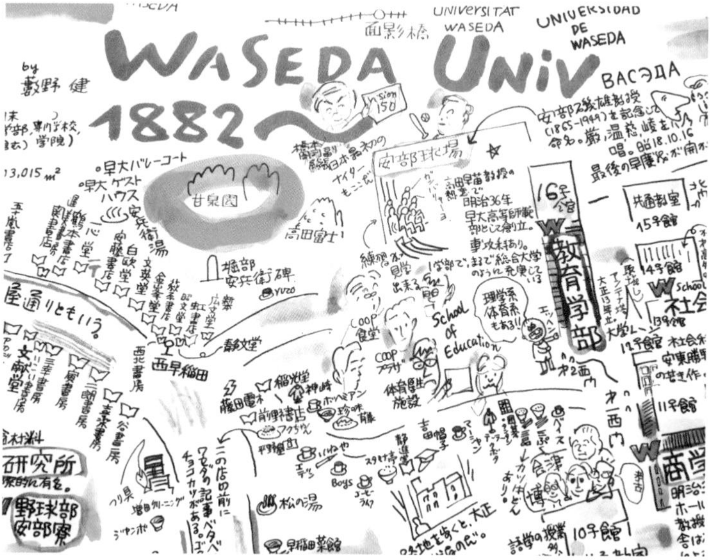

교토 출신의 하루키는 사귀던 여자 친구가 그 지역의 대학에 진학해서 자기도 그 지역에 있는 대학을 갈 생각이었다고 한다. 그런데 어쩌다 보니 와세다 대학교에 시험을 보았고 어쩌다 보니 합격을 했으나 그래도 갈 마음이 들지 않아 망설이다 등록금 마감 전날에야 '그래도 가볼까?' 하는 생각이 문득 들어서 다음 날 신칸센을 타고 등록금을 내러 도쿄에 왔다고 한다. 하마터면 와세다 대학교에서 인물 하나를 놓칠 뻔했다. 하긴 하루키는 자기가 만약 와세다에 진학하지 않고 간사이 지역 어느 학교에 갔었더라면 소설을 쓰는 일은 없었을 거라고 하니, 그리 통탄할 일은 생기지 않았을지도 모르겠다.

하루키는 반듯하고 규칙적인 생활을 하는 아침형 인간으로 유명하지만, 그의 대학 시절은 의외로 엉망진창이어서 학교도 제대로 안 가고, 시험도 안 치고, 그 와중에 재학 중에 결혼까지 하고 빚을 내서 카페를 여는 등, 학교와는 거리가 먼 생활을 하느라 대학을 칠 년이나 다녔다고 한다. 입학한 지 얼마 안 돼서부터 학교 수업이 시시해 흥미를 잃었기 때문이라나. 어릴 때부터 엄청난 독서를 해왔고 고등학교 때부터는 원서로 책을 읽었다는 하루키이니 수업이 시시했을 수밖에…라고 하기에는 그래도 와세다인데! 싶지만.

"정하야, 정하야. 있지, 무라카미 하루키도 여기 와세다 대학교 나왔대."

청소년에게 대단한 정보이기라도 한 것처럼 말해주었지만, 반응은 "아아"로 끝이다. "그래서 어쩌라고?"라고 되묻지 않는 것만도 감사합니다.

그때 그렇게 맛있게 먹었던 학교식당에 찾아가 보았다. 음, 점심을 먹기에 이른 시간이어서인지 학생들은 별로 없었다. 이곳이 내가 그때 식사를 했던 그 식당이 맞는지도 사실 긴가민가했다. 캠퍼스 안에 식당이 한 곳만 있는 게 아니니까. 20여 년 전의 희미하고 단편적인 기억을 되살리는 건 좀 무리가 있었다. '여기가 아닌게벼' 싶긴 했으나, 입 밖에 내진 않았다. 규동을 든든히 먹고 온 뒤여서 식사는 무리였고, 음료수라도 한 잔 마시고 갈래? 했더니 당연히 거절하는 청소년.

식당을 나와서 이곳저곳 둘러보다가, 감동도 재미도 교훈도 없이 의무적으로 따라다니는 청소년과 그만 다음 장소로 가기로 합의하고 나오는데 강의가 끝났는지 학생들이 까맣게 내려왔다.

"와세다 다니는 애들은 어떤 애들인지 얼굴 좀 봐야지" 하고 내려오는 학생들을 구경하는데, 옆에서 "잘생긴 대딩이 하나도 없냐" 하는 청소년의 한숨 소리가 들렸다. 그새 남자 대학생들의 스캔을 마친 청소년과 마주 내려오는 학생들을 보며 간만에 활기찬 대화를 주고받았다. 저 파란 바지 날라리 같아, 저 까만 치마 언니 예쁘다, 저기 줄무늬 티셔츠 좀 괜찮네, 하면서. 학교를 보러 온 게 아니라 학생들 인물 품평을 하러 온 것 같다. 정하의 와세다 대학교 방문소감은 설마 '잘생긴 대딩이 하나도 없는 학교'로 끝나는 건가.

들어갈 땐 서쪽 어느 쪽문으로 들어갔다가 나올 때는 정문으로 나왔으나, 이름이 '정문'이지 와세다 대학교 정문에는 '문'이 없습니다. 그냥 시원하게 뻥 뚫려 있습니다. 멀리 설립자의 동상이 보이고, 더 멀리 시계탑이 있는 건물이 보이거든 "아, 여기가 정문인게벼" 생각하면 됩니다….

촘촘한 일정표상으로는 와세다 대학교에서 나온 뒤에 바로 이웃 역인 가구라자카에 가는 걸로 되어 있었지만, 갈 길도 멀고 다리도 아프고 무엇보다 의욕 없는 청소년 때문에 사뿐히 패스하기로 마음먹었다. 그래도 물어는 봤지.

"가구라자카에 가볼래? 다음 역인데."

"거긴 뭔데?"

"도쿄 속 교토라는 걸 보니 뭔가 고풍스러운 동네인 모양이야."

"안 갈래."

아, 예. 절차상 물어봤을 뿐입니다.

근엄한 도쿄 대학교

몇 해 전 〈공부의 신〉이라는 드라마가 화제가 됐었다. 이 드라마는 일본 만화 『드래곤 사쿠라』를 원작으로 만들었다. 『드래곤 사쿠라』는 『꼴찌, 동경대 가다』라는 제목으로 우리나라에 소개되었다. 그리고 소설판 『드래곤 사쿠라』는 드라마와 동명인 『공부의 신』이라는 제목으로 나왔다. 그렇다. 내가 번역한 소설이다. 갑자기 당겨진 드라마 방영일자에 맞추느라 짧은 기간 동안 초인적인 힘으로 막대한 양을 번역하고, 몇 달 동안 널브러져 있었던 기억이 아직도 끔찍하게 생생하다.

줄거리는 대강 이렇다. 찌질이들만 다니는 삼류 학교인 류잔 고등학교는 도산의 위기에 처해 있었다. 채권정리 담당자로 류잔에 온 변호사 사쿠라기는 갑자기 마음을 바꿔서 학교 재건에 들어갔다. 그 방법은 1년 이내에 도쿄대 합격자를 1명 이상 배출해 우수학교로 인정받는 것이었다. 사쿠라기는 스스로 특별진학반 담임을 맡았지만, 모인 학생은 미즈노와 야지마 두 사람뿐. 중학교 실력도 안 되는 고3이 1년 안에 도쿄 대학교에 합격할 수 있을까?

아직 읽어보지 못한 분들에게 스포일러 날려서 미안한데 합격생이 나왔다. 학부모의 한 사람으로서 학생들(특히 내 자식)이 성경

읽듯 읽어주었으면 싶은 책이다(그러나 정하는 끝내 읽지 않았다). 꼴찌에서 도쿄대까지 가는 험난한 과정을 견뎌내는 주인공들의 고군분투도 본받을 만하지만, 과목별 최고의 강사들이 지도하는 공부 노하우는 "외워, 외워, 밑줄 쫙~"이라고 말하고 싶을 정도로 알짜배기다(더러 현실과 맞지 않는 것도 많지만). 재야에 묻힌 과목별 최고의 강사들이 도쿄대 입시 경향을 과목별로 완벽하게 파악하여 학생들에게 지도하는데, 누구나 마음 먹고 열심히 공부하면 정말 도쿄대에 갈 수 있겠구나 하는 생각이 든다. 물론 책을 덮고 나면 아, 역시 판타지였어, 라는 걸 깨닫게 되지만. 실제로 중학생 실력도 안 되는 고3이 1년 동안 아무리 열심히 공부한다 해도 도쿄대를 간다는 건 무리이지 않나. 그야말로 만화에서나 가능할 얘기.

어쨌거나 브랜드파워 최고인 도쿄대의 기를 듬뿍 받아가기를 바라는 마음으로 정하와 함께 난보쿠센을 타고 '도다이마에'東大前 역에 내렸다. 도쿄 대학교는 속칭 '아카몬'赤門으로 불린다. 아카몬(빨간 문)이 도쿄 대학교의 상징이기 때문이다. 와세다 대학교에서 쪽문으로 들어가는 바람에 제대로 학교 분위기를 느끼지 못했다고 생각하여, 이번에는 정식으로 아카몬으로 들어가기 위해 역에서 한참을 걸어갔다. 농화학부 들어가는 문과 정문을 지나치고서야 기와지붕 아래 빨간색 문 '아카몬'이 나왔다. 족히 1킬로미터는 더 걷지 않았을까.

수험생들이나 학부모들이 평소에도 이 아카몬 앞에 와서 기도를 하고 간다고 한다. 입시철이면 더 대단하다고. 역에서 가까운 두 개의 문을 지나쳐서 왜 굳이 아카몬으로 들어가려고 했는지 정하에게 이유를 설명해주었다. 그러나 다리가 아픈 청소년의 얼굴에는 빗살무늬만 더 진해질 뿐이다. 그러게, 이 청소년에게 도쿄대 들어가는 문이 빨간 문이든 파란 문이든 그게 뭐가 중요하겠는가. 어느 문으로 들어가든 빨리 후다닥 돌고 호텔로 돌아가고 싶을 테지. "엄마, 도쿄대를 보니 나도 공부 열심히 해서 여기 오고 싶어졌

어.” 이런 말까진 바라지 않았다 하더라도, 그래도 아시아 최고의 대학교를 보며 뭐라도 느끼겠지 했던 것은 대한민국 보통 학부모의 과욕에 지나지 않았다.

메이지 시대에 ‘가난 속에서 교육만이 살길이다’ 하여 세웠다는 일본 최초의 대학교답게 오래되긴 했지만 웅장하고 고풍스러운 느낌의 이끼 낀 건물들이 교목인 은행나무와 잘 어우러진 도쿄대 혼고 캠퍼스. 일본 청소년들은 자기 나라 최고의 대학 캠퍼스를 보며 어떤 감격을 느낄지 모르겠으나, 정하는 그저 엄마 따라 재미없는 관광지에 온 청소년일 따름이어서 시종 칙칙한 건물보다 더 칙칙한 표정으로 따라다녔다. 잔소리를 안 하려고 애썼지만, 아마 내 온몸에서 저절로 배어나는 잔소리가 느껴졌을 듯.

그러고 보니 아침에 호텔에서 나온 뒤로 거의 쉬지를 않았다. 마침 학생식당이 보이기에 가서 뭐라도 좀 먹고 힘을 내서 다니자고 했다. 그래서 들어간 학생식당. 아, 지저분하다. 마치 지하 창고 입구 같다(실제로 지하이긴 했지만). 특히 경악했던 것은 식당 입구의 더러운 세면대! 어째서 도쿄 대학교에, 그것도 식당 앞에 이렇게 낡고 더러운 세면대가 있는 걸까? 재정이 궁핍한 것도 아닐 텐데. 훌륭한 선배들이 손을 씻은 곳에서 너희도 영광스럽게 손을 씻으라는 걸까? 그렇다면 세면대 위에다 훌륭한 선배들의 사진이라도 붙여주면 위안이 될지도 모르겠지만, 이렇게 불결한 곳을 지나 식사를 하러 가다니. 우린 못 볼 꼴을 본 것처럼 얼른 세면대를 피해 안으로 들어갔다. 그런데 나중에 도쿄대 출신의 일본인 편집자에게 세면대가 그렇게 더러운데 왜 새것으로 교체하지 않느냐고

물었더니 "그게 어때서? 우린 아무렇지도 않은데요?"라는 반응이어서 더 놀라웠다. 분명 그것은 시골의 버스 정류장 공중화장실에나 있을 법한 세면대였는데….

메뉴판 앞에서 뭘 먹을까 고민하던 정하는 역시나 제일 싼 메뉴를 골랐다. 80엔짜리 소프트아이스크림. 나는 그다음으로 싼 조각케이크와 주스 세트(160엔)를 골랐다. 일본에서 이 가격이라니 역시 학생식당은 다르구나 생각했다. 그러나 실물을 접하고서는 가격 못잖게 내용물도 부실하다는 사실을 깨닫고 잠시 실망. 소프트아이스크림은 플라스틱 통에 든 아이스크림을 기계에 넣고 직접 만들어 먹는 것이었고, 조각 케이크는 양도 적고 맛도 없고, 그나마 멀쩡한 것은 오렌지주스뿐이었으나 한 모금 마시니 없다.

아무 데도 흥미를 보이지 않는 청소년과 이 넓은 캠퍼스 구석구

석을 둘러보는 것은 별로 의미가 없을 것 같아서 도쿄대에서 유명한 곳 두어 군데만 보고 돌아가기로 했다. 그중 한 곳이 야스다 강당이었다. 야스다 강당에 대한 간단한 설명은 오면서 해주었다. 1960년대 일본 학생운동의 상징인 곳으로 중요한 역사의 현장이라고. 너무 간단하긴 하지만, 전공투니 뭐니 하는 더 길고, 더 자세한 설명은 청소년에게 불필요할 것 같았다. 그 두 마디만으로도 청소년은 충분히 지루해했다. 그런 곳에 가서 뭐해, 라고 빗살무늬 얼굴은 말했다.

정문으로 들어왔더라면 은행나무 가로수 길을 지나 바로 동그란 시계가 걸린 야스다 강당이 보였을 텐데, 아카몬으로 들어와서

아무런 지도도 들고 있지 않던 터라 길을 좀 헤맸다(실은 거기서 거기, 별로 큰 차이도 없는데 말이다). 이정표가 있었지만 이정표를 따라가면서도 헤매는 게 길치의 특징이지요. 나중에 서울에 와서 혼고 캠퍼스 지도를 보니 우리가 들렀던 지저분한 지하 식당에서 지척이더만, 대체 우린 어딜 돌아다녔던 걸까. 수업시간이어서인지 학생들이 별로 보이지 않아 이리저리 둘러보며 사람을 찾다가, 마침 키가 자그마한 남학생을 발견하고 야스다 강당 가는 길을 물어보았더니 친절히 가르쳐주었다. 설명하다 단번에 못 알아듣는 아줌마가 답답했던지 강당까지 동행해주었다.

같이 가는 길에 "야스다 강당 말고 또 어디 볼 곳 있어요?" 물었더니 "저기로 가면 식당이 있고요" 하며 우리가 갔던 식당을 가리켜서 "아, 거기 더러운 곳?" 하고 웃으며 되물었다. 남학생도 웃으면서 "야스다 강당 지하에 깨끗하고 좋은 식당도 있어요"라고 알려주었다. 처음부터 그곳엘 갔으면 좋았을걸. "또 저리로 가면 산시로 연못이 있어요"라고 남학생이 말했다. 아참! 산시로 연못! 왜 그곳을 생각하지 못했을까. 남학생에게 넌지시 물어보았다.

"거긴 왜 유명해요?"

"어… 글쎄요, 관광객들이 오면 많이 찾던데요?"

이 학생은 정녕 산시로 연못이 왜 유명한지 모르는 걸까?

남학생의 안내로 야스다 강당 앞까지 순탄하게 왔다. 안내를 마친 학생은 왔던 길을 도로 돌아갔다. 고마워요, 학생. 1969년, 무려 8,500명의 기동대를 투입하여 35시간 동안이나 야스다 강당에서 점거 농성을 하던 전공투 학생들을 해산시키는 흑백영상은 마치 영화의 한 장면 같았는데, 몇 십 년이 흐른 오늘날 야스다 강당은 그날의 (불에 탄) 상흔을 훈장처럼 안고 평화롭게 서 있었다. 재미있는 것은 그 당시 전공투 의장이 지금도 왕성하게 저술 활동을 하는 물리학자 겸 교육자인 야마모토 요시타카 씨라는 사실이다. 우리나라에는『후쿠시마, 일본 핵발전의 진실』이라는 책이 번역되어 나오기도 했다. 일본의 살아 있는 양심으로 불리는 훌륭한 학자다. 뜬금없이 80년대 대학가에서 극렬히 민주화 운동을 하다 국회의원이 된 의장들이 생각나네.

야스다 강당 앞에도 어김없이 시골에서 단체로 견학 온 고등학생들이 사진을 찍고 있었다. 정하는 여학생들 가방마다 주렁주렁 매달린 인형 같은 액세서리를 보며 촌스럽다고 인상을 썼다. 소녀스럽고 좋구만 왜 그러냐.

원래 도쿄에 올 때 정하는 '찍사' 담당이었는데 와세다대에서도 도쿄대에서도 전혀 카메라를 들려고 하지 않았다. 할 수 없이 나 혼자 야스다 강당을 열심히 찍고 왔더니 "멋있지도 않구만" 하고 또 구시렁거렸다. 풍광 좋은 관광지에 놀러온 게 아니지 않습니까, 청소년님.

혼고 캠퍼스에서 마지막으로 간 곳은 산시로 연못이었다. 캠퍼스 한복판에 숲으로 둘러싸인 연못. 대학교 캠퍼스에 연못 있는 거야 흔한 광경이니 특별할 게 없지만, 이 연못이 특별히 유명한 이유는 '산시로'라는 연못 이름을 나쓰메 소세키의 대표작 『산시로』에서 따왔기 때문이다. 일본 근대문학의 창시자인 나쓰메 소세키는 자랑스러운 도쿄대 졸업생. 『산시로』는 규슈에 살던 시골 청년 산시로가 도쿄대에 합격하여 상경하며 펼쳐지는 얘기를 그린 청춘 소설이다. 발표하자마자 큰 반향을 일으켜(작가 이광수도 유학 시절 애독했던 작품이라고) 소설 속에서 주인공 산시로가 자주 찾던 이곳을 '산시로 연못'이라고 부르게 됐다고 한다.

나도 소설 속의 산시로처럼 쭈그리고 앉아 수면을 들여다보았다. 산시로가 아니라 나쓰메 소세키도 가끔 와서 이렇게 앉아 있었겠지 생각하니 쏟아지는 햇살에 반짝거리는 수면이 여느 연못과 다른 느낌이 들었다. 그러고 보면 나쓰메 소세키뿐 아니라 도쿄대 출신인 가와바타 야스나리, 미시마 유키오, 다자이 오사무, 모리 오가이, 다니자키 준이치로, 오에 겐자부로 등 쟁쟁한 대가들도 모두 이 연못에 이렇게 앉아 상념에 잠긴 적이 있지 않았을까? 그렇게 생각하니 마치 황금 연못을 보는 듯한 착시 현상까지 생기려고 했다.

가와바타 야스나리와 오에 겐자부로. 노벨문학상 수상자를 두 명이나 배출한 도쿄대, 대단하긴 정말 대단하다. 가와바타 야스나리가 노벨상을 수상하는 걸 보고 미시마 유키오는 이제 한참 동안 일본에 노벨문학상이 돌아오지 않을 거라 생각하고 노벨문학상을 포기했다는 얘기가 있다. 그의 계산은 훌륭하게 맞아서(누구라도 할 수 있는 계산이긴 하지만), 30여 년 뒤에야 후배 오에 겐자부로가 수상을 하게 됐다. 모두 정말 좋아하는 작가들인데 공교롭게도 다들 도쿄대 출신이라는 사실이 흥미롭다. 이중 가와바타 야스나리, 미시마 유키오, 다자이 오사무는 자살했다는 사실도….

일본문학을 번역하는 사람으로서 산시로 연못을 바라보는 가슴이 남달리 설레었지만, 남아 있는 일정 탓에 언제까지고 그렇게 햇살이 반짝거리는 수면을 보며 감상에 잠겨 있을 수는 없어 청소년의 손을 잡고(끌고?) 아카몬을 나왔다.

지하철역에 와서 자판기 음료수를 하나 뽑아 한 모금씩 마시고 나니 그제야 정하는 낯빛이 조금 평온해졌다. 도쿄대의 근엄한 분위기가 싫었던 건가? 자기는 아무런 감흥도 없는 낡은 잿빛 건물들인데, 엄마는 자꾸 뭔가를 느끼길 바라니 짜증났던 건가? 나름대로 이유가 있겠지만, 어린애도 아니고 협조 좀 부탁합니다.

세련된 게이오기주쿠 대학교

마지막 대학은 게이오기주쿠 대학교였다. 보통 게이오대라고 부른다. 게이오대는 미타 역에서 내려 한참 걸어가는 것 같아서 헤매지 않으려고 가는 길을 아주 자세하게 적어갔다. 이를테면 이런 식이었다. "미타센을 타고 미타 역에서 내림. 지붕 있는 출구인 서쪽 출구로 나와서 미즈호 은행 쪽으로 직진하여 미즈호 은행을 지나 왼쪽 육교 방향으로 가서 오른쪽으로 돌면 계단이 나옴. 계단을 내려가서 왼쪽 골목으로 계속 직진하여 큰 도로가 나오면 우회전. 도쿄타워가 보이는 사거리 나옴. 사거리에서 대각선으로 보이는 것이 게이오대 동문東門."

이 정도면 어지간한 길치여도 찾아갈 수 있을 거라고 생각하시겠지요. 그러나 길 찾기란 게 그리 만만치 않더군요. 너무 자세해도 어렵더란 말씀. 어려워도 탈, 쉬워도 탈. 길치의 변명은 끝이 없다. 그래도 이렇게 자세히 적어 와서 길을 묻는 건 가이드의 수치라고 생각하여 속으로는 어디로 가야 되지 하고 갈등하면서, 겉으로는 길을 잘 아는 척 척척 걸어가다가 결국 유모차를 끌고 가는 아기엄마한테 길을 물었다. 음, 역시 길치가 찾기에는 난해한 길이었다. 내가 가려고 했던 곳과 정반대 방향에 게이오대가 있더군….

점심때가 훨씬 지나서 살짝 배가 고파진 두 사람은 맥도날드에 들어갔다. 거기서 시킨 메뉴는 또(!) 제일 싼 햄버거와 콜라. 글쎄 스크루지 정하를 위해 100엔짜리 햄버거를 파는 게 아닌가. 더 맛있는 걸 먹자고 했지만 말을 들을 구두쇠가 아니다. 그래도 뭐 맛은 있었다. 정하는 적은 돈으로 한 끼를 때운 게 기쁜지, 아니면 쉬어서 힘이 나는지 구겨졌던 얼굴이 슬슬 펴졌다. 그리고 도쿄타워가 보이는 사거리에서 게이오대를 발견하는 순간 활짝 펴졌다.

게이오대와 와세다대를 흔히 우리나라의 연고대와 비교하는데, 게이오대는 비교적 연세대와 이미지가 가깝다. 그런 것을 알 리 없는 청소년이건만 게이오대에 오자마자 아침부터 얼굴에 드리워졌던 빗살무늬 그림자가 싹 가셨다. 고풍스러운 와세다대나 도쿄대보다 밝고 세련된 분위기여서 환해졌을지도 모른다. 수위 아저씨까지도 게이오대는 달랐다. 앞 두 학교처럼 무뚝뚝하고 연세 지긋한 할아버지가 아니고 정문에도 동문에도 친절하고 젊은 사람이 서 있었다. 마치 경찰서 앞의 헌병처럼 부동자세로. 동문 수위 아저씨가 탤런트 정태우를 닮아서 "한국에 닮은 탤런트가 있어요" 했더니 수줍게 웃었다. 견학하러 왔냐고 물어서 그렇다고 하자, 앞에 붙어 있는 학교 지도를 가리키며 간단한 설명도 해주었다. 학교 팸플릿과 스탬프까지 구비해두고 관광객을 즐겁게 맞아주었다. 역시 앞 두 학교에 비해 젊은 감각이다. 어쩌면 두 학교 캠퍼스보다 상대적으로 아담하고 오붓한 분위기여서인지도 모르겠지만, 두 학교를 돌 때처럼 주눅 드는 마음은 없었다.

게이오대는 나도 처음이었는데, 동문 입구는 무슨 성처럼 생겼다. 신데렐라가 뛰어 내려가다 유리구두가 벗겨졌던 계단이 있는 성. 반면 정문은 그냥 여느 학교 뒷문 느낌. 아, 그리고 이번에 발견한 건데 세 학교 모두 정문에 아무런 팻말이 없다. 학교 이름을 왜 걸어놓지 않는 걸까? 심지어 와세다대와 게이오대는 '정문'에 '문'조차 없다. 또 한 가지 느낀 것은 대학가 주변이면 으레 상권이 형성되어 술집이 넘쳐나는 우리나라 대학가와 달리 조용하고 평범한 주택가라는 것. 게이오대는 그나마 시내 중심이고 큰 도로에 면해 있었지만, 그래도 맞은편에 조그만 KFC 하나 있는 정도였다. 이래서 학교 식당에서도 맥주를 파는 걸까? 우리 집 가까운 곳에 술집이 바글바글한 대학가가 있는 탓인지, 이런 신선한 대학가 분위기가 정말 부러웠다. 무릇 공부하는 학교 근처란 이래야 되지 않나 싶은 건 학부모의 생각이고, 만약 학생이었다면 좀 싫었을 것 같다. 원래 그런 법이지.

캠퍼스에 들어선 정하는 "아, 여기가 내 취향이야" "이 학교가 제일 좋아"를 연발하며 건물에도 관심을 갖고 풍경에도 관심을 보였다. 설립자 후쿠자와 유키치인 듯 작은 흉상이 보이자 "이 학교는 저 아저씨가 세웠나 보네?" 하며 어쩐 일로 동상 보고 아는 척까지

하시고. 그날 처음으로 밝고 환한 얼굴로 정하가 의욕에 찬 모습을 보였지만, 오후에 비가 올 거라던 일기예보대로 이번에는 그때까지 맑았던 날씨가 아까 정하 얼굴처럼 칙칙해져갔다. 흐린 하늘 아래였지만, 캠퍼스 곳곳에 있는 학생들의 옷차림을 보니 확실히 앞 두 학교와 차림새가 달랐다…라고 생각한 것은 있는 집 자식들이 다니는 대학교라는 선입견 탓이려나. 혼자 그런 생각을 하고 있는데 옆에서 정하가 "학생들도 젤 세련됐네"라고 거침없는 촌평을 했다. 역시 모든 면에서 청소년이 좋아할 만한 학교였다. 없는 집 자식인데.

사전에 게이오대를 나온 명사들을 찾아보니 오, 그 유명한 재일 한국인 소설가 가네시로 가즈키가 있었다. 가네시로 가즈키는 2000년에 소설『GO』로 나오키 상을 수상하기도 했고,『SPEED』,『플라이, 대디 플라이』같은 작품이 번역되어 우리나라에도 그의 독자들이 아주 많다. 그러나 이 작가한테는 별 관심이 없다. 독자들에게는 인기가 폭발하지만 나는 별로 관심 없는 작가들이 좀 있는데, 오쿠다 히데오, 히가시노 게이고, 미야베 미유키 등이 그렇다. 이유는 단순하고 유치하다. 그들의 작품을 번역한 적이 없기 때문이다. 내가 번역한 작가들을 좋아하기도 바쁘니까(웃음).

윤보선 전 대통령, 독립 운동가 서재필, 고이즈미 전 총리(어찌나 그의 이미지가 강한지, 그 후로 총리가 몇 번이나 바뀌었는데 아직도 일본 총리는 고이즈미인 줄 아는 사람들이 많더군요)가 동문인 것도 흥미롭다. 역시 다들 있는 집 자제분이셨나 보다.

그러나 뭐니 뭐니 해도 요즘 게이오대 출신으로 가장 유명한 사람은 '아라시'라는 인기 그룹의 멤버인 사쿠라이 쇼다. 사쿠라이 쇼의 국내외 팬들은 성지 순례하듯 게이오 대학교를 탐방하러 간다고 한다. 아라시에 대해서는 잘 모르지만, 사쿠라이 쇼는 영화 〈허니와 클로버〉에서 아오이 유우를 좋아하는 순진하고 소심한 청년으로 나와서 알고 있다. 그 얼굴에 게이오대까지 나왔으니 소녀들 가슴에 방화를 저지르고도 남겠지.

캠퍼스가 앞 두 학교처럼 그리 넓지 않아서 구석구석 한 바퀴 돈 뒤, 우리는 학교 기념품을 사기로 했다. 도쿄대와 와세다대에서 미처 그 생각을 하지 못한 걸 몹시 안타까워하며. 지나가는 학생에게 기념품 파는 곳이 어디냐고 물었더니 친절하게 길을 가르쳐주었다. '친절하게'라는 단어도 이제 적당히 식상해졌을 텐데, 그러나 그렇게 친절하게 가르쳐주어도 여전히 접수가 잘 안 된다. 혹시 길치가 문제가 아니라 일본어 청해력이 딸리는 건 아닌가 모르겠다. 알쏭달쏭해하며 가르쳐준 곳을 찾아가니 지금까지와는 달리 허접한(?) 건물이 나와서 정하랑 둘 다 "여기가 아닌게벼" 하고 돌아서다 문득 올려다보니 2층에 '생협'이라고 쓰여 있었다. 학생들의 생활협동

조합이었다. 올라가 보니 슈퍼마켓처럼 각종 식료품들이 있고, 한쪽에 기념품 코너가 있었다. 정하는 열심히 펜 종류를 골랐다. 가격이 착해서 구두쇠 청소년도 마음을 놓은 듯했다. 그러나 '더 많이' 고르라는 내 제안은 거절했다. 아무리 싸도 모이면 큰돈이라고. 언제나 애한테 한 방 맞는다. 요즘 정하는 거기서 산 80엔짜리 샤프펜슬이 정말 좋다고 더 사올 걸 그랬다고 후회하고 있다. 혹시 게이오대 가는 분들, 80엔짜리 샤프펜슬 추천합니다.

아, 이곳에서 초경량 3단 우산을 샀는데, 일본에서 사온 물건 중 가장 유용하게 사용하고 있다. 우산을 갖고 가야 할지 말아야 할지 갈등될 때, 이 150그램밖에 안 되는 우산은 넣은 듯 만 듯하니 아무런 주저 없이 갖고 나갈 수 있다. 계산대에서 아르바이트생인 듯한 남자 대학생이 정하에게 오늘 사용할 거냐고 물어서 그렇다고 하자, 비닐포장을 벗기고 가격표를 잘라주었다. 정하는 일개 학교 구내매점에서 이렇게 친절해도 되는 거냐며 잠시 정지동작이 되었다. 신주쿠에서 유니클로에 갔을 때도 이런 사소한 배려에 감탄한 일이 있는데, 매장 직원이 종이가방이 벌어지지 않도록 테이프를 붙이며 한쪽 끝을 살짝 접어서 뜯기 편하게 붙여주었다. 정하와 순간 눈을 동그랗게 뜨고 마주보며 입을 떠억. 여자들이란 참으로 사소한 일에 감동받는 동물이란 걸 세상 남자들뿐 아니라 장사하는 사람들은 알아야 한다. 으음, 대학 얘기하다 뜬금없는 소리하는 건 주책이라는 걸 아줌마는 알아야 하겠지요, 예.

그리 넓지 않은, 그러나 깔끔하고 산뜻한 느낌의 게이오대까지 돌고 나오니 시간은 5시. 세 학교를 겉핥기 식으로 대충 둘러본 탓인지 생각보다 대학 순례 일정이 빨리 끝났다. 이렇게 날림으로 순례할 계획이 아니었는데. 좀 더 치밀한 계획을 세우지 못한 내 자신과 좀 더 관심을 갖지 않는 정하와 걷기를 두려워하는 네 개의 다리를 탓하며, 시간이 많이 남았으니 도쿄타워에 가기로 했다. 동문으로 들어가서 정문으로 나온 우리는 정문 수위 아저씨에게 도쿄타워 가는 길을 물어보았다. 학교 바로 앞에 도쿄타워 가는 버스가 있다고 한다. 거기까지 걸어갈 생각에 앞이 캄캄했는데(우리 걸음으로 걸어서 한 20분 거리?) 버스가 있어서 어찌나 기뻤는지. 우리는 마치 하루를 새로 시작하는 것처럼 컨디션이 살아났다.

도쿄의 팽이 심지

도쿄타워와 롯폰기 힐스

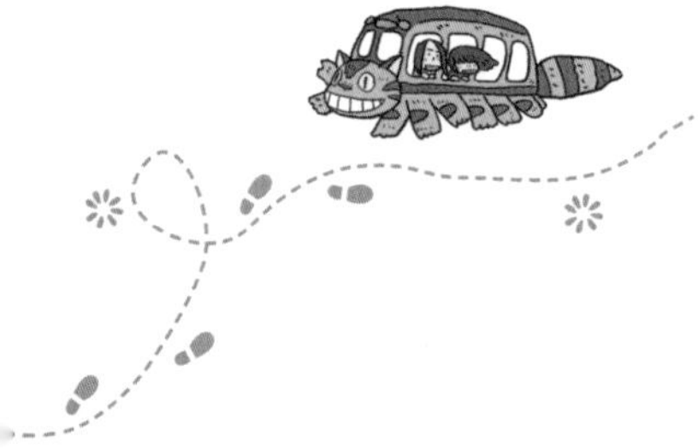

도쿄의 상징 도쿄타워. 부푼 꿈을 안고 지방에서 상경하는 사람들은 하늘을 향해 우뚝 솟은 도쿄타워를 보면 몹시 가슴이 설렌다고 한다. 우리나라 지방 사람들도 서울에 올라와서 남산의 서울타워를 보면 가슴이 설렐까? 물론 서울타워와 도쿄타워의 규모가 다르긴 하지만, 그래도 서울의 상징이니 말이다. 지방 출신이긴 하지만, 나의 먼 기억을 아무리 떠올려보아도 서울타워를 보며 설레었던 적은 없는 것 같다. 왜냐하면 어릴 때 서울에 올라온 데다 미아리 변두리에 살아서 서울타워란 걸 본 적이 없고, 훗날 서울타워를 보았을 때는 이미 서울에 너무 익숙해져버린 뒤였기 때문이다. 아, 내가 서울타워를 처음 본 게 언제였는지는 잘 기억나지 않지만, 정하한테 서울타워를 처음 보여준 날은 선명하게 기억한다.

처음으로 손잡고 남산에 간 것은 정하가 일곱 살 때였다. 어느 초여름 날, 마감에 쫓기며 폐인 같은 몰골로 일을 하다 문득 뒤를 돌아보니 정하가 바로 등 뒤에서 조용히 놀고 있었다. 그 모습이 어찌나 기특하면서도 안쓰러운지, 모든 일 팽개치고 불쑥 남산으로 향했다. 무료함에 지쳐 있던 정하는 신이 나서 어쩔 줄 몰랐다. 그래서인지 어린아이에게 더운 날씨에 남산 길 올라가기가 꽤 힘들었을 텐데, 되레 심신이 지친 나를 격려하며(?) 씩씩하게 잘도 올라갔다.

"엄마, 내가 손 잡아줄게. 힘 내. 저기 서울타워 보이지? 조금만 가면 돼."

그랬다. 이 청소년이 어릴 때만 해도 참으로 영특하고, 효심 지극하고, 만사에 의욕이 가득하여 뭐든 배우고 싶어 하고, 하나를 가르치면 열을 아는 수재형 꼬마였다. 틈만 나면 책을 읽고, 종이만 보이면 글을 쓰고, 텔레비전에서 나오는 가수들의 노래와 안무를 독학으로 마스터하는 다재다능함까지 보였다.

그랬던 꼬마와 10년 뒤 도쿄타워 앞에서 나눈 대화.

"정하야, 저 도쿄타워가 333미터야. 정하 태어날 때 몸무게가 3.33킬로그램이었잖아."

정말 신기하지? 하는 얼굴로 신나서 얘기하는데, 청소년은 무표정하게 대답했다.

"그게 무슨 상관이야?"

"(무시하고) 어, 그리고 있잖아, 도쿄타워는 1958년에 생겼대. 도쿄타워도 58년 개띠야. 아하하, 웃기지, 웃기지?"

"뭐래."

세상만사 호기심 천국이던 꼬마는 이런 시건방진 청소년으로 자

귀여운 녀석
엄마, 힘들지?
10년 전…

현재
하하하
안재밌냐?
전혀! 그게뭐?
조금도
안 귀여워
이녀석!!

랐습니다….

버스에서 내리니 바로 시바 공원이었다. 도심 속에서 만나는 공원은 언제나 반갑다. 이 비싼 땅에 어쩜 이런 공원을! 하는 아줌마다운 감탄을 하며 공원길을 사뿐사뿐 걸어가다 보니 바로 앞에 도쿄타워가 우뚝 솟아 있다. 아직 조명이 켜지기 전의 도쿄타워는 그냥 흰색과 주황색의 철근덩어리에 지나지 않았지만, 사진으로 영화로 책으로 혹은 멀리서만 보던 것이 코앞에 있으니 "헉" 소리가 나며 가슴이 벅찼다…라고 흥분하다 생각해보니, 처녀 시절에도 와본 적이 있긴 했다. 그렇지만 꿈에서 다녀간 듯 어슴푸레한 기억밖에 없던 터라 처음 보는 것처럼 설레었다. 하늘 높이 솟은 333미터의 전파탑, 과연 저 탑을 보면 지방에서 올라온 젊은이들 가슴이 쿵쾅거릴 만도 하겠구나 싶었다.

여러 해 전, 릴리 프랭키라는 이것저것 다양한 직업(소설가, 칼럼니스트, 일러스트레이터, 그림책 작가, 디자이너, 작사가, 작곡가, 구성연출가, 방송인, 포토그래퍼…)을 가진 남자가 쓴 자전적 소설 『도쿄타워』가 일본은 물론 우리나라에서도 베스트셀러가 된 적이 있다. 띠지에 지하철에서는 읽지 마라는 경고가 있었을 만큼 최루성 소설인데, 읽다 만 채 몇 년째 책꽂이에 꽂아두었던 책을 도쿄 여행을 앞둔 어느 날 밤에야 꺼내서 마저 읽었다. 그리고 밤

새 펑펑 울었다. 띠지의 경고 따위 과장 카피에 지나지 않는 거라고 우습게 생각했건만. 방황만 일삼다가 겨우 자리를 잡아가는 아들을 두고 도쿄타워가 보이는 병원에서 세상을 떠나는 어머니의 마지막 모습에 울지 않을 수 없었다.

소설은 이렇게 시작됐다.

그것은 마치 팽이 심지처럼 꼭 한가운데 꽂혀 있다.

도쿄의 중심에. 일본의 중심에. 우리의 동경憧憬의 중심에.

그 원심력이 말끔히 전달되도록 정확히 측정한 자리에서 뻗어 올라갔다.

하릴없이 시간이 남아도는 신께서 때때로 하늘 아래로 손을 내밀어 그것을 고사리 돌아가듯 빙글빙글 돌린다.

정말 딱 적절한 표현 같다. 도쿄라는 팽이 한가운데 콕 박힌 심지. 정하는 그 심지 끝까지 화면에 담느라 거의 땅바닥에 눕다시피 하며 열심히 사진을 찍었다. 전망대에 올라가서도 내가 카메라를 들고 있는 게 어설펐는지 "이리 줘" 하고 받아서 부지런히 찰칵찰칵. 그 모습을 보니 서울타워를 올라가며 "엄마, 힘 내" 하고 격려해주던 귀여운 꼬마의 모습이 아주 잠깐 오버랩 됐다.

도쿄타워의 1, 2층에는 수족관과 밀랍인형관이 있지만, 청소년이 이런 유료시설을 좋아할 리 없다. 물론 전망대도 유료다. 어디까지 올라가는가에 따라 요금이 다른데, 성인 기준으로 대전망대(150미터)까지는 820엔, 특별전망대(250미터)까지는 1,420엔이다. 당연히 스크루지 청소년은 펄쩍 뛰었다. 이렇게 비싼 돈을 내고 올라가야 하냐면서. 도쿄타워를 보는 순간에는 멋있다고 감탄하더니, 입장료를 보는 순간 "이게 뭐라고 그렇게 비싸게 주고 올라가"라며 급 과소평가. 정 올라갈 거라면 대전망대까지만 올라가자고 했다. 매번 이 청소년의 고집에 양보해왔지만, 여기서는 그냥 무시하고 특별전망대까지 올라가는 표를 샀다. 실제로 올라가 보니 대전망대에서 보는 건 역시 시시했다. 그렇다고 특별전망대에서 보는 값이 아깝지 않은 건 아니었다. 물론 도쿄의 야경은 정말 아름답긴 했지만, 이건 도쿄도청에 올라가서도 볼 수 있는 것(높이가 달라 전망은 다르겠지만). 결론. 도쿄타워는 밖에서 구경만 하고 전망대는 무료인 도쿄도청을 이용합시다(설마 이 글을 도쿄타워 관계자들이 볼 일은 없겠지. 없기를…). 사방에 고층빌딩이 많아서 시야에 장애물이 있는 도청 전망대와 달리 도쿄타워 주변에는 높은 건물이 없어서 도쿄 전체를 한눈에 볼 수 있다는 장점은 있지만, 그래도 도쿄도청의 무료라는 장점을 극복하지는 못할 듯.

각설하고, 릴리 프랭키의 소설『도쿄타워』를 읽으면 도쿄타워가 한없이 감동적으로 느껴지지만, 에쿠니 가오리의 소설『도쿄타워』에서의 도쿄타워는 또 한없이 에로틱하다. 41세인 시후미와 친구

아들인 21세 도오루 사이의 나이와 처지를 망각한 불륜을 그리고 있기 때문이다. 두 『도쿄타워』 모두 영화로도 나왔는데, 릴리 프랭키의 『도쿄타워』에서는 병상에 누운 엄마와 아들이 창밖의 도쿄타워를 보고 있는 장면이 나오고, 에쿠니 가오리의 『도쿄타워』에서는 창밖으로 찬란하게 빛나는 도쿄타워가 보이는 방에서 중년여성과 새파란 젊은이의 격정적인 러브신이 나온다.

도쿄타워는 늘 같은 자리에 같은 모습으로 늠름하게 서 있지만, 보는 사람들은 그렇게 마음대로 옷을 입히고 색을 입히고 이야기를 입힌다. 이날 우리가 본 도쿄타워는 당연히 감동도 에로도 아니고 그저 관광지일 뿐이었지만, 그래도 뭔지 모를 설렘이 있었다.

아, 여기서 그날 일정을 마무리했더라면 비교적 무난하게 보낸 하루가 됐을 텐데. 과욕 학부모는 분위기 좋은 틈을 타 롯폰기 힐스까지 진출하고야 말았다. 롯폰기 힐스는 일정표에서 '시간이 되면 가고, 안 되면 말고'였던 곳이다. 그런데 시간도 아직 넉넉하고 도쿄타워에서 지척이고 하니 "롯폰기 힐스에 가서 저녁을 먹자!" 이렇게 된 거였다. 물론 정하도 흔쾌히 동의했다.

롯폰기 힐스는 어떤 곳인가. 도쿄 도청에서 준 팸플릿의 설명을 잠시 옮겨보자면, "약 11.6헥타르의 풍요로운 자연 부지 내에 무려 210개의 상점과 레스토랑, 멀티플렉스, 주택, 호텔, 방송국, 미술관 등 문화시설들이 집결되어 있는 복합 시설"이다. 정하는 가본 적이 있다고 하는데, 나는 초행이었다. 롯폰기 역에서 나오니 역시나 책에서 보던 것처럼 대단한 광경들이 눈앞에 펼쳐졌다. 특히나 유명한 거미 조형물은 참으로 근사했다. "와, 멋있다!" 하며 카메라를 들었으나 몇 장 찍기도 전에 배터리가 떨어졌다. 아…, 도쿄타워를 좀 덜 찍고 올걸. 배터리 없는 걸 알았으면 그냥 호텔로 돌아갈걸. 이래저래 불길한 징후를 느끼며, 사진 찍기는 포기하고 배가 고프다는 정하를 위해 식당을 둘러보았다. 그런데 가격들이 좀 세다. 나는 여행 중 몇 끼쯤은 비싼 음식을 사먹을 계획이었던 터라 전혀 가격에 개의치 않았는데, 문제는 돈 아까워서 못 사먹는 청소년이었다. 허기가 지면서도 계속 싼 음식을 찾아다니느라 이 건물, 저 건물의 식당가를 신경질적으로 돌았다. 하여간 1,000엔만 넘으면 비싸다고 난리다. 제발 가격 신경 쓰지 말고 먹으라고 해도 어떻게 신경을 안 쓰냐며 신경질이다.

그렇게 돌고 돌다 마지못해 정하가 선택한 곳은 회전스시집. 접시마다 가격이 다른 회전스시집인데 롯폰기답게 가격이 센 편이었다. 정하가 이곳을 선택한 것은 골라서 먹을 수 있으니 싼 스시를 먹으면 된다는 의도다. 아, 그런데 이 집 최악이었다. 비싸면 맛이라도 있든지, 신선하기라도 하든지. 실내장식은 아주 고급스럽고 손님보다 더 많은 종업원들은 깔끔했지만, 스시는 영 아니었다. 나는 한두 접시 먹고 맛이 없어서 먹을 정이 떨어졌는데, 정하는 가격 보고 먹을 정이 떨어진 모양이었다. 두세 접시 먹더니 그냥 가자고 했다. 보통 회전스시집에 가면 각자 열 접시씩은 먹는데 둘이 합쳐서 너덧 접시를 먹었다. 손님이 없어서 종업원들의 시선이 집중된 가운데 일어나기 민망한 기록이다. 점장이나 주인쯤으로 보이는 카운터 아저씨도 들어올 때 큰 소리로 환영해주던 것과 달리 떨떠름한 표정이다. 우리가 먹은 스시 값이 비싼 스시 한 접시 값도 안 되니 그랬을지도. 계산할 때, 돈이 없어서 안 먹고 가는 게 아니란 걸 말하기 위해 만 엔짜리 지폐를 냈다. 아하하, 저는 유치한 아줌마입니다.

와세다 대학교 갔을 때 흐림(청소년의 상태임), 도쿄 대학교 갔을 때 더 흐림, 게이오 대학교 갔을 때 갬, 도쿄타워 갔을 때 맑음.

완전히 분위기 상승세였는데, 롯폰기 힐스에 와서 먹구름이다. 욕심이 화를 부르고 말았어, 여길 오지 말았어야 했어, 하는 후회를 그 짧은 시간 동안 백 번도 더했다. 서로 기분이 바닥이어서, 한마디도 하지 않고 신주쿠까지 왔을 때는 설상가상으로 폭우가 쫙쫙 쏟아졌다. 아니, 청소년의 상태가 아니라 실제로 하늘에서 말이다. 게이오 대학교에서 산 우산이 있어서 같이 썼지만, 1인용 우산이라 쏟아지는 비를 반밖에 막지 못했다. 그래도 한데 붙어서 쓰고 가는데 구세주처럼 100엔 숍 등장. 가게 앞에 100엔짜리 우산이 잔뜩 있어서 얼른 하나 샀다. 이야, 이 100엔짜리 우산 때문에 우리는 급 맑음이 됐는데, 이 우산이 자동우산이었기 때문이다. 이렇게 좋은 우산이 100엔이라니 횡재했다, 뭐 이런 기분이랄까. 정말 단순한 모녀입니다.

다시 기분이 좋아진 우리는 무모하게도 그 빗속에서 관광객들이 특히 좋아하는 디스카운트 스토어 '돈키호테'에 가서 구경도 가고, 체인점인 드러그스토어 '마쓰모토 키요시'에 가서 필요한 물건도 사는 등 비 오는 신주쿠 밤거리를 더 돌아다니다 호텔로 돌아갔다. 호텔에서 가장 먼 신주쿠 역 동쪽 출구 쪽에 있었던지라 다리도 너무 아프고 비도 오니까 택시를 타고 가자고 했지만, 정하는 기본요금 700엔에 또 정색을 하며 다리가 부러지는 한이 있어도 걸어가겠다고 고집을 부렸다. 아아, 그날 실제로 부러지지는 않았지만 체감상으로는 다리가 관절 마디마디 다 부러진 것 같았다. 로또 1등

당첨돼서 럭셔리하게 다녀도 되기 전까지는 저 인간하고 절대 여행 안 다녀야지, 하고 맹세를 하면서 잠이 들었다지요. 흑흑.

가난한 날의 행복

기치조지와 미타카

신주쿠에서 주오센中央線을 타고 20분쯤 가면 기치조지 역이 나오고, 다음 역이 미타카 역이다. 신혼생활을 한 곳이고, 정하의 고향이고(출산은 서울에서 했다), 많은 추억이 있는 곳이어서 이름만 들어도 코끝이 찡해지는 지명이다. 언제나 그곳에 갈 때면 순진하고 철없고 어설프고 서투른 새댁이었던 내가 플랫폼에 서서 지금의 나를 반갑게 맞아주는 것 같다. 문학적인 표현을 하려는 게 아니라, 실제로 그런 느낌이 들어 전철에서 내리는 순간부터 눈물이 핑 돈다. 가슴은 이미 "아이고, 이 불쌍한 것" 하고 형체도 없는 과거의 나를 부둥켜안고 울고 있다. 정하는 엄마의 그런 복잡한 심정 같은 건 전혀 모르겠지만, 기억은 나지 않아도 고향이어서인지 각별한 표정이었다.

아기 때 숱하게 왔다 갔다 했던 미타카 역 구내. 아기 정하를 안은 새댁과 청소년 정하를 데리고 있는 중년여성은 또 한 번 마주친다. 아기한테 "너의 미래가 얘란다, 마음에 드니?"라고 말해주고 싶어진다. 청소년은 당연히 그 아기를 마음에 들어 하지 않을 것이다. "아악, 못생겼어. 재 나 맞아?"(청소년이 자기 어릴 때 비디오를 볼 때마다 하는 소리다) 하면서. 아기도 아마 "내가 저렇게 시건방지게 컸어?" 하고 실망할지 모른다. 좀 예뻐지긴 했네, 하고 약간은 안도할지도. 아기와 청소년을 다 알고 있는 나는, 한 인간의 과거와 미래가 마냥 신기할 따름이다.

다자이 오사무 문학관에서

미리 예매한 지브리 미술관은 오후 2시 입장인데, 미타카 역에 도착한 시간은 1시 20분이었다. 남쪽 출구로 나와 미술관 셔틀버스가 다니는 버스 정류장으로 내려가는 발걸음이 떨렸다. 예전에 살던 집은 카미렌자쿠란 곳이어서, 그 버스 정류장에서 버스를 타고 다녔다. 강산이 두 번 바뀔 만큼 세월이 흘러서 승강장 번호 정도는 바뀌었지만, 버스 디자인은 그대로다. 우리는 지브리 미술관에 다녀온 뒤 옛날 집에 가보기로 했다. 그나저나 남은 시간은 뭐하지, 하고 잠시 고민하는데 바로 앞에 '다자이 오사무 문학관'이라는 이정표가 보였다. 와우! 이런 건 또 언제 생겼을까. 『인간 실격』으로 유명한 소설가 다자이 오사무. 인간적으로 그의 삶은 구토스럽지만, 유머와 진지함을 겸비한 그의 작품은 참 좋아한다. 그런데 아오모리 현 출신인 그의 문학관이 무슨 연고로 미타카에 있을까? 그가 죽기 전에 살았던 곳이어서인가? 일단 시간도 있으니 한번 가보기로 했다.

고요한(미타카는 이 고요함이 참 좋다) 골목길을 한참 걸어가니 '문학관'이란 이름이 무색할 정도로 조그마한 다자이 오사무 문학관이 나왔다. 그렇다. "에게?" 하는 게 첫 소감이었다. 알고 보니 그도 그럴 것이 이곳은 다자이 오사무가 생전에 자주 가던 술집이었다고 한다. 그 자리에 다자이 오사무의 자료를 몇 점 모아놓고 시민들의 협력으로 운영하는 것이었다. 우리가 갔을 때는 할머니 한 분과 머리가 하얀 할아버지, 그리고 50대쯤 돼 보이는 아주머니가 있었다. 자원봉사 스태프다. 할머니는 다자이 오사무 영상을 한 편 보고 가라고 권했으나 시간이 없어서 사양해야 했다. 뭔가 하나라도 더 알려주고 싶어 하는 모습에 질문을 해보았다.

"제가 알기로 다자이 오사무는 아오모리 현 출신인데 왜 미타카에 문학관이 있을까요?"

그랬더니 예상대로 죽기 전에 한 9년 동안 미타카에서 살았기 때문이라고 한다. 그리고 그가 애인과 동반 자살한 강이 미타카의 다마가와조스이玉川上水이기도 하다. 그 정도 설명만으로 충분했는데, 할머니는 나를 벽에 붙은 미타카 시 지도 앞으로 데리고 가더니 더 상세한 설명을 하신다.

"다마가와조스이가 여기서 이렇게 흐르는데요,

이쯤에서 애인하고 몸을 던져서 다자이 오사무 사체를 건진 건 여기쯤이고요. 애인은 아마 이쯤에서 건졌나 봐요."

아, 할머니 짱이에요. 다자이 오사무에 대해서는 무엇이든 다 알고 계시는 듯. 아시겠지만, 다자이 오사무는 서른아홉 살의 생일을 앞두고 일 년 동안 사귄 애인과 동반 자살을 했다. 다섯 번째 자살 시도 끝에 성공한 것이다. 두 명의 부인과 세 명의 자식이 있는 남자가.

이번에는 옆에 계시던 머리 하얀 할아버지께서 내게 어디서 왔냐, 어떻게 다자이 오사무에 관심을 갖게 됐냐고 질문을 하셨다. 일본문학을 번역하는 사람이어서 관심이 많다고 했더니, 그러냐며 다자이 오사무 작품 중에는 「뷔용의 아내」「가정의 행복」「아버지」 등등 미타카를 배경으로 한 소설이 많은데 읽어보았냐고 또 물었다. 음… "읽어보겠습니다" 하고 웃어주었다. 어찌나 의욕적이신지, 다자이 오사무에 대해 한일독자 토론배틀이라도 뜰 기세였다. 찾아오는 사람이 많지 않아서 적적하신 탓이었을까?

시민들이 자원봉사로 돕고 있는데다 이렇게 성심성의껏 다자이 오사무를 알리려는 모습에 감동하여(그것도 노인들이) 기념품으로 팔고 있는 다자이 오사무 엽서와 편지지 등을 샀다. 돈을 쓸 때마다 태클을 거는 스크루지 청소년도 분위기상 구입하지 않을 수 없다고 생각했는지 별로 잔소리를 하지 않았다. 정하에게는 지루했겠지만, 자투리 시간을 유익하게 보내서 뿌듯했다.

미타카의 숲 지브리 미술관

부랴부랴 버스 정류장으로 가니 미야자키 하야오의 귀여운 그림과 함께 '미타카의 숲 지브리 미술관'이라고 쓰여 있는 노란 셔틀버스가 서 있었다. 곧 출발할 때가 됐는지 검표하는 아가씨가 바쁘게 버스표를 받고 있었다. 우리한테 편도인가 왕복인가를 물어서 왕복이라고 대답했더니, 왕복이면 티켓 발매기에서 표를 사는 편

이 좋다며 버스표 발매기를 가리켰다. 알고 보니 편도는 현금으로 200엔을 내고, 왕복은 버스표를 사면 300엔이었다. 버스표 사는 동안 버스가 가면 또 10분을 기다려야 하니 그냥 탈까 하다가 티켓을 끊어왔더니만, 버스는 착하게도 기다리고 있다가 우리가 타자마자 출발했다. 다음 일정이 촘촘해서 버스를 타긴 했지만, 미타카역 남쪽 출구로 나와 다마가와조스이(다자이 오사무가 투신한 강이었죠) 길을 따라 걸어가는 방법도 있다. 15분쯤 걸린다고 한다.

사실, 지브리 미술관에 대해서는 별로 기대를 하지 않았다. 그냥 아담한 공간에 미야자키 하야오 감독의 애니메이션들이나 몇 편 전시되어 있는 줄 알았다. 그런데 성질 급한 아줌마답게 결론부터 말하자면, 일주일간의 도쿄 여행 중에서 가장 마음에 드는 곳이었다. 정하도 같은 생각이라고 한다. 지브리 미술관을 구경하면서 정하는 몇 번이나 이런 말을 했다.

"다음에 딸 낳으면 꼭 데리고 와야지."

아들 낳으면요?

함께 미아가 되어볼까요? 이것이 저희 미타카 숲속 지브리 미술관의 테마입니다. 저희 미술관에서는 특이한 건물, 정성스레 디자인된 전시물, 오직 이곳에서만 볼 수 있는 애니메이션 단편영화, 아늑한 카페 등 다양한 재미를 발견하실 수 있습니다. 정해진 루트는 없습니다. 길을 만드는 것은 바로 여러분입니다.

지브리 미술관 팸플릿에 있는 내용이다. 그랬다. 미술관은 미술관인데 마치 놀이공원에 온 것처럼 즐거운 미술관이었다. 미야자키 하야오 감독은 어린이부터 노인들까지 남녀노소 모두가 즐길 수 있는 미술관을 만든 것이다.

정하하고 처음으로 영화관에 가서 같이 본 애니메이션이 미야자키 하야오 감독의 〈센과 치히로의 행방불명〉이었다. 나는 취향도 독특하여 어릴 때부터 애니메이션을 좋아하지 않았다. 아니, 싫어했다고 해도 무방하다. 오죽하면 우리 세대라면 안 본 사람 없다고 해도 과언이 아닐 〈캔디캔디〉조차 제대로 본 적이 없다. 그런 내게, 애를 키우면서 가장 고역은 어린이 프로에 나오는 만화영화를 같이 봐주어야 하는 것이었다. 텔레비전만 보면 다행인데, 글쎄 예닐곱 살 때는 애가 애니메이션에 꽂혀버렸지 뭔가. 날마다 비디오 대여점에 가서 그곳에 있는 애니메이션 비디오테이프를 빌려다 보는 게 일이었다.

하지만 '어린 여자아이가 볼 수 있는 애니메이션'이란 게 한계가 있어서 비디오대여점에서는 더 이상 빌려볼 게 없었다. 그때 내가 추천했던 작품이 〈캔디캔디〉. 비디오테이프 케이스도 낡고, 색깔도 바래고 해서인지 정하는 안 보겠다고 거부했지만, '캔디'가 얼마나 유명한(?) 인물인지 설명해주고 엄마가 어릴 때는 이거 안 본 사람이 하나도 없었다는 부연까지 하며(엄마는 안 봤단 얘기는 빼고) 아이를 설득하여 테이프를 빌려와서 틀어주었다. 사전에 "외로워도 슬퍼도 나는 안 울어, 참고 참고 또 참지 울긴 왜 울어" 하는 캔디 주제가까지 가르쳐주어 최대한 캔디에 관심을 갖게 만드는 것도 잊지 않았다. 덕분에 주제가가 나올 때까지는 몰입도 100퍼센트. 그러나 차츰 바람 빠지는 풍선처럼 시들해지더니 여기저기 벅벅 긁기도 하고, 옆에 있는 책도 뒤적거리고, 블록도 좀 만지고 하다가 다시 화면을 멍하니 보더니 결국 짜증을 내면서 말했다.

"아, 도대체 캔디는 언제 변신을 하냐구!"

들장미 소녀 캔디는 변신을 하지 않는다고, 마치 캔디의 출생 비밀이라도 알려주듯 조심스럽게 말해주었다. 그랬더니 "변신도 못하는 애가 어디 있어. 세일러문도 변신하고 리리카도 변신하고 카드캡터 체리도 변신하는데. 재미없어, 안 볼래" 하며 야박하게 비디오를 꺼버렸다. 그것으로 아마도 비디오대여점에서의 애니메이션 탐방은 끝이었던 듯. 볼 만한 건 이미 다 봤다고 스스로도 깨달았던 모양이다.

그랬던 정하와 내가 〈센과 치히로의 행방불명〉을 보러 간 것이다. 아, 얼마나 재미있던지! 처음부터 끝까지 제대로 본 애니메이션은 태어나서 처음이었다. 그날 그 영화를 보고 둘이 얼마나 행복해했는지 지금도 기억에 생생하다. 이런 애니메이션이 많이 나왔으면 좋겠다고, 그래서 또 그렇게 팝콘 냄새 그윽한 영화관에서 행복하게 볼 수 있었으면 좋겠다고, 두고두고 얘기했었다. 그런데 전혀 기대하지 않았던 지브리 미술관에 가서 우리는 그때와 똑같은 감동과 행복을 느꼈다.

버스에서 내려 미술관 입구로 가는 길이 마치 미야자키 하야오 감독의 애니메이션 속으로 들어가는 입구 같다. 미술관에 들어서자마자 반기는 것은 역시나 우리가 그동안 만나왔던 미야자키 하야오 작품 속의 등장인물들. 천장에도 벽에도 온통 센과 치히로, 이웃집 토토로… 그 밖에도 이름은 잘 모르지만 낯익은 그림들이 여기저기 있다. 당시 번역하고 있던 책이 마침 미야자키 하야오 감독의 애니메이션 〈마녀배달부 키키〉의 원작이어서, 마녀배달부 키키와 검은 고양이 지지를 만날 때 특히 반가웠다.

입구에서는 상냥한 언니들이 예매 티켓을 확인한 뒤 필름 모양의 입장권을 주었다. 지하 1층 토성극장에 들어가는 입장권이다. 80명 정원의 조그마한 영화관인 토성극장, 앵앵 우는 아기부터 호호 할머니까지 빨간색의 긴 나무의자에 나란히 앉아 영화를 보는 곳이다. 15분 정도의 단편 애니메이션을 상영하는데, 우리가 갔을 때는 〈구지라도리(고래잡이)〉라는 작품을 보여주었다. 유치원에서 아이들이 배를 만들어 바다로 고래를 잡으러 나가는 얘기다. 단조로운 그림이 어찌나 향수를 자극하던지. 옛날 초등학교 1학년 국어책에 나오는 철수와 영희와 꽃 그림을 보는 듯한 기분이었다. 힐링이라고 하면 너무 거창한 표현일지 모르지만, 그간 쌓였던 짜증

三鷹の森ジブリ美術館

과 피로가 짧은 애니메이션 한 편을 보는 동안 싹 가셨다. 일본어는 기초 정도만 하는 정하도 애니메이션을 보고 있으니 마음이 평온해지고 행복해지더라고 했다. 왠지 모든 갈등이 해소되고 샤랄랄라 즐거운 마음으로 다시 두근두근거리는 여행이 시작되는 기분이었다.

1, 2층에 있는 다섯 개의 상설전시실은 '영화가 만들어지는 곳'이란 테마로 만들어졌다. 미야자키 하야오 감독이 책상에서 아이디어를 낙서하고 초안을 그리다 잠깐 어디 나간 듯한 모습인 게 첫 번째 방의 콘셉트이다. 그림과 자료와 사진을 비좁도록 다닥다닥 붙여놓은 감독의 작업실 모습을 그대로 재현해놓았다. 이런 곳에서 작품을 구상하다 좋은 아이디어가 떠오르면 이런 방법으로 영화를 만들어갑니다, 하는 것을 다섯 개의 방을 통해 보여주고 있다. 한 바퀴 돌고 나면 아하, 애니메이션 영화가 이렇게 만들어지는구나, 하는 걸 알게 된다. 지브리 미술관을 나오는 순간 다 잊어버리게 되긴 하지만. 가장 흥미로웠던 것은 물감의 숫자였다. 차마 세어볼 엄두가 나지 않을 정도로 엄청난 수의 물감(정확한 명칭이 물감이 아닐지도 모른다)이 있었다. 우리 초등학교 시절 보통 아이들이 12색 크레파스를 쓸 때, 48색 크레파스를 갖고 다니는 부잣집 아이들이 꼭 한 명씩 있어서 몹시 부러워했었는데, 거기엔 한 가지 계통의 색이 수십 가지가 넘을 정도로 세분화된 물감들이 빼곡하

게 꽂혀 있다. 이렇게도 많은 색상이 지구상에 존재하다니, 그리고 그 색상이 모두 물감으로 있다니. 미술과 친하지 않은 우리 모녀는 그저 놀라울 따름이었다.

2층에는 영화에서 보던 고양이버스가 실제로 있다. '만져보고 싶다, 타보고 싶다' 하는 아이들의 소망을 이루어주기 위해 만들었다고 한다. 그러나 꼬마들만 타볼 수 있다. 청소년이나 어른들은 초대형 봉제인형 같은 보들보들한 버스를 한번 만져보는 걸로 만족해야 한다.

역시 가장 복잡한 곳은 기념품 가게였다. 아무 생각 없이 들어갔다가 움직일 수 없을 정도로 복잡해서 허겁지겁 나왔다. 여러 환경적 악조건으로 관광객 수가 대폭 감소해서 썰렁하기 그지없는 도쿄였지만, 유일하게 이곳만은 사람들로 북적거렸다. 오후에는 늘 이렇게 복잡하니 한산한 오전 시간에 관람하는 게 좋다고 한다.

미술관 내부를 돌고 밖으로 나오니 사방에 펼쳐진 자연 속에 아기자기한 카페와 낯익은 조형물과 상쾌한 공기가 기다리고 있었다. 좀 쉬었다가 다음 행선지로 가자고 하며, 아이스크림을 한 개 사서 나눠 먹는데 이게 옥에 티. 너무 맛이 없다! 너무 맛이 없어서 한 입 먹을 때마다 오만상을 쓰고, 그런 상대방의 표정에 폭소를 터트리며 뒤집어졌다. 맛없는 아이스크림에 화를 내기는커녕 그렇게 즐겁게 웃을 수 있다니, 우리는 미야자키 하야오의 마법에 걸린 것이었을까.

〈이런 미술관을 만들고 싶다〉

재미있고 마음이 평온해지는 미술관
여러 가지 것들을 발견할 수 있는 미술관
제대로 된 생각을 할 수 있는 미술관
즐기고 싶은 사람은 즐길 수 있고,
생각하고 싶은 사람은 생각할 수 있고,

느끼고 싶은 사람은 느낄 수 있는 미술관

들어갈 때보다 나갈 때 조금쯤 마음이 풍요로워지는 미술관

이런 미술관으로 만들고 싶지 않다!

거드름 피우는 미술관,

잘난 척하는 미술관,

사람보다 작품을 소중히 여기는 미술관

재미있지도 않은 것을 의미 있는 듯이 늘어놓은 미술관

지브리 미술관 홈페이지에 미술관 관주館主이기도 한 미야자키 하야오 감독이 쓴 글이다. 이 감독은 글도 그림처럼 쉽게, 마음에 쏙쏙 들어오게 쓰는구나. 지브리 미술관에 들어갔던 사람들은 다들 행복한 마음으로 나오니 미야자키 하야오 감독의 작전은 멋지게 성공한 듯! 지브리 미술관, 참 좋았다. 정말 좋았다.

추억의 가네코 하우스

지브리 미술관 덕분에 한껏 즐겁고 행복해진 기분으로 우린 미타카 역으로 돌아와서, 다시 버스를 타고 옛날에 살던 동네인 카미렌자쿠上連雀로 향했다. 참고로 지브리 미술관이나 미타카 역이 있는 곳은 시모렌자쿠下連雀다. 몇 년 만에 타보는 버스인지. 익숙한 버스 안 냄새에 가슴이 쿵쾅쿵쾅. 차장 밖에 펼쳐지는 낯익은 풍경에 콧등이 시큰시큰. 창밖에는 아기 정하를 안고 있는 내가 지나가고 있다. 갓 돌 지난 아기한테 연신 거리 설명을 하며 걸어간다. "정하야, 여기는 신사神社야. 오늘은 장례식이 있는 모양이네. 여기는 슈퍼. 우리 정하 좋아하는 베이비주스 파는 데지?" 무려 17년 전의 일인데 어째서 어제 일처럼 생생하게 기억나는 걸까. 옆에 앉은 청소년에게 "엄마랑 저기 신사에 갔었잖아. 기억 안 나? 저기 슈퍼는 생각나?" 기억날 리 만무한데 자꾸 묻는 것은 눈물을 얼버무리기 위해서였으려나.

버스가 미타카 시청 앞에 섰다. 정하를 유모차에 태우고 매일 산책 나왔던 이 시청 앞. 내게 이곳은 관공서가 아니라 휴식 공간이자 정보 공간이었다. 아나바다 코너가 있어서 오늘은 뭐 쓸 만한 물건 나온 게 있나 보기도 하고(정하의 베이비침대도 이곳에서 구입하고, 이곳에서 되팔았다), 들을 만한 강연회 같은 게 있나 보기도 하고(오에 겐자부로의 강연도 그래서 가게 되었다), 광장에서 언제 알뜰시장이 열리는가 보기도 하고. 남의 나라 관공서를 참 알뜰히도 활용했었다. 정작 우리나라에선 관공서 가기 젤 꺼리면서.

그렇게 그리웠던 미타카 시청은 그대로 있는데, 그 주변 풍경이 싹 바뀌었다. 강산이 두 번 바뀔 정도의 세월이 흐르긴 했지만, 아무리 그래도 시청 이외에는 너무 낯설었다. 같이 신호등 앞에 서 있던 초로의 아주머니에게 혹시 시청이 이사 온 건 아닌지 물어보았다. 분명 예전과 똑같은 건물이긴 하나, 그대로 덜렁 들어다 다른 동네에 갖다놓은 건 아닌가 싶을 정도로 동네가 낯설었다. 손자를 태운 자전거를 붙들고 서 있던 아주머니는 아니라고 예전부터 그 자리에 있었던 거라고 했다.

정류장에서 내려 정하한테 "저 앞에 편의점 있었는데" 하고 가본 곳에 정말 편의점이 있는 걸로 보아, 그대로인 것 같기도 한데 주변 풍경들은 어쩜 이렇게 달라졌는지. 건물들이 낯설긴 했지만 그래도 몸이 기억하고 있는 길을 따라 옛날 집을 찾아가 보았다.

그랬더니 세상에나. 큰길가의 건물들은 모두 바뀌었는데 골목 안의 집들은 예전 그대로였다. 어쩜 이렇게 그대로일 수 있을까? 허물고 새로 지은 집도 없고(한두 채쯤이야 있을지도 모르지만), 증축하여 높아진 집도 없고, 마치 내가 과거 속에 온 것처럼 그 동네 모습 그대로였다. 당연히 우리가 살던 집도 그대로 있었고, 우리 집보다 고급스러워서 부러워했던 옆집도 그대로 있었다. 발코니에 항상 예쁜 화분을 내놓던 그 옆집의 옆집도, 그 옆집의 옆집의 옆집도. 어쩌면 이렇게 한결 같은 모습으로 있는 걸까.

우리가 살았던 집은 다섯 가구가 함께 사는 2층짜리 다세대 주택(일본에서는 '아파트'라고 한다)이었다. 이름은 '가네코金子 하우스'. 1층에 사는 주인 할아버지 성이 가네코 씨였다. 당시에도 건강이 안 좋고 연로했던지라 지금쯤 돌아가시지 않았을까 했는데, 혹시나 하고 문패를 보니 오오, 문패가 그대로 있었다. 아흔이 넘으셨을 텐데. 설마 아직 살아 계실까 싶어서 선물도 사오지 않았는데. 빈손으로 찾는 건 예의가 아니었지만, 그래도 벨을 눌러보았다. 그러나 아무리 눌러도 안에서 인기척이 없었다. 할 수 없이 기왕 온 길에 편지라도 남겨두고 가기 위해 길거리 앉아서 몇 자 적고 있는데, 아까 신호등에서 길을 물었던 초로의 아주머니가 자전거를 타고 오더니 집을 잘 찾았냐고 물었다. 그렇다고 하자, 정말 다행이라고 걱정이 돼서 와봤다며 오던 길을 되돌아갔다. 아마도 손자를 집에 데려다 놓고 이 골목 저 골목 우릴 찾아 다녔던 모양이다. 그러지 않고서야 골목 안에 있는 우리를 어떻게 발견했을까. 정하와 나는 잠시 감동했다. 정하한테 "이 동네 사람들이 저렇게 친절하고 정이 많아"라고 말해주었다. 적어도 내가 그곳에 살 때는 그런 사소한 정을 많이 느끼며 살았다. 편지를 우편함에 넣고 오려는데 마침 아가씨 한 명이 자전거를 세우더니 주인집 옆집으로 들어갔다. 1층에는 주인집 외에 또 한 집이 있는데 거기 사는 모양이었다. 나는 얼른 그 아가씨에게 "17년 전에 이 집에 살았던 사람인데요" 하며 주인 부부의 안부를 물어보았다. 그랬더니 이사 온 지 1년이 지났는데 주인 얼굴을 한 번도 못 봤단다. 음…, 가능한 일이긴 하다. 입주 수속 같은 것은 부동산 회사에서 다 할 테니. 그래도 그렇지 위아래 층도 아니고 바로 옆집인데…. 우리는 2층에 살았지만, 주인 가족과 참 친하게 지냈다. 할머니는 자주 고구마나 감자 같은 먹을 걸 갖다주러 올라왔었는데, 정하를 임신했을 때는 거의 이틀에 한 번 꼴로 오셨다. 어쩌다 며칠 안 온다 싶으면 "아이고, 내가 시골 갔다 오느라 며칠 못 왔네. 어찌나 궁금했는지. 아기는 괜찮지?" 하고 또 고구마 몇 개 삶아들고 허겁지겁 올라오실 정도로 정이 많은 분이었다. 당시에는 내가 고구마나 감자를 좋아하지 않았던 게 문제였지만.

안부라도 알고 싶었지만 그냥 떠날 수밖에 없었다. 정하가 아까 내가 이 동네 사람들 친절하고 정 많다고 했던 얘기를 떠올리며,

저 사람은 왜 안 그러냐고 물었다. 따님, 그런 걸 물으셔도 말이지요. 사람이 공산품도 아니고 어떻게 다 똑같을 수 있나요. 씁쓸한 마음으로 가네코 하우스를 뒤로 하고, 정하에게 그 동네에 있는 다른 추억의 장소들을 가르쳐주며(여기는 네가 이사 가지 않았더라면 다녔을 유치원이야, 네 친구들은 다 여기 유치원에 다녔대, 이 피부과는 아기 때 네가 아토피가 있어서 왔었어, 엄마는 이 슈퍼에 다녔지 등등) 가고 있는데, 뒤에서 자전거가 휙 하고 오더니 옆에 섰다. 주인집 옆집에 사는 그 아가씨였다. 얼마나 열심히 달렸는지 숨을 헉헉거리며 말했다.

"저기요, 부동산 회사에 전화해서 물어봤는데요. 할아버지가 병원에 입원해 계셔서 집에 아무도 없다네요."

일부러 전화까지 해서 물어보고, 여기저기 돌아다니고 있는 우리를 찾아서 알려주다니. 감동의 눈물. 무심한 이웃이라고 욕해서 미안합니다. 왜 친절하지 않냐고 따지던 정하도 그 정성에 놀라서 입을 딱 벌렸다.

이 동네에는 정하를 임신했을 때 시청에서 운영하는 모자학교에 같이 다녔던 친구들이 산다. 아이를 낳은 뒤에도 '동창'이라고 자주 모임을 가지며 친하게 지냈는데 나의 잦은 이사와 게으름 탓으로 연락이 끊겼다. 이번에 가면 동창회를 해야지 생각했는데, 안타깝게도 연락해야 할 사람들 전화번호 목록을 깜박하고 가서 아무도

金子ハウス

만나지 못했다. 대체 한 달 전부터 했던 여행 준비는 뭐였는지….

글을 쓰다가 정하에게 "도쿄 갔을 때 지브리 미술관 다음으로 어디가 좋았어?" 물었더니 "가네코 하우스"라고 대답한다. 그 당시에는 별로 표현하지 않더니만, 딴에도 고향이라고 뭔가 느껴지는 게 남달랐던 모양이다.

기치조지의 길치모녀

주말이면 종종 기치조지에 나가서 외식을 하거나 쇼핑을 했다. 늘 가던 곳이 선로드(기치조지 역 중앙 출구로 나오면 바로 기치조지의 대표적인 상점가 선로드가 나온다) 안의 상점가이거나 주변 백화점뿐이어서 기치조지에 자주 갔었다고는 하지만, 사실 내가 아는 기치조지는 그게 전부다. 여행책자나 인터넷에서 기치조지의 예쁜 카페나 소품샵 등, 예술의 거리 운운하며 나오는 사진들을 볼 때면 '오잉, 기치조지에 이런 곳이 있었나' 하고 놀란다. 아무래도 지역구민과 관광객의 시선도 다를 테고, 그때는 우아하게 카페에 간다거나 소품을 사서 집을 꾸민다는 건 생각할 수 없을 때라, 그런 곳들이 아예 시야에 들어오지 않았던 모양이다. 이번에는 순수하게 관광객으로 가는 것이니 기치조지 구석구석 잘 둘러봐야지, 생각했다.

eyecity
ダイヤ街
SUNROAD
いい店
いい街
サンロード♪
一店逸品街
吉祥寺サンロード商店街
ダイヤ街
アパマンショップ
薬
薬
DRUG & COSMETIC
サンドラッグ

해도 지고 살짝 배가 고파진 정하와 내가 기치조지에 내려서 먼저 찾은 곳은 기치조지에서 제일 유명한 맛집이라 해도 과언이 아닌 '사토'Satou. 멘치가스로 유명한 집이었다. 이 멘치가스라는 것은 소고기와 돼지고기 간 것에 빵가루를 입혀서 탁구공처럼 동글동글하게 만들어 튀긴 것이다. 이 가게에서는 고급 소고기인 마쓰자카규松坂牛를 사용하기 때문에 그 맛이 뛰어나다고 한다.

최근 몇 해 동안 내가 번역한 소설 가운데 가장 재미있었던 소설 세 편을 꼽으라 하면 반드시 챙기는 작품이 기치조지를 배경으로 한『기치조지의 아사히나 군』이라는 소설이다. 비록 수상작도 아니

고 우리나라에는 처음 소개되는 신인작가의 작품이어서 반응은 미미했지만, 적어도 한동안 책을 끊고 살았던 정하가 "엄마, 이런 책 또 없어? 정말 재밌어!" 하며 광분했던 소설이다. 이름만 들어도 끈적끈적 추억이 묻어나는 그리운 기치조지. 그곳에 있는 가게 이름, 거리 이름 등이 실명 그대로 나와 번역하는 동안 아주 신났던 책이다. 이 책 속에서 주인공 아사히나 군이 "기치조지에는 사토라는 정육점이 있다. 여기서 파는 멘치가스를 구입하기 위해 항상 백 명 이상의 사람이 줄을 서 있다"라고 표현한 부분이 나온다. 물론 그도 애인과 함께 그 긴 줄을 서서 기다렸다가 멘치가스를 사먹는다.

사토에 대한 이런 묘사는 이 소설뿐 아니라 기치조지와 관련된 모든 책자나 포스팅에 거의 99퍼센트 실려 있다. 그만큼 기치조지 하면 빼놓을 수 없는 명소다. 이곳 역시 가기 전부터 청소년에게 사전설명 겸 찬양을 빼놓지 않았다. 그럴 듯한 요리도 아니고 고작 달걀 크기만 한 멘치가스 하나를 먹기 위해 가는 이유를 납득시켜야 하니까. 그런데 위치를 잘 알고 있다고 믿어 의심치 않았던 그 가게를 찾아 선로드 상점가에서 한참을 헤매고 말았다. 기억 속의 그곳이 아니었다. 아무리 찾아도 보이지 않아 배도 고프니 그냥 아무 데서나 저녁을 먹자 하고 있는데, 정하가 "여기네!" 하고 콜럼버스처럼 소리를 질렀다. 그래서 보니 바로 앞에 'Satou'라는 간판이 있었다. 그렇다. 일정표에는 버젓이 '기치조지 역 북쪽 출구에서 도보 3분'이라고 써놓고, 습관적으로 정면 출구로 나와 그 고생을 한 것이다. 도대체 번역 작업 올스톱하고 일정표를 짠 이유를 알 수가 없다. 누구를 위한, 무엇을 위한 일정표였던가요.

천신만고(뭘 했다고?) 끝에 찾은 탓인지 배가 고팠던 탓인지 눈물나게 반가웠다. 그 빨간 바탕에 흰색 글씨의 'Satou'라는 간판이. 그런데 얼레, 아사히나 군도 얘기했지만 사토를 다녀간 사람들은 한결같이 '줄이 길어서 한두 시간 이상 기다리는 건 예사'라고 했는데, 줄이 없다! 우리 앞에 달랑 세 명 정도? 오후 6시경이면 한참 붐빌 시간 아닌가. 줄을 서지 않아서 좋았기도 했지만, 한편으로는 이렇게 된 도쿄의 현실이 안타깝기도 했다.

한 개 160엔 하는 멘치가스를 두 개 샀다. 아마 길게 줄을 섰더라도 우린 두 개밖에 사지 않았을 텐데, 이 달걀만 한 것 두 개 사느라 한두 시간 이상씩 기다렸더라면 참 허무했을 것 같다. 그것도 뜨거운 여름날이라면 더더욱. 아마 그랬더라면 우리는 사토 정육점을(그렇다, 정육점 한쪽에서 멘치가스를 팔고 있다) 본 것에 만족하고 발길을 돌렸을 것이다.

드디어 그 유명한 멘치가스를 손에 넣은 우리는 얼마나 맛있나 보자 하는 마음으로 각자 한 개씩 맛을 보았다. 바삭바삭한 튀김옷을 한 입 먹는 순간, 맛있는 육즙이 입속에 퍼졌다. 맛있다. 나는 느끼한 음식, 튀긴 음식을 별로 좋아하지 않는데, 멘치가스는(어떤 것인지 연상이 안 되면 돈가스나 크로켓을 떠올려보시기를. 어차피 다 사촌들) 느끼한 튀긴 음식이다. 절대 먹고 싶어서가 아니라 순전히 숙제하는 기분으로 먹었다. 그런데 맛있었다. 아무리 취향이 아니라 해도 기본적인 '맛'이란 건 있는 법. 정하하고 나는 잘 먹고 나서 "맛있지만, 줄을 서서까지 사먹을 정도는 아니네" 하고 야박한 결론을 내렸다. 그러나 며칠 뒤, 편의점에서 산 멘치가스를 먹어보고서야 사토의 멘치가스가 얼마나 맛있었는지 깨달았다. 시간이 지날수록 은근히 생각나는 맛이었다. 다음에 기치조지에 갈 기회가 있으면 또 사먹을 것 같다. 그때 와서 줄이 길다면 2층에 있는 사토 스테이크에 가봐야지. 이곳도 싸고 맛있기로 유명하다는데, 다음에 갈 곳도 먹는 곳이라 그날은 포기해야 했다.

기치조지의 두 번째(편의상 붙임. 근거는 없음) 명물은 공원 출구에서 4분 거리에 있는 '이세야'라는 꼬치구이집이다. 잘생긴 두 청년(인지 유부남인지 모르겠지만)이 여덟 가지의 재료들을 날것인 채 꼬치에 끼워두었다가 주문을 하면 즉석에서 소스를 발라가며 구워주는데, 가격도 저렴하고 맛도 훌륭하여 몇 십 년째 그 인기가 대단하다. 줄이 그렇게 길면 구워놓고 팔아도 될 것 같은데, 단 한 개의 꼬치도 여분으로 구워놓지 않는다. 20년 전 처음 기치조지에 갔을 때도, 후에 남편이 된 사람이 차를 타고 지나가다 이세야를 가리키며 '저 집은 전국적으로 유명해서 저녁때가 되면 줄이 굉장히 길다'고 설명해준 적이 있는데, 해가 갈수록 그 인기를 더해가는 것 같다. 게다가 이 꼬치구이집, 무려 1958년도에 생겼다고 한다. 꼬치구이를 한곳에서 이렇게 오래 팔다니 대단하지 않은가.

이세야의 모든 꼬치는 동일하게 개당 80엔. 완성품으로 되어 있으면 고를 수 있을 텐데, 모두 날것으로 비닐 속에 있으니 뭐가 뭔지 알 수가 없다. 머리 위의 메뉴판에 이름이 있긴 하지만, 메뉴에서 아는 이름은 닭간, 파, 오돌뼈, 영계 정도? (직업이 번역하는 사람 맞냐고 물으신다면…, 저도 이번 여행에서 수차례 좌절을 느꼈던 바입니다.) 대충 뭔지 알 것 같은 꼬치구이로만 다섯 개를 사서, '드디어' 바로 코앞에 있는 이노카시라 공원으로 갔다. '드디어'라고 하는 것은 신혼 때부터 몹시 가보고 싶었는데, 결혼한 지 20년이 다 돼가는 이제야 가게 됐기 때문. 어째서 남편님께서는 신혼 시절에 이런 꼬치구이집, 이런 공원에 한 번도 데려오지 않았는지.

공원은 입구(정문 입구는 아님)부터 무척 캄캄했다. 이 공원은 그렇잖아도 살인사건 현장으로 소설이나 드라마에 자주 나오는데, 가로등 좀 훤하게 켜놓으면 좋으련만. 하긴 절전, 절전을 부르짖는 일본에서 넓디넓은 공원 전체를 환하게 불 밝히는 건 무리가 있겠지. 밝을 때 오면 더 아름다운 곳일 텐데, 아베크족도 아니고 그 시간에 공원엘 간 우리가 잘못이다(라고 반성하기에는 시간이 오후 7

やきとり

시 정도밖에 안 됐는데). 그래도 가로등을 찾아 그 아래 벤치에서 사이좋게 꼬치구이를 먹었다. 음, 생각보다 별로였다. 가격대비 양호하긴 했지만. 나는 멘치가스가 더 낫다고 하고, 정하는 꼬치구이가 더 낫다고 했다. 아마도 정하는 정말 맛있는 꼬치구이를 먹어본 적이 없어서가 아닐까 싶다. 정하가 그때까지 먹은 것들은 길거리에서 잔뜩 구워놓고 파는 양념 발린 빨건 닭꼬치들뿐이었을 테니.

그나저나 꼬치는 꼬치고, 하필이면 이 컴컴한 저녁에 와서 아름다운 공원 풍경을 제대로 보지도 못하고 가야 한다는 사실이 너무 안타까웠다. 너덧 시만 되면 해가 지기 시작하니 그날 일정의 두세 번째 장소는 항상 어둡다. 관광객 주제에 하루를 너무 늦게 시작한 우리 탓이 크다. 다음에는 꼭 해가 떠 있는 동안에 이노카시라 공원에 와서 놀다가, 해가 지면 이세야에 들어가서 맥주 한 잔과 함께 꼬치구이를 먹어야지, 다짐했다. 그때쯤에는 정하도 스무 살이 넘었을 테니.

꼬치구이를 먹고 나서 한 바퀴 둘러볼까 했으나, 공원의 어둠은 빨리 가라고 재촉했다. 그리고 어둠과 함께 빨리 가자고 재촉하는 게 있으니 말하지 않아도 아시지요, 바로 청소년. 그래도 이날은 마음을 비웠는지 "시간 좀 이르니까 서점에 들렀다 가자" 그랬더니 "그럼 나는 저 앞에 맥도날드에서 기다리고 있을게" 하고 순순히 응해주었다.

도쿄에 오면 가장 큰 즐거움 중 하나가 서점에서 책 구경하는 것이지만, 그건 나만의 즐거움일 뿐 까막눈인 정하에게는 서점 구경이 고역일 수도 있기 때문에 애초에 일정에 넣지 않았다. 그런데 마침 그날 미션은 대충 완수했고, 아직 시간도 좀 있고, 힘도 남아 그냥 돌아가기 아쉽다 싶을 때 마침 눈앞에 큰 서점이 있어서 잠깐 들르기로 한 것이다. 아, 그러나 역시 서점 구경은 시간 많을 때 혼자 느긋하게 해야 했다. 시간에 쫓기며 기다리는 사람 신경 쓰며 책을 보니 내용 파악도 잘 안 되고, 판단력도 흐려지고…. 그래서 이날 즉흥적으로 산 서너 권의 책은 다 망했다는 슬픈 이야기. 애는 먹고 싶은 것도 안 먹고 싶다고 우기며 100엔짜리 동전 한 푼도 그렇게 아끼려 했건만, 나는 별로 도움도 안 되는 책을 사느라 몇 천 엔을 날려버렸다. 당시에 청소년이 이 사실을 알았더라면 아마 서울 오기 전에 화병으로 몸져누우셨을 듯.

추억은 눈물이다…라고 쓰면 아줌마 헛소리의 정점을 찍는구나 하려나요. 그래도 추억은 눈물이다. 아름다운 추억이든 슬픈 추억이든 추억의 장소를 찾았을 때 그 풍경, 그 냄새만으로도 가슴이 싸해지고 콧등이 시큰해지고 눈물샘이 간질간질해지지 않는가. 미타카에서, 기치조지에서 밀려드는 추억에 애써 눈물을 참다가 끝내 가네코 하우스 골목 어귀에서 엉엉 울고 말았다. 손을 내밀면 잡을 수 있을 것 같은, 뒤만 돌면 돌아갈 수 있을 것 같은 그 추억이 무려 20년 전이라니…. 내게 '가난한 날의 행복'이란 추억을 만들어 준 곳이어서 더욱 가슴 시린 곳. 정하가 태어난 곳이라 더더욱 감사한 곳. 우리 청소년, 나중에 훌륭한 사람이 되어서 함께 가네코 하우스에 성지 순례하는 날이 왔으면 좋겠다.

사진 한 장 찍어줄까요

하라주쿠와 메이지신궁

유학을 빙자하여 도쿄에 갔던 20대 시절에 하라주쿠에서 아르바이트를 한 적이 있다. 메이지도리의 쇼핑몰 안에 있는 자그마한 인형가게 점원 일이었다. 인형가게라니, 연약한(?) 내 이미지와 아주 잘 어울리는 곳…이었을 것 같지만, 실상은 나보다 덩치가 큰 고릴라, 곰, 오랑우탄 같은 동물 모양의 봉제인형을 파는 가게였다. 한 번은 진열장 위에 올려놓은 대형 고릴라 인형의 품에 기대어 서 있는데, 찰칵찰칵거리는 소리가 들려서 돌아보니 전문가용 카메라를 든 서양인이 그 모습을 찍고 있었다. 어쩌면 나도 모르는 사이, 내셔널지오그래픽에 청순가련한 일본 아가씨로 소개됐을지도 모를 일이다. 아하하.

아르바이트를 하던 그때, 내 소원은 하라주쿠를 마음껏 구경해 보는 것이었다. 학교가 끝나고 인형가게로 가면 먼저 있던 직원과 배턴터치를 하고 그때부터 혼자 가게를 본다. 저녁 식사는 마주보는 가게의 여자아이와 교대로 다녀온다. 다케시타도리에 있는 패스트푸드점 2층 창가에 앉아 햄버거를 먹으며 지나가는 사람들 구경하는 그 시간이 어찌나 꿀맛 같던지. 그러나 주어진 시간은 달랑 30분. 아르바이트를 하러 오는 길에도 마찬가지다. 역에서 내려 다케시타도리를 지나 가게가 있는 메이지도리까지 가는 동안, 구경하고 싶은 건 무지 많은데 시간에 쫓겨 뛰기에 바빴다. 그래서 매일 하라주쿠에 가는 주제에 "하라주쿠 구경 한번 해봤으면 좋겠어" 하는 게 입버릇이었다. 아르바이트가 끝나는 시간은 가게 문 닫는 시간. 오후 8시면 문을 닫는다. 우리 가게뿐 아니라 하라주쿠 대부분의 가게들이 일제히. 하라주쿠뿐 아니라 일본 상가들은 대체로 그렇게 일찍 문을 닫는다. 24시간 불야성을 이루는 번화가를 제외하고는.

퇴근하는 시간의 하라주쿠에는 해가 있는 동안 각국 나라 사람들이 다 모여 흥청거리던 왕성한 생명력은 흔적도 없고, 불 꺼진 거리에 가게마다 내놓은 쓰레기더미만 가득하다. 마치 낮에 '갸루' 화장을 하고 다케시타도리를 누비던 여자들의 맨얼굴을 보는 것 같은 기분이다.

하라주쿠 역에 내릴 때면 그런 20대 시절의 추억과 그때의 꿈과 감성들이 온몸의 모공을 뚫고 나오는 것 같다. 괜히 떨리고, 괜히 설렌다. 주변이 아무리 난리를 치며 변해가도 하라주쿠 역이 한결같은 모습으로 남아 있어 더욱 그렇다. 도쿄에서 현존하는 역사驛舍 중 가장 오래된 역사답게.

하라주쿠는 전 세계적으로 유명한 곳이지만, 알고 보면 시부야구의 한 지역에 지나지 않는 그리 넓지 않은 동네다. 그래서 초행이어도 쉽게 관광할 수 있다. 역에서 나오면 다케시타 출구와 오모테산도 출구가 있는데, 어느 출구로 나와서 어디부터 구경하든 상관이 없다. 사람들이 흔히 하라주쿠 하면 떠올리는 별난 패션, 튀는 액세서리를 파는 가게나 갖가지 머리 색깔의 젊은이들이 많은 곳은 다케시타도리이고, 고급스러운 부티크나 레스토랑 등이 많이 있는 점잖은 취향의 거리가 오모테산도다. 원래 오모테산도表參道라는 곳이 메이지도리에서 메이지신궁으로 가는 참배길參道이었던 탓에 상대적으로 분위기가 차분하다.

역을 중심으로 하여 ㅁ자 모양으로 한 바퀴 돌면 아무리 길치여도 길을 잃어버릴 염려가 없다. 돌다보면 다시 역이 나오니까. 너무 단조로워서 자주 오다 보면 좀 식상한 느낌이 들기도 하지만, 그래도 늘 새로운 분위기와 독특한 제품들이 관광객을 유혹한다.

모든 젊은이들이 그렇듯 정하도 하라주쿠를 좋아한다. 예쁘고 아기자기한 물건, 재미있고 신기한 물건이 가득한 도깨비상자 같은 곳이니 어찌 좋아하지 않을 수 있으랴. 윈도쇼핑만으로도 즐겁지만, 다케시타도리에는 곳곳에 저렴한 물건들도 많아서 연신 걸음을 멈추게 한다. 나도 이곳에서 아르바이트를 하던 시절에는 옷이나 신발 같은 건 모두 여기서 해결했다. 가난한 유학생, 주머니 여유 없는 관광객에게 감사한 가격들이 많다.

정하와 다케시타도리에 가면 꼭 가는 곳이 세 곳 있었다. 한 곳은 초입에 있는 액세서리 가게(모든 액세서리를 315엔에 파는 곳)이고, 또 한 곳은 '투투안나'라고 하는 어린 여자아이들(혹은 젊은 여자들)이 좋아할 만한 귀여운 디자인의 속옷을 파는 가게다. 핑크빛 건물부터 귀엽고 예쁜데, 안에 들어가면 다양한 디자인과 다양한 가격의 속옷과 양말 등을 팔고 있다. 환율을 감안해도 예쁘고 품질 좋고 싼 속옷이 많아 정하가 애용하는 곳이다. 아니, 애용하는 곳이었다. 그런데 이번에는 환율을 곱해보고 비싸다고 사지 않았다.

액세서리 가게도 유치하다며 그냥 패스.

나머지 한 곳은 애견옷 가게다. 집에 두고 온 나무(시추, 6세)의 선물을 사기 위해 즐겨 들르는 곳이었다. 다케시타도리 끝 쪽에 있는 이 애견옷 가게는 종류도 다양하고, 예쁘고, 실용적인데 가격까지 비교적 착한 편이다. 오다이바의 애견용품 가게보다 훨씬. 그런데 이번에는 환율이 환율이다 보니 절대 착하지 않은 가격이어서 아쉽지만 포기해야 했다. "나무는 우리가 일본 갔는지 모를 거야. 선물 사가지 않아도 섭섭해하지 않을 거야. 개니까" 하며, 개한테 옷을 입히는 건 인간의 즐거움일 뿐 개는 아무 기쁨도 못 느낄 거라고 서로를 위로했다.

이날, 다케시타도리에서 유일하게 산 것은 정하의 눈총을 받으며 구입한 숄(평소에 찾던 디자인과 색깔이었는데 가격까지 싸서 큰맘 먹고 사버렸다). 그런데 집에 와서 보니 메이드 인 코리아. 아, 왠지 허탈했다. 남대문이나 동대문에 가면 더 싸게 살 수 있었을 텐데.

뭐니 뭐니 해도 빼놓을 수 없는 하라주쿠의 명물은 역시 크레페다. 구두쇠 정하도 "하라주쿠에 와서 크레페를 안 먹을 수 없지" 하면서 배가 고프지 않아도 크레페는 꼭 사먹는다. 다케시타도리 중간쯤에 핑크색 크레페 집과 파란색 크레페 집이 마주보고 있는데, 파란색 크레페 집이 아주 조금 더 유명한가 보다. 서태지가 와서 먹었던 집이라는데 대체 그런 사실을 어떻게 아는지 모르겠다. 어쨌든 두 집의 맛 차이는 거의 없다…고들 한다. 20여 년 전 아르바이트를 하던 시절에는 크레페 열풍이 대단해서 하라주쿠에 정말 많은 크레페 집이 있었는데, 지금은 많이 줄어들었다.

우리는 핑크색 크레페 집에서 크레페를 사기로 했다. 이유는? 핑크색 크레페 집 쪽이 가까웠기 때문이다(모녀에게는 중요한 이유지요, 예). 정하에게 사오라고 시켰더니 무슨 맛을 먹을지 진열장 앞에서 한참을 고민한다. 보다 못해 앞에 붙어 있는 '잘 팔리는 크레페 순위표'에서 1위 크레페를 사라고 지정해주었다. 내 기억 속의 크레페 맛은 다 똑같은데 종류는 어찌나 많은지. 무슨 차이가 있는 걸까? 디저트에 관한 한 내 미각은 정말 둔한 것 같다. 별로 좋아하지 않아서 그런가.

크레페를 들고 어디서 먹을까 두리번거리다 가게 옆에 나무가 울창한 곳으로 이어지는 계단이 있기에 여긴 어딘가 하고 한번 올라가보았다. 그랬더니 뜻밖에도 숲처럼 우거진 나무들과 유치원이 있었다. 하라주쿠에 유치원이 다 있구나 하고, 신기해하며 그 앞에 앉아 크레페를 먹다 보니 '도고 신사 입구'라는 간판이 보였다. 어라, 도고? 그 도고? 알고 보니 그곳은 '동양의 넬슨 제독'이라고 불리는(자국 사람들만 그렇게 부른 게 아닐까 싶지만) 해군 제독 도고 헤이하치로를 참배하는 '도고 신사' 앞이었다.

내가 도고 헤이하치로의 이름을 기억하는 것은 이런 일화 때문이다.

러일전쟁에서 도고 헤이하치로가 크게 승리를 거두고 개선했다. 그는 원수가 되었다. 그 축하 자리에서 어떤 사람이 아첨을 하면서 "이번의 대승리는 역사에 남을 위대한 일이다. 이는 나폴레옹을 트라팔가 해전에서 물리친 넬슨 제독에 필적하며 당신은 군신이다"라고 했다. 도고 제독은 이에 답하여 "말씀은 감사합니다만, 제 생각에 넬슨이라는 인물은 그 정도의 인물이 아닙니다. 진정으로 군신의 칭호를 붙일 만한 인물이 있다고 한다면, 그것은 이순신 정도의 인물이겠지요. 이순신과 비교하면 저는 하사관에도 미치지 못합니다"라고 말했다.

일본에서 영웅으로 칭송받는 해군 제독이 넬슨 제독보다 이순신 장군을 더 훌륭하다고 생각해주는구나 하고 다들 뿌듯해했지만, 결국 이 일화는 시바 료타로의 소설에 나오는 픽션으로 밝혀졌다

水交会
和楽殿
ビーターハウス

고 한다. 애초에 재일교포 이 아무개 씨가 도고와의 친분을 자랑하느라 떤 허풍에서 나온 얘기라는 설도 있다. 어쨌거나 사실이 아닌 건 확실한 모양이다. 우연히 이 일화를 읽고 훈훈한 얘기라고 감탄했던 게 허망했다.

그런데 또 이렇게 우연히 도고 신사에 오게 되다니 도고 님과 전생에 인연이 있었나? 그러나 신사 안까진 들어가지 않고 크레페만 먹고 내려왔다. 일화가 사실이 아닌 마당에 아무 의미 없는 신사이니까.

350미터쯤 되는 다케시타도리가 끝나면 큰 도로가 나온다. 메이지도리다. 자꾸 거리 이름이 나오니 헷갈리겠지만, 역에서 나오면 바로 길 건너에 다케시타도리, 다케시타도리 끝에서 오른쪽으로 꺾으면 메이지도리, 그리고 메이지도리에서 오른쪽으로 꺾으면 오모테산도라고 생각하면 쉽다. 메인 도로가 역을 중심으로 해서 ㄷ자를 세워놓은 모양이다.

메이지도리에도 유명한 곳이 많은데 대표적인 것이 하라주쿠의 랜드 마크 '라포레'라는 쇼핑몰이다. 이 건물에 들어서는 순간부터 계속 나오는 말은 "아, 예쁘다", "아, 갖고 싶다"뿐. 평소에는 가격이 착하지 않지만, 세일 기간이면 환상적으로 바뀐다. 혹시 여행하다 운 좋게 세일 기간이거든 한번 들어가 보시길. 아마도 어마어마하게 긴 줄을 서야 할지도 모르지만, 대신 좋은 물건을 말도 안 되

는 가격으로 '득템' 할 수 있을 것이다. 예전에 아르바이트 했던 곳이 라포레 이웃에 있는 쇼핑몰이어서, 세일 기간과 월급날이 겹치면 평소 눈독 들여놓았던 물건들을 샀던 기억이 난다.

약속 장소로도 많이 이용되고, 관광객들이 한 타임 쉬어가는 곳이기도 해서 라포레 앞은 항상 알록달록한 머리, 특이한 패션의 사람들과 평범한 사람들의 모습이 자연스럽게 뒤섞여 있다.

라포레에서 오른쪽으로 꺾으면 오모테산도의 느티나무 가로수길이 나온다. 고급 브랜드, 럭셔리한 레스토랑, 세련된 카페…가 어우러진 길이어서 명품을 사랑하는 이삼십 대 여성들에게 인기가 많은 곳이다. 우리나라도 그런 경향이 짙어지고 있긴 하지만, 일본 여성들의 명품 사랑은 정말 대단하다. 명품족 그녀들이 특히 사랑하는 곳이 바로 오모테산도나 아오야마도리다. 명품을 사랑하지 않는(이라기보다 명품에게 사랑받지 못하는) 나에게는 한낱 럭셔리한 산책길에 지나지 않지만.

오모테산도에서 슬슬 하라주쿠 역에 가까워지는 길에 '규슈 장가라 라멘'이라는 라멘집이 있다. 위치 탓인지, 정말 맛있는지 이 집도 가이드북에서 많이 본 하라주쿠 맛집이다. 거절당할 걸 알면서도 정하한테 "이 집, 유명한 집인데 한번 먹어볼까?" 했더니 도리도리. 실은 나는 라면을 무척 좋아하는데 희한하게 일본 라멘은 별로다. 하라주쿠에서 아르바이트 하던 시절에 회사 사람과 같이 처음 먹어본 느끼한 일본 라멘 맛에 기겁을 한 탓인지, 그 후로 다시 먹어보기를 시도하지 못하고 있다. 우리는 틈틈이 라멘을 다시 먹을 기회를 노리긴 했지만, 공교롭게도 라멘집 지날 때는 배가 안 고플 때. 그날도 라멘 먹기는 실패였다.

그곳을 지나면 '긴다코'라는 다코야키집도 있다. 이 집 또한 가이드북 단골이다. 역시 정하한테 "먹을래?" 했더니 도리도리. 정말 먹고 싶지 않아서 안 먹겠다고 하는 건지, 돈 쓰기 아까워서 안 먹겠다고 하는 건지 알 수가 없다. 다리도 아프고 쉬었다 가고 싶어서 도토루라도 들어가자 했더니, 입구에서 메뉴판의 가격을 보고는 또 도리도리. 아, 이 인간하고 다시 같이 여행 하나 봐라, 여행을 시작한 뒤부터 수십 번도 더 생각했던 것이 혼잣말처럼 밖으로 튀어나올 뻔했다.

스물여덟 살의 메이지신궁

드디어 오모테산도도 끝나고 육교 앞에 섰다. 육교를 건너면 우측으로는 하라주쿠 역이고, 정면으로는 메이지신궁이다. 메이지신궁은 메이지 천왕과 쇼켄 황태후의 제사를 지내는 곳으로, 전국에서 참배객들이 가장 많기로 손꼽힌다. 일본 사람들은 '하쓰모데'라고 해서 새해 첫날 참배를 하러 신사에 가는데, 그날 뉴스를 보면 메이지신궁에서 '헉' 소리 날 만큼 무수히 쏟아져 나오는 사람들의 모습을 볼 수 있다.

육교 위에 올라가면 육교 한가운데 잠시 멈춰 서서 아래를 한번 내려다보라. 참 재미있는 풍경이 펼쳐지고 있다. 신궁 입구의 진구

바시神宮橋라고 하는 다리를 사이에 두고 이쪽은 미친 여자 널뛰듯 시끄럽고, 저쪽은 돌아앉은 비구니처럼 고요하다. 그 완벽한 정靜과 동動의 대조를 육교 위에서 내려다보고 있노라면, 뭔가 갑자기 철학자라도 된 것처럼 상념에 젖어들게 된다.

메이지신궁은 다케시타도리와 오모테산도를 돌기 전에 와서 차분하게 경내를 한 바퀴 거닐면 참 좋으련만, 언제나 그 두 곳을 구석구석 돌고 돌다 이 다리가 내 다린가 싶을 만큼 감각이 없어졌을 때야 오게 된다. 이날도 예외는 아니었다. 게다가 무색무미무취가 아니라, 무언, 무표정, 무사고 상태가 된 청소년과 이 넓은 신궁을 걸어야 하는 것은 정말 고문 중 고문이 아닐 수 없다. 결국 서로를 위해 택한 것은 한석봉 어머니 코스프레, "지금부터 한 시간 동안 너는 다케시타도리의 다이소(100엔 숍)에 가서 쇼핑을 해라, 나는 메이지신궁을 거닐며 마음을 다스리겠노라."

마지못해 따라왔던 청소년은 "앗싸!" 하며 눈 깜짝할 사이에 시야에서 사라졌다. 100엔 숍이니 열 개 사도 소비세 포함 1050엔. 구두쇠 청소년에게 다이소는 '파라다이소'일 것이다.

혼자 총총걸음으로 메이지신궁 도리이(신궁 입구에 있는 하늘 천자 모양의 문)를 지나다 보니, 스물여덟 살 때 혼자 메이지신궁을 찾았던 일이 생각났다. 그때도 번역거리를 찾으러 도쿄에 온 길이었는데, 뜬금없이 이곳에는 왜 왔는지 모르겠다. 무려 20년 가까이 된 기억이다 보니 앞뒤좌우의 일은 전혀 생각이 나지 않는다. 유독 이곳에 다녀간 것만 기억하는 이유는 아직도 지갑 속에 있는 사진 한 장이 "너 스물여덟 살 때 메이지신궁에 다녀왔지?" 말해주고 있기 때문이다.

그날, 나는 자동카메라를 들고서 도리이도 찍고 울창한 나무들도 찍으며 혼자 천천히 신궁 안으로 걸어가고 있었다. 그리고 맞은편에서는 전문가용 카메라를 멘 젊은 남자가 내려오고 있었다. 오가는 사람들끼리 마주치는 건 흔한 일, 별 생각 없이 걸어가고 있는데 한참 가다보니 어느새 따라왔는지 그 남자가 옆에 와서 말을 걸었다.

"사진 한 장 찍어줄까요?"

지금도 마찬가지이긴 하지만, 그 시절에도 내 몰골은 미모의 여인네와는 거리가 멀었다. 어째서 내게 말을 걸었는지 그 이유는 알 수 없다. 당시 이태원에 가면 "오네상, 야스이모노 이빠이 아리마스요"(언니, 싼 거 많아요) 하고 호객꾼들이 일본어로 말을 거는 외모여서 특별히 외국 관광객 티가 나지도 않았을 텐데.

이유야 어쨌거나 호의를 거절할 필요는 없어서 내 자동카메라를 내밀었더니, 피식거리며 자신의 전문가용 카메라를 들었다. 그러고는 한 장만 찍어주고 가는 게 아니라 같이 신궁을 돌며 여기 서 봐라, 저기 앉아 봐라, 하며 계속 찍어주는 것이었다. 도구(전문용어를 모르겠음)를 꺼내 피부색깔 톤까지 맞춰가며 본격적으로. 본의 아니게도 럭셔리하게 전속 카메라맨을 데리고 신궁을 산책하는 꼴이 돼버렸다.

사진도 찍고 신궁 구경도 하고 내려오는 길에, 자동판매기가 죽 늘어선 휴게소에서 잠시 음료수나 한 캔씩 마시기로 했다. 아, 여기서 받았던 컬처 쇼크. 보통 그런 경우에 사진을 찍어주었으니 고맙다고 내가 사거나, 아니면 남자이니 그가 사거나 하지 더치페이는 안 하지 않나? 게다가 고작 100엔짜리 캔 하나 뽑는데 말이다. 내가 뽑아주겠다고 하니 "부잔가 봐요?" 하면서 굳이 자기 돈으로 자기 것만 뽑았다. 할 수 없이 나도 내 돈으로 콜라를 빼서 마주 앉았다. 콜라를 마시며 자세히 보니까, 남자가 키도 크고 꽤 미남인 게 아닌가. 그래서 "이제 보니 참 잘생겼네요"라고 했더니 남자 왈,

"그 콜라에는 알코올이 들었나 봐요?"

아, 그때까지 살면서 들었던 유머 중에 제일 웃겼다. 제법 얘기가 잘 통해서 한참 수다를 떨었는데, 지금까지도 잊히지 않는 것. 내가 대학교 때 홋카이도에 갔던 얘기를 하다가 '터널'이란 말이 나왔는데 그 단어가 전달이 되지 않아 한참을 헤맸다. 나는 영어니까 그냥 '터널'tunnel이라고 하면 알아들을 줄 알았더니만, 못 알아듣는 거다. 그래서 "토나루? 터너루? 터나루?" 이래도 못 알아들어서 "왜 산이나 땅 속을 이렇게 아치 모양으로 뚫은 거 있잖아요" 하고 설명했더니, "아, 톤네루!"라고 하는 게 아닌가. 이런 빌어먹을 일본식 영어. '자 세루'the sale를 처음 들었을 때의 충격이 되살아났다.

이런저런 수다를 떨다 헤어질 무렵에 남자는 자기 카메라에서 필름을 빼더니 필름통에 담아 내게 주었다. 명함과 함께. 촬영이 있어서 가야 한다며 여행 중 시간 남으면 연락하라고 했다. 명함을 보니 사진 스튜디오를 하는 사람이었다. 그런 전문가가 어째서 가던 길 되돌아와서 한참이나 시간 들여 사진을 찍어주었는지, 정말 불가사의하다. 내 연락처를 묻지 않는 것으로 보아 내게 관심 있었던 게 아닌 건 분명한데. 혹시 메이지신궁 자원봉사자였나?

스물여덟, 촌스럽던 처녀 시절 마지막으로 찍은 그 사진은 그런 사연을 안고 지금도 지갑 속에서 수줍게 미소 짓고 있다. 왜 처녀 시절 마지막인가 하면 이듬해 스물아홉에는 결혼을 했기 때문이다. 결혼 상대자는 공교롭게도 메이지신궁 다녀오던 그날 오후에 만난 한국 남자였다. 하하….

20년 만에 다시 메이지신궁을 올라가는데 그때 생각에 실실 웃음이 나왔다. 낼 모레 갱년기인 아줌마에게 말을 거는 남정네는 당연히 없겠지만, 내려오는 사람들을 괜히 한 번씩 더 쳐다보게 되더군. 올라가는 길에 보니 자판기들만 있었던 휴게소 자리에는 근사한 레스토랑과 기념품 가게, 보물 전시실 같은 것들이 생겼다. 아마 예전과 달라진 것이라면 그 정도였던 듯싶지만, 20년 전의 기억이니 믿을 건 못 된다.

오랜만에 찾아온 메이지신궁은 기억 속의 그것보다 훨씬 넓었다. 정하랑 한 시간 뒤에 만나기로 했는데, 이게 한 시간 만에 돌 수 있는 면적이 아니었다. 처음에는 급한 마음에 거의 경보 하듯 걷다가 이내 체력이 고갈되어 에라, 모르겠다, 설마 다 큰 딸 잃어버리랴, 하고 천천히 걸었다. 어차피 다이소 같은 데서 시간은 눈 깜짝할 사이에 지나갈 테고, 그곳에서 만나기로 했으니 올 때까지 기다리겠지.

'전국에서 헌납받은 10만 그루의 나무로 만들어진 진귀한 인공림'이 자랑인 메이지신궁, 참배길 양쪽으로 병풍처럼 늘어선 울창한 나무들이 장관이다. 이곳을 내원이라 하는데, 메이지 천황의 장례식을 치렀다는 외원에는 '진구 구장'이 있다. 하루키가 종종 혼자 가서 캔맥주 마시며 야구를 본다는 '진구 구장'. 그의 에세이에 자주 등장하는 '진구 구장'을 한번 가봐야지 했는데 정하랑 따로 행동하고 있고, 시간 제약이 있어서 그건 무리였다. 내원도 이렇게 넓은데, 야구장까지 있는 외원은 얼마나 넓을지. 이 넓은 공간을 메이지 천황 부부를 모시기 위해 만들었다니, 일본인들의 메이지 천황에 대한 사랑이 대단하긴 한 모양이다. 하긴 오죽하면 메이지 천황이 태어난 날을 국경일로 삼았겠는가만.

걷고 또 걸어서 드디어 본전 앞에 도착했다. 일본인들은 여기까지 오면 보통 손뼉을 짝 치고, 새전함에 돈을 넣고 목례를 한 다음, 손을 모으고 기도를 한다. 한국 관광객 아주머니 몇 분도 동전을 넣고 기도를 하던데, 거기서 모시고 있는 사람이 누군지 알고 기도를 하는지 어쩌는지. 입이 근질거렸지만 옆에서 참견할 수도 없고, 조용히 뒤돌아서 왔다. "나 50엔짜리 넣었는데 괜찮을까?" "너무 적지 않아? 난 200엔 넣었어." 이러는 대화가 들려와서 나도 모르게 풉 하고 뿜었다. 아무래도 그 언니들 부처님이 계신 절이라고 생각하는 것 같다. 아니면 소원을 들어주는 용한 일본 신이 산다고 생각했거나.

본전 근처에는 '에마'繪馬라는 것에다 소원을 써서 걸어두는 기원소가 있다(손바닥 크기의 나무판자 바탕에 '말 그림'이 그려져 있어서 에마라고 한다). 어느 신사에서나 볼 수 있는 모습이다. 신사에 갈 때면 일부러 이 에마에 적힌 글들을 읽는데, 때로는 그 짧은 소원들이 긴 소설보다 감동적일 때가 있다. 주로 자식의 합격을 비는 글, 가족의 건강을 비는 글, 자신의 꿈이 이루어지길, 연인과의 사랑이 이루어지길 비는 글들이다. 한글로 된 에마도 많이 눈에 띄었다. 이건 어느 나라 언어일까 싶은 처음 보는 글씨의 에마들도 많다. 내가 보았던 에마 중 가장 찡했던 것은 실연을 하고 마음을 달래러 온 남자인 듯 "나를 떠나간 그녀가 행복하기를, 무조건 행복하기를"이라고 쓴 글. 나는 누군가와 헤어진 뒤 그 사람의 행복을

빌었던 적이 있었던가? 하고 뜬금없는 반성을 했던 글이다.

정하랑 약속한 한 시간은 이미 지나갔다. 본전에서부터 전력질주를 하면 10분 안에 갈 수 있을까? 무리일까? 일단 입구까지라도 뛰어가 볼까 싶어서 열심히 뛰었지만, 무리였다. 고등학교 체력장 때 100미터 전력질주를 한 이후로 처음 하는 뜀박질에, 10미터도 못 가서 하늘이 노래지더군요. 사람들이 이래서 로밍을 하는구나. 전화 한 통이면 될 텐데 휴대전화가 없으니 몸이 고생하고 있다. 그래도 최대한 빠른 걸음으로 메이지신궁을 나와서 인파를 헤치고 다케시타도리에 진입하여 핑크빛 건물의 다이소에 도착했다.

역시나 쿨하신 청소년님은 전혀 기다리지 않고 있었다. 바구니에는 달랑 두 개의 물건. 한 시간 넘도록 겨우 200엔어치 쇼핑했다. 별로 갖고 싶은 게 없더란다. 10만 가지가 넘는 물건 중에 갖고 싶은 물건이 달랑 두 개라니! 어휴, 그래도 메이지신궁 한 바퀴 도는 것보다 다이소 몇 바퀴 도는 게 더 즐거웠을 테니 됐다.

돌아오는 전철에서 메이지신궁은 어떻더냐고 묻지도 않는 청소년에게 열심히 찍은 사진들을 보여주었다. 그랬더니 건성으로 휙휙 넘기고 간략한 촌평을 해주셨다.

"사진 좀 잘 찍지."

그래, 네 나이에 녹음 속의 신궁을 산책하는 그 맛을 어찌 알겠냐. 좀 더 나이 들면 스스로 가보고 싶어 할 날이 오겠지.

날씨도 표정도 우중충

시부야

시부야의 명물은 뭐니 뭐니 해도 충견 하치코. 대학교수인 주인이 퇴근할 무렵이면 비가 오나 눈이 오나 역에 나가서 기다렸던 하치는 주인이 세상을 떠난 뒤에도 10년 동안이나 시부야 역 앞에 나가서 주인을 기다렸다고 한다. 이런 하치가 죽고 나자 사람들은 충견이라 부르며 '코'公라는 신분 높은 사람에게 붙이는 칭호를 붙여주었다. 하치코 이야기는 동화로도, 드라마로도, 영화로도 나와서 한 번쯤 들어보셨으리라. 심지어 몇 해 전에는 〈하치 이야기〉라는 제목으로 리처드 기어가 주인공 역을 맡아 할리우드에서 리메이크되기까지 했다. 어떤 장르로 나오든 눈물 없이 볼 수 없는 감동 스토리로 사람들을 울렸다. 혹자는 주인을 기다리려고 나간 게 아니라 시부야 역 앞 포장마차에서 사람들이 주는 음식을 얻어먹으려고 나간 거라고도 한다. 진짜 이유야 하치코밖에 모르겠지만, 그 추운 날에도 그 더운 날에도 무언가를 찾아 하루도 거르지 않고 역 앞에 나갔다는 사실만으로도 가슴이 아리다. 오랜 세월 동안 하치코의 사망 원인이 닭꼬치의 꼬챙이가 내장을 찔러서라고 알려져 있었지만, 최근 들어 그게 아니라 '기생충 감염과 암으로 인한 사망'으로 밝혀졌다 한다. 온몸 구석구석 아팠을 텐데 그런 몸으로 그렇게 매일 역에 나갔다니, 개를 키우는 사람으로서 더욱 가슴이 아프다. 이미 수십 년도 전의 일이구만, 새삼스럽게.

시부야 역에는 '하치코 출구'까지 있다. 그 출구로 나가면 하치코 동상이 보인다. 만남의 장소로 유명한 곳이다. 명성에 비해 그냥 작고 평범한 동상이어서 아마 처음 보면 '에게?' 하는 생각이 들지도 모른다. 나도 그랬지만. 그런데 생각해보니 개 동상을 이순신 장군 동상처럼 크게 만들어도 이상할 것 같다. 하치코 동상은 딱 하치의 실물 크기와 모습 그대로였다. 하치코가 살아 있을 때 그랬던 것처럼 그 시선이 시부야 역 개찰구로 향하고 있는 게 짠하다. 언젠가 〈TV 동물농장〉에서 할머니를 몹시 따랐던 늙고 병든 개가 할머니가 돌아가신 뒤에도 하루도 빠짐없이 느린 걸음으로 할머니가 생전에 다녔던 할머니 친구집, 방앗간, 경로당 등등을 돌면서 할머니를 찾아다니는 모습을 본 적이 있다. 보면서 하치코 생각이 났다. 죽은 주인을 그리워하는 것도 비슷했지만, 크기와 털색과 얼굴까지 닮아서. 하루는 식사를 하는 길에 하치코와 이 개 얘기가 나와서 우리 모녀는 밥 먹다 말고 훌쩍훌쩍 울었다. 절대 의견이 엇갈리지 않는 유일한 공통 관심사가 '개'여서, 감동적인 개, 슬픈 개 얘길 하며 둘 다 꺼이꺼이 잘 운다. 주인이 울거나 말거나 옆에서 뭐 좀 얻어먹으려고 낑낑거리는 우리 '나무'한테 "너는 혹시 엄마가 죽어도 힘들게 그러지 마" 그랬더니, 정하 왈, "나무는 뭐 엄마가 집 안에서만 사니 그냥 이 방 저 방만 찾아다니겠지."

시부야 역에 내려서 제일 먼저 짠한 마음으로 하치코 동상을 구경했다면, 이제 다른 곳으로 가보기 위해 역 앞 스크램블에 서 있다가 신호가 바뀌자마자 사방에서 쏟아져 나오는 수많은 인파에 놀라고, 그 속에서도 톡톡 튀는 시부야 걸을 보고 놀라게 될 것이다. 하치코 못잖게 유명한 그녀들이다. 시부야 걸의 연령층은 보통 중고등학생이지만, 20대 초반까지 봐줘도 무방하다. 아시다시피 이 어린 걸들의 패션이 가관이다. 그때그때 유행에 따라 달라지긴 하지만, 대체로 길게 풀어헤친 샛노란 머리, 까맣게 선탠을 한 얼굴, 짙은 하늘색 아이섀도로 부엉이처럼 동그랗게 칠하고 시커멓게 아이라인을 그린 눈, 알록달록한 색깔의 인조 손톱, 사다리 같은 높은 신발이 시부야 걸의 전형이다(개그콘서트의 갸루상을 생각하면 될 듯). 머리를 하얗게 하고 얼굴은 더 까맣게 하고 입과 눈 주위까지 하얗게 하는 화장이 유행하기도 했다. 우리나라에서 이런 걸들이 지나가면 다들 저게 뭔가 하고 한 번씩 돌아보겠지만, 여기선 워낙 흔하니 우리 같은 관광객이나 "흐미" 하고 돌아볼 뿐, 그러고 다녀도 별로 관심도 갖지 않는다. 청바지에 티셔츠 얌전하게 입은 내 옆의 청소년이 도쿄에 와서 처음으로 예뻐 보였다.

생각보다
작구나…
그러게.

내가 없어도
너무 찾아다니면
안 된다.
집안에서 찾겠지.
아마도…
…

첫날 다이칸야마와 지유가오카에 다녀오는 길에 에비스로 가려 했던 계획을 취소하고 시부야 역에 내렸었다. 그날 시부야에서 제일 먼저 본 것은 스크램블의 대형 전광판에 "뽀삐뽀삐뽀삐 아~" 하고 고양이 꼬리를 단 엉덩이를 흔드는 티아라였다. 신기했던 것은 맞은편 전광판에서는 허각이 나오고 있었다는 것. "허각도 일본 진출했어?" 하고 보다 보니 엠넷 음악 프로 같았다. 그 인파로 넘쳐나는 시부야 역 스크램블에서 양쪽으로 한국 가수가 나온다니. 케이팝의 파워가 이 정도구나 싶었다. 20여 년 전에는 일본 사람들이 '돌아와요, 부산항에'를 아는 게 그렇게 자랑스럽고 신기했는데, 이제는 너무 자연스러워서 오히려 당연하게 느껴졌다. 오는 길에 전철 안에서는 온통 카라의 광고 사진.

티아라도 허각도 지나가고, 일정표에 적은 것들을 기억해내려 애쓰며 두리번거리다 보니 저쪽에 '시부야 마크시티'가 보였다. 앗싸. 일정표에 시부야에서 갈 곳 1번으로 적어놓은 곳이다. 복합 쇼핑몰인 이곳에는 '내추럴 키친'과 '미도리 스시'가 유명하다고 해서 거길 가볼 생각이었다. '내추럴 키친'은 자그마하고 앙증맞고 아이디어 넘치는 주방용 소품과 인테리어용 소품을 파는 곳이다. 판매하는 모든 물건이 105엔. 인터넷으로 사진을 보았는데, 둘 다 이런 걸 좋아하고 가격이 저렴하니 분명 마음 놓고 구경하고 쇼핑할 수 있을 거라 생각했다.

역시나 듣던 대로 예쁘고 아기자기한 소품들이 많았다. 탐나는 것은 많았지만, 깐깐하신 청소년이 제지를 해서 나무 손잡이로 된 포크와 숟가락, 옷걸이 모양의 메모꽂이만 겨우 건졌다. 아직도 더 볼 게 많았는데 옆에서 멀쩡히 구경하고 있던 청소년이 갑자기 어지럼증을 호소했다. 그냥 호텔로 갈 것이지 무슨 여행의 뽕을 뽑겠다고 애를 그렇게 고생시키냐고, 청소년 학대라고 할지도 모르지만… 그때 시간은 겨우 오후 6시였다. 이건 학부모가 극성인 게 아니라 청소년의 저질 체력이 문제인 것 같지 않나요?

그래도 저녁은 먹고 들어가야 할 것 같아서 같이 의자에 앉아 쉬다가, 괜찮아졌다고 하기에 마크시티에서 꼭 가기로 한 두 번째 장소를 찾아갔다.

4층에 있는 '미도리 스시' 시부야점. 가격대비 질이 아주 훌륭한 스시집이라는 정보가 많았다. 도쿄 올 때마다 균일가 회전스시만 먹었으니, 이번에는 스시 킬러인 청소년에게 맛있는 스시를 좀 먹이자 싶어서 찾아낸 곳이다. 쓰키지 시장의 '다이와 스시'를 먹으러 갈 시간이 안 되면 이곳으로 가라는 평들이 있을 정도로 신선하고 맛이 좋다고 한다. 기대에 차서 가게를 찾아갔으나, 청소년은 가격을 보더니 바로 "안 먹어" 하고 뒤돌아섰다. 고작(?) 해야 스시 모둠 메뉴가 2,000엔대. 유명한 스시 값이 이 정도면 아주 양호하구먼. 하지만 어쩌겠는가, 아무리 어르고 달래도 안 먹겠다고 하니 그냥 돌아올 수밖에. 그날 호텔에 와서 일정표를 꺼내 정하에게 보여주었더니 "아하하하" 하고 폭소를 터트렸다. 일정표에는 이렇게 적혀 있었다.

"시부야 역 마크시티웨스트 4층 미도리 스시(←정하가 비싸다고 안 들어갈 확률 높음)."

이틀 뒤 다시 시부야를 찾았다. 대낮인데도 날씨가 흐려서 사방이 우중충했다. 그중 가장 우중충한 것은 청소년의 표정이었지만. 우중충한 날씨에 우중충한 청소년과 함께 우중충한 재색 건물(기분 좋은 날이었다면 반짝거리는 은색 건물이라고 표현했을 터이나) '시부야 109'에 갔다. 하치코 동상을 구경하고 몸을 딱 돌리면 바로 눈앞에 우뚝 서 있다(길은 건너야 함). 명실상부한 시부야의 랜드 마크. 시부야 걸의 패션, 나아가서 도쿄 젊은 여성들의 패션을 이끌고 나간다고 해도 과언이 아닌 거대 쇼핑몰이다. 규모가 큰 밀리오레나 두타를 생각하면 좋을 듯. 단, 남성 의류는 없다. 지하 2층부터 지상 8층까지 전부 여성 의류와 액세서리, 신발 매장이다.

"아, 저런 이상한 옷들 대체 어디에서 파나 했더니 여기서 파는구나."

촌스럽게 계속 그런 감탄사가 나왔다. 옆에 지나가는 걸들은 "가와이"(귀엽다)를 연발하는데, 대체 그저 줘도 안 입을 것 같은 옷들이 어디가 그리 귀여운지. 정하는 일본 옷이 영 취향에 맞지 않는지 하라주쿠에서도 그렇고, 다이칸야마나 지유가오카에서도 그렇고 옷가게를 볼 때마다 “어휴” 하며 시선을 돌렸다. 급기야 온통 옷 매장인 109에서는 “여기 계속 돌아야 돼?”라며 온몸으로 거부. 쇼핑을 하러 온 게 아니니까 당연히 계속 돌아야 할 필요는 없었다. 관내에서 사진도 못 찍게 하니 더욱 도는 의미가 없다. 그래, 시부야 걸 패션 파는 곳에 40대 한국 아줌마가 돌아다니는 것도 민폐일 거야, 하면서 나왔다. 아아, 역시 머잖아 갱년기라 윈도쇼핑도 힘겹더라고요(라고 하면 아마 “넌 20대 때도 그랬어” 하는 지인들의

증언이 속출할 듯).

109에서 나와 신호를 기다리며 스크램블 앞에 서 있는데 문득 몇 해 전 번역한 하라 고이치의 소설『마루 밑 남자』의 한 장면이 생각났다. 시부야 역 스크램블에서 여자아이가 신호를 기다리는 중년남성만을 골라 다짜고짜 구두를 닦아주고, 1,000엔을 갈취하듯 받아낸다. 사람들은 복잡한 스크램블에서 구두를 닦는 여자아이와 구두를 닦이고 있는 중년남성에 대해 아무런 관심도 없다. 워낙 영화나 드라마 촬영도 많이 하고 언론에서 자주 카메라를 들고 나오는 시부야 역이고 보니, 그보다 더 희한하고 별난 광경들도 흔히 보기 때문이다. 궁극적으로는 무서운 개인주의, 타인에 대한 무관심 탓이겠지만. 어쨌거나 그렇게 무턱대고 닦아놓고 돈을 달라고 하면 사람 많은 데서 큰소리 나는 게 창피하니 순순히 주는 모양이다. 그 구두닦이 수법이 소문나서 그런 슈샤인보이 혹은 슈샤인걸이 번화가 스크램블 여기저기 출몰했다고 하는 에피소드가 있었는데, 그런 일이 실제로 있었는지 순전히 작가의 상상력인지는 잘 모르겠다.

번역을 할 때는 과연 그런 일이 가능한가 싶었는데, 막상 스크램블에서 신호를 기다리며 사람들을 보니 옆에서 살인이 일어나도 별로 관심을 갖지 않을 것 같긴 했다. 하나같이 무표정하다. 무표정한 사람들이 신호등이 바뀔 때마다 한 무리씩 우르르 맞은편에서 오고, 우르르 대각선에서 오고, 우르르 이쪽 편에서 가고 있다. 간혹 세상 사람들은 다 행복해 보이는데, 나만 불행한 것 같다는 생각을 할 때가 있지 않은가? 적어도 여기서만은 절대 그런 생각이 들지 않을 것이다. 아무도 행복해 보이지 않는다. 날씨가 우중충했던 탓이려나.

도쿄 젊은이들의 놀이터라고 불릴 만큼 놀 데도 많고, 갈 데도 많고, 구경할 데도 많고, 먹을 데도 많은 시부야. 그런데 번번이 컨디션이 안 좋을 때만 가서 제대로 돌아다니질 못한 것 같다. 어쩌면 엄마와 딸이 같이 즐길 만한 곳이 아니어서 그랬던 건지도 모르겠다. 정하가 중학생 때 둘이서 롯데월드에 놀러간 적이 있는데, 정

말 재미없게 놀았다. 그날 롯데월드에 엄마와 놀러 온 중학생은 아무도 없었다. 시부야가 그랬던 게 아닐까 싶다. 아마 성인이 되어 친구들과 같이 오면 정말 신나게 시부야를 즐길 게 분명하다. 그것이 우중충한 날씨에 우중충한 표정의 청소년과 우중충한 시부야를 뒤로 하며 느낀 감상이었다.

혼자 길을 나서다

신오쿠보

나름 공부 스트레스도 풀고 모녀의 추억도 만들자는 취지의 여행이었는데, 여행은 전혀 의도대로 풀리지 않고 있었다. 무엇보다 몹쓸 사춘기 호르몬이 분비되고 계시는 따님께서 마치 다트 놀이를 하듯 하루에 한마디씩 비수 같은 멘트를 던지는 거다.

여행 첫날 공항에서. “왜 이렇게 여행 가는 게 설레질 않지.”

여행 둘째 날. “아, 차라리 야자하고 싶다.”

여기까지는 김빠지긴 했지만 그래도 들어줄 만한 정도였다. 그런데 여행 셋째 날, 제대로 다트 한가운데를 맞히는 비수를 꽂았다. 청소년이 잠들기 전에 유언처럼 남긴 한마디,

“아…, 내일이 안 왔으면 좋겠다.”

즐기자고 온 여행인데 얼마나 괴로우면 내일이 오는 걸 두려워하는 걸까. 뭔가 잘못됐다. 해병대 극기훈련을 온 것도 아니고 국가대표 전지훈련을 온 것도 아닌데, 이렇게 여행 자체를 힘들어 한다는 건 문제가 있다. 가기 싫다는 걸 억지로 끌고 온 것도 아니다. 되레 내가 별로 흥이 나지 않아 할 때 자기가 더 설레서 기다렸던

여행이었지 않나. 누가 보면 공부하고 싶어 환장한 애를 질질 끌고 온 계모인 줄 알겠구나. 이 반응은 대체 뭐지? 이건 아닌데. 다음 날 당장이라도 짐 꾸려서 너 혼자 서울 가서 야자나 실컷 하라며 보내버리고 싶지만, 저가 항공권이어서 날짜 변경 불가. 암담하기도 하고, 어리지도 않은 나이에 3일 연속 그런 소릴 하는 아이한테 화도 났다. 밤새 이런저런 생각을 하다 다음 날은 실컷 자게 내버려 두고 혼자 나가기로 했다.

아침에 나갈 준비를 다 할 때까지 정하는 이불 속에서 꿈틀거렸다. 애써 태연한 척하며, 오후에 호텔로 전화할 테니 우에노 역에서 만나자고 하고, 비상금을 두고 나왔다. 물론 정하는 좋아라 했지만, 아이를 좁은 호텔방에 두고 나오는 마음은 무겁기 그지없…기는커녕 날아갈 듯 가벼웠다. 4일 만에 처음으로 "야호, 여행 왔다!" 하는 즐거운 기분이 들었다. 아, 투덜이 스머프 하나 떼어내니 이렇게 좋구나. 애초에 나 혼자 여행 오고 청소년은 야자나 실컷 하라고 할 걸 그랬어! 하는 후회가 들 정도였다. 혼자 전철을 타니 마치 홀로 여행을 나선 20대로 돌아간 기분이었다. 마침 한가로운 일요일 아침, 전철 안은 고즈넉하고 바깥 풍경은 평화롭고 나는 자유!

목적지는 이케부쿠로였다. 이케부쿠로에는 60층짜리 빌딩인 선샤인시티에 내가 무척 좋아하는 플라네타륨이 있다. 설마 혼자 다니게 될 줄은 생각지도 못했기 때문에 당연히 일정표에는 없었지만, 기왕 이렇게 된 것 혼자 조용히 플라네타륨에나 가보자 싶었다. 지금까지 서너 번 갔었지만, 스토리가 주기적으로 바뀌기 때문에 갈 때마다 새롭다. 물론 그 스토리란 게 항상 별자리 이야기를 바탕으로 한 멜로여서 표현들이 좀 느끼하고 오그라들긴 하지만, 의자 깊숙이 몸을 기대고 천공을 올려다보고 있으면 마치 어린 시절 시골 툇마루에 누워서 밤하늘의 별을 볼 때처럼 편안하고 행복하다. 잔잔한 음악과 달콤한 내레이션이 더해져서 그 시간만큼은 심장이 말랑말랑해지고 세상의 근심 걱정이 하나도 없어진다. 하늘에는 십만 개의 별이 떠서 반짝반짝. 분명 내 위에 있는 하늘인데 하늘로 떨어질 것 같은 느낌이 든다.

번역한 작품 중에 이토야마 아키코의『막다른 골목에 사는 남자』란 단편집이 있다. 내가 참 좋아하는 책이다. 거기 나오는 단편 중에 삼촌과 조카가 이 선샤인시티 플라네타륨에 가서 이런 묘사를 한 장면이 나온다.

어두컴컴하고 파란 빛에 싸인 돔으로 들어서니 가족동반보다 커플들이 더 많아 보였다. 그다지 넓지 않았지만, 낮의 소란스런 거리와 대조적으로 고요함과 맑은 빛의 느낌이 특별한 공간을 연출하고 있었다. 중앙에 놓인 은색 구체가 새로운 투영기였다. 표

담에는 꼭 가봐야지!

면이 다양한 각도와 크기의 렌즈로 덮여 있어, 그 자체가 지금부터 탐색을 위해 여행을 떠나는 신형 우주선처럼 느껴졌다. 오프닝은 항상 돔의 테두리를 둘러싼 거리의 풍경을 배경으로 날이 저물어가는 모습이다.

돔 가장자리에 표현된 거리의 풍경이 서서히 어두워지며 이윽고 하늘이 깜깜해지면 멀미가 날 정도로 많은 별들이 총총총총 뜨고, 부드러운 남자 목소리로 내레이션이 시작된다. 한 번씩 의자가 돌며 방향을 바꾸어주어 놀이동산에 온 것 같은 즐거움도 있다. 예전에 정하와 함께 간 적이 있는데, 아무래도 내레이션을 알아듣지 못하니 지루했던지 별 하늘과 잔잔한 음악이 흐르는 가운데 정하는 단잠이 들었다. 뭐 짧은 시간이긴 하지만 그런 곳에서 한숨 푹 자는 것도 행복할 듯. 지금은 또 다른 기술이 더해져서 더 멋있는 별들을 보여주고 있지 않을까? 나는 모처럼 그곳에 가서 말랑말랑한 심장을 느껴볼 계획이었다.

결론부터 말하자면 플라네타륨에는 가지 못했다. 가지도 않은 주제에 설명이 길어서 죄송합니다요(꾸벅). 이케부쿠로 역에 가기 위해 신주쿠 역에서 전철을 탔는데, 다음 역이 신오쿠보 역이었다. 그 유명한 코리아타운. 일본 온 지 얼마나 됐다고 벌써 한국이 그리워졌던 건 아니다. 모처럼 홀몸으로 길을 나선 탓인지 20대의 추억이 가장 많은 그곳을 그냥 지나칠 수 없었다. 그러나 그냥 지나쳤다. 일정에 없었기 때문에. 일정에 있는 곳들만 가기에도 시간이 부족했기 때문에. 하지만 몇 역이나 더 간 뒤에 결국은 내려서 되돌아가고 말았다. 어떻게 지나칠 수 있으랴, 첫사랑을 만났던 그 추억의 장소를.

신오쿠보 역의 풍경들

신오쿠보 역은 여전했다. 내가 신오쿠보 역에 처음 내렸던 게 1990년도였으니 20년도 더 지났는데 아무것도 달라진 게 없었다. 주변 풍경은 화려해지고 번화해져도 역사만은 한결같은 모습이다. 언제 찾아와도 추억이 그대로 보존되어 있어 참 좋다. 한 가지, 예전과 달라진 게 있다면 이런 글귀가 새겨진 유학생 이수현 군의 추모비가 생겼다는 것.

"한국인 유학생 이수현 씨, 카메라맨 세키네 시로 씨는 2001년 1월 26일 오후 7시 15분경, 신오쿠보 역에서 선로에 떨어진 사람을 발견하고 자신들의 위험을 무릅쓴 채 용감히 선로에 뛰어들어 인명을 구하려다 고귀한 목숨을 바쳤습니다. 두 분의 숭고한 정신과 용감한 행동을 영원히 기리고자 여기에 이 글을 남깁니다."

이수현 군 이야기가 벌써 10년도 지났다는 사실에 새삼 빠른 세월을 실감했다.

신오쿠보 역을 배경으로 소설에서처럼 영화에서처럼 가슴 설레는 첫사랑을 했던 것은 스물다섯 살 때였다. 서른에 왔을 때도, 마흔에 왔을 때도 전철을 타고 가다 이 역을 지날 때면 저절로 몸과 마음이 그 시절로 돌아가게 된다. 아마 머리 하얀 할머니가 되어 이곳을 지나더라도 마음은 20대 그 언저리에서 콩콩 뛰고 있겠지. 스물다섯에 첫사랑이라니 너무 연로한 나이 아니냐고 따지는 독자가 있지는 않겠지만, 사랑에 첫 번째, 두 번째…라고 서수를 매기는 것은 어차피 본인의 기준이니까. 사랑이라고 생각했지만 지나고 보면 '그게 무슨, 한낱 청춘의 에피소드였지' 싶은 경우도 있으니까. 어리지 않은 나이에 이국에서의 연애질은 제법 즐거웠던 것 같다. 내 청춘에서 유일하게 아름다운 기억이다. 매일 아르바이트를 마치고 돌아오는 길에 역 앞에서 만나 캔 음료 뽑아 들고 마시며 기숙사까지 바래다주는 정도가 데이트의 전부였지만.

남자와 달리 여자는 첫사랑 남자 따위 가슴에 담아두지 않는 편이라고 한다(물론 말했듯이 사람은 공산품이 아니라 균일하지 않겠지요). 나 역시 신오쿠보에서의 첫사랑 자체는 그림보다 아름다웠다고 추억하지만, 그 상대방에 대해서는 별로 좋은 기억이 없다. 아마도 헤어진 지 몇 년 뒤에, 보험 들라는 전화로 추억에 초를 치는 마무리를 해서인 듯. 굶어죽어도 옛날 애인한테 세일즈 전화는 하지 맙시다, 남자들.

신오쿠보에 오면 익숙한 풍경들 덕분에 항상 고향에 온 기분이었는데, 한류 열풍이 분 뒤로 본격적인 코리아타운이 형성된 탓인지 많이 낯설어졌다. 무엇보다 역 앞 도로변을 따라 한국 연예인들 굿즈나 한국 제품들을 파는 대형 가게가 많이 생겼다. 케이팝 파워와 함께 인기가 동반 상승하는 것은 역시 한국 음식. 남이섬, 남대문 등등의 한글 간판이 붙은 식당도 많고, 가게들마다 어김없이 긴 줄이 있다. 한류 붐이 일기 전에도 코리아타운이라고 불리긴 했지만, 야키니쿠집 몇 개와 한국 식품 파는 마트 한두 곳 정도에 지나지 않았는데, 한류 백화점까지 생긴 지금은 그때와 비교가 안 될 정도로 완벽한 코리아타운이었다. 시선을 보내는 곳마다 업종 불문하고 한글 간판들이 다닥다닥. 야키니쿠집 간판에 일본어와 나란히 있는 한글만 보고도 반가워서 가슴이 설레었던 시절이 있었는데, 지금은 사방에 한글이다. 이 동네에서 한글을 보는 것이 너무 당연하고 너무 자연스러워졌다.

일요일인 탓에 역 앞에서부터 한류 팬으로 북적거렸고, 가게들마다 한류 팬으로 미어터졌다. 잠시 복잡한 틈을 비집고 한 가게에 들어가 보니 온통 귀에 들어오는 소리는 우리나라 연예인들 이름+가와이(귀엽다). "근석짱 가와이" "비꾸방(빅뱅) 가와이" "카라 가와이" "쇼죠지다이(소녀시대) 가와이" 그저 줘도 안 할 것 같은 촌

스러운 캐릭터 제품들을 보며 여기저기서 아가씨고 아주머니고 할 것 없이 꺄악꺄악 넘어간다. 몹시 신기한 광경이었다. 그들의 순수함을 칭찬해야 할지, 때 묻은 나 자신을 슬퍼해야 할지.

아무리 새로운 한류 연예인들이 몰려와도 역시 지존은 욘사마인 듯, 욘사마 캐릭터 제품이 여전히 많았다. 또, 우리나라 팬들에게는 벌써 잊혀지고 있는 고 박용하의 사진들이 아직도 많이 걸려 있어서 가슴이 찡했다. 우리는 너무 쉽게 잊고 너무 쉽게 보내는 게 아닌지.

한국전쟁 때 피난 가듯 밀려내려 오는 한류 팬들을 뚫고 역으로 되돌아가는 길이 전혀 곤혹스럽지 않았던 것은 뭔지 모를 뿌듯함 때문이었지 않을까. 그런 한류 열풍 탓에 신오쿠보의 땅값이 계속 오르고 있다는 기사를 보았다. 임대료도 부르는 게 값이라고. 떡볶이 1인분이 980엔(15,000원?)이나 하는 이유가 이해가 갔다.

간혹 '코리아타운은 쓰레기와 호객행위, 술주정뱅이 등이 득실대는 곳'이라고 언론에서 질타를 받기도 하던데, '붐'이라는 것은 언젠가 꺼지는 거품. 찾는 사람들이 많을 때 좀 더 좋은 이미지를 만들어갔으면 좋겠다. 비록 일본 땅이지만 한국을 대표하는 곳이니.

한류 팬들이 몰려드는 풍경에 괜히 싱글벙글거리게 되는 신오쿠보를 뒤로 하고 다음 행선지로 향했다. 내릴 때는 첫사랑의 추억에 이끌려 내렸다가 정작 내려서는 한류 팬들의 열기에 첫사랑이고 뭐고 아웃 오브 안중이 돼버렸네. 그래도 흐뭇하다, 신오쿠보.

일요일의 책방

간다 고서점 거리

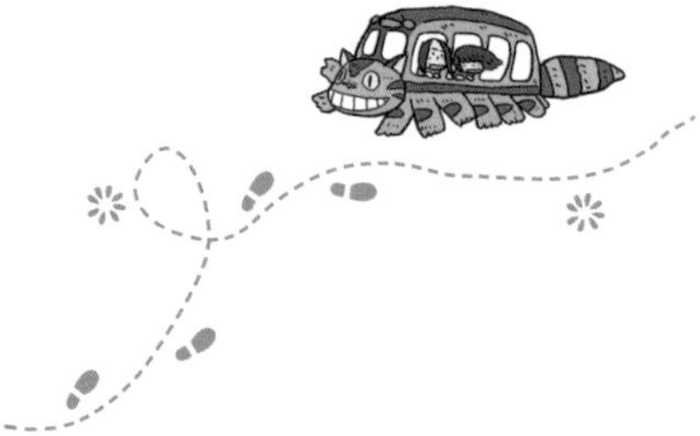

커다란 배낭을 메고서 간다 고서점 거리를 종일 돌아다녔던 시절이 있다.

스물예닐곱 살 때인가. 번역 일을 시작했으나 요령도 없고 인맥도 없고 경력도 시원찮았던지라, 몇 달 가지 못해 개점휴업 상태가 됐었다. 말이 개점휴업이지 그냥 백수. 앞으로도 번역 일이 들어올 가능성은 제로. 미모라도 받쳐준다면 시집이라도 갈 텐데 그럴 가능성 미미.

그럴 때 이렇게 소심하고 소극적으로 살다가는 내 인생 아무것도 안 되겠다는 생각이 들어, 용기 내어 배낭 메고 도쿄로 떠났다. 직접 번역할 책을 구해와서 출판사에 기획서를 돌려보자고 생각한 것이다. 요즘이야 인터넷이 있으니 안방에서도 일본에서 무슨 책이 나왔는지 무슨 책이 잘 팔리는지 알 수 있고 클릭 한 번이면 편하게 구입할 수 있지만, 당시만 해도 직접 가서 한 보따리씩 책을 사오는 방법밖에 없었다(개인으로서는).

그렇게 도쿄에 책을 사러 가면 따끈따끈한 신간도 사지만, 한두 권 사는 게 아니라 다량의 책을 사야 하니 백수의 주머니로는 일반

서점보다 간다 고서점 거리를 선호할 수밖에 없었다. 이곳은 그때부터 사랑한 곳이다. 어느 순간부터 작업 의뢰가 많아 더 이상 기획을 하지 않아도 됐지만 그래도 도쿄에 갈 때면 한 번씩 간다에 들른다. 괜찮은 책이 눈에 띄지 않아 초조해하며 다니던 그때와 달리, 읽고 싶은 책을 찾으며 여유롭게 활보한다. 아직도 고서점의 책 냄새를 맡으면 생생히 떠오르는 그 시절의 절박함이 나를 초심으로 돌아가게 만드는 것 같다.

늘 혼자 올 때만 간다를 찾다가 정하가 초등학교 고학년이 됐을 때 한번 데리고 온 적이 있다. 내가 사랑하는 곳을 사랑하는 딸에게 보여주고 싶어서. 그러나 초딩 정하는 헌책방만 하염없이 이어지는 이 지루한 동네를 빨리 벗어나고 싶어 했다. 그때 다짐했었다. 이 인간이 성인이 되기 전까지는 데리고 오지 말아야지, 하고. 그래도 이번엔 시간 되면 같이 오고 싶어서 일정에 넣었는데, 결국 혼자 오게 됐다.

간다 고서점 거리에 가려면 야마노테센을 타고 오차노미즈 역에 내리거나 지하철 미타센, 신주쿠센, 한조몬센을 타고 진보초 역에서 내려야 한다. 가깝기는 진보초 역이 가장 가깝다. 역에서 나오면 바로 고서점 거리가 시작되니까. 간다 고서점 거리라고 해서 간다 역에 내리면 안 된다. 행정구역이 지금은 치요다 구지만, 예전에는 '간다 구'에 속했기 때문에 간다 고서점 거리로 불리는 것이다. 실은 이번에 갔을 때, 아무 생각 없이 간다 역에 내렸다가 고서점 거리 출구가 보이지 않아 역원에게 물어보기까지 했었다. 그렇게 자주 갔으면서 몇 년 만에 왔다고 그새 잊어버리는 이 참신한 뇌. 간다에서 한 역 더 가서 오차노미즈 역에서 내려야 했던 것을. 이곳에 처음 왔을 때도 간다 역에서 내렸다가 헤맸으면서 20년 만에 같은 실수를 하고 말았다. 간다 역에서 고서점 거리까지 걸어가면 되긴 하지만 그 길을 기억할 리가 있나.

오랜만에 오는 반가운 오차노미즈 역. 정하가 서너 살 때였던가. 정하와 처음으로 사나흘 떨어진 적이 있다. 이곳에 오느라. 겨우 며칠 떨어져 있는데 길 가다가도 쏟아지는 눈물을 주체할 수 없을 정도로 아이 생각이 나서 미치는 줄 알았다. 결국 전화요금도 할인되지 않는 시간인 대낮에 오차노미즈 역 앞에서 국제전화를 걸었다. 엄마들이 아이를 떼어놓고 가슴이 아픈 이유는 물론 보고 싶어서이기도 하지만, 아이가 엄마 없이 잘 지낼까 하는 걱정 때문일 것이다. 태어나서 엄마와 처음 떨어진 것이 정하한테는 꽤 큰 시련일 거라고 생각했다. 그런데 전화를 걸었더니 엉엉 울 줄 알았던 정하는 "엄마, 예쁜 정하 선물 마니 사가꼬 와. 호빵맨이랑 도라에몽이랑 마니마니" 하고 신나서 떠드는 게 아닌가. 역시나 내가 없으면 안 된다는 생각은 착각이었다. 내가 없으면 없는 대로 또 돌아가는 것이 세상인 것을.

오차노미즈 역 개찰구로 나와서 공중전화 부스를 보니, 눈물 콧물 흘리며 아이를 보고 싶어 했던 그때가 생각났다. 그제야 이 청소년은 뭐하고 있을까 슬며시 걱정이 됐다. 얼추 볼일을 보면 전화를 하기로 했는데, 지금쯤 목 빠지게 전화를 기다리고 있지 않을까? 그때와 똑같이 역 앞 공중전화에서 호텔로 전화를 했더니 받지 않았다. 이런, 어디 갔을까. 몇 시간 혼자여서 자유로웠던 마음이 우루루 걱정으로 바뀌었다. 힘들어 하더라도 윽박질러서 끌고 나올 걸 그랬나. 살살 달래서 모시고 나올 걸 그랬나.

다시 전화하기로 하고, 길을 건너 와서 오차노미즈 역 사진이나 한 장 찍어 두려고 돌아보았다. 일요일이어서인지(혹은 일요일인데도) 조용하고 평온한 역 앞이다. 그래, 하루키의 『상실의 시대』에서 나오코와 와타나베가 이 길을 산책했었지, 하는 생각이 문득 들었다. 내가 처음 읽은 하루키의 소설이 『상실의 시대』, 즉 『노르웨이의 숲』이었다. 바로 이 간다 고서점 거리에서 산 책이다. 헌책방에서 빨간색과 청록색 표지의 두 권의 책을 발견하고 노다지를 캔 것처럼 기뻐하며(이 책이 베스트셀러란 건 익히 들어 알고 있던 터여서), 얼른 근처 카페에 들어가 차 한 잔 시켜놓고 책을 읽기 시작했었다. 하루키와 『노르웨이의 숲』과 간다 고서점 거리와 20대의 나. 어쩌면 간다 고서점 거리를 누비던 시절이 설레는 기억으로 남아 있는 것은 바로 이 조합 때문일지도 모른다.

오차노미즈 역에서 500미터쯤 내려가면 산세이도三省堂 건물이 보인다. 무려 1881년에 세워진 일본에서 가장 오래된 서점이다. 거기서부터 고서점 거리가 시작된다고 보면 된다. 역에서 거기까지 내려가는 길 양쪽에는 중고 악기 가게가 즐비하다. 기타들이 저마다 몸값을 붙이고 비좁게 걸려 있다. 중고 책을 볼 때는 안 그런데, 중고 악기를 볼 때는 왠지 짠하다. 대부분 악기란 건 그 사람의

辞書は三省堂
SINCE 1881
新「常用漢字表」完全対応!
新学習指導要領準拠
総ルビ
三省堂
例解小学
国語辞典
第五版
明治大学130周年
これからも、この街とともに。
神田・神保町
中華街プロジェクト始動!
できたて、あなたの本が
あったかい
三省堂書店オン
三省堂書店
Café Comfort

보물 1호이지 않나? 보물 1호 같은 건 내놓기 쉬운 게 아닐 텐데, 오죽 절박하면 팔았을까. 혹시 몇 끼를 굶다가 라면 값을 마련하려고 내다 판 건 아닐까, 방세가 없어서 팔았을까? 뭐 그런 사연을 떠올리며 혼자 불쌍하게 생각하는 거다. 상상력 저렴한 아줌마, 오지랖 넓은 아줌마다. 돈을 많이 벌어서 더 좋은 악기 사느라 옛날 악기를 내다 팔았을지도 모를 일인데 말이다.

몇 년 만에 찾아 온 고서점 거리. 어어, 근데 혹시 일요일은 노는 날인가? 문이 닫힌 곳이 많다. 비율로 치자면 5:5. 사람들도 별로 없고 썰렁하다. 책 쇼핑을 목적으로 온 게 아니긴 하지만, 간만에 왔는데 오는 날이 장날이란 것은 섭섭한 일. 그래도 습관적으로 열려 있는 서점 앞 매대의 책들을 훑어보며 돌아다녔다. 딱히 어떤 주제의 책을 찾거나 특정 책을 찾는 게 아니라 '꽂히면' 사기로 했는데 그리 와 닿는 책은 없었다. 문고본 책 1권 100엔 하는 것은 20여 년 전이나 지금이나 똑같다. 어떤 집에서는 좀 낡은 문고본 3권에 100엔 하기도 하는데, 이것도 그때와 똑같다. 『노르웨이의 숲』을 그때처럼 상하권 고무줄로 묶어놓고 '초판본 5,000엔'이라고 붙여놓은 가격표를 보고는 놀랐다. 그때는 두 권 1,500엔 정도 주고 산 것 같은데. 잘 갖고 있었더라면 훌륭한 재테크 됐을 뻔했군. 초판본이었는지 어땠는지는 확실하지 않지만. 세월이 벌써 이렇게 흘렀구나 하는 사실을 새삼 실감했다. 고서점 거리 끝에서 끝까지 무거운 배낭 메고도 잘 다녔던 20대 때와 달리, 이제 몇 백 미터 안 걸어도 무릎이 시린 (운동 부족의) 40대. 마음은 여전히 20대라고 생각하며 살았지만, 이 길을 걸으며 확실히 느낀 건데 마음도 40대가 맞는 것 같다. 내 마음 어디에도 20대 때의 '두려움과 설렘'이 없었다.

간다 고서점 거리는 사라져가는 청계천 헌책방들과 달리 몇 십 년 전의 모습을 그대로 유지하고 있어주어서 고맙다. 도쿄에 오면 최소한 한 군데 꼭 가고 싶은 곳이 있다는 사실은, 막역한 친구의 집이 있는 것처럼 든든한 일이다. 이곳에는 현재 있는 고서점만도

150곳이 넘는다고 한다. 요리책만 전문으로 파는 곳, 고서적만 전문으로 파는 곳, 야한 책만 전문으로 파는 곳, 만화책만 전문으로 파는 곳, 시디와 비디오테이프만 전문으로 파는 곳 등등 책을 좋아하는 사람들에게는 놀이터도 이런 신나는 놀이터가 없다.

이날 돌아다니다가 200엔짜리 헌책을 한 권 샀다. 대단한 문학작품도 아니고, 멋진 글도 아니고, 그냥 독자들이 인터넷에 투고한 글로 어머니에게 보내는 편지 모음이었다. 이 책을 산 이유는 울고 싶을 때 읽고 울기 위해서. 예상은 적중하여 한 편 읽을 때마다 눈물이 주루룩 쏟아졌다. '어머니'라는 단어의 힘!

늘 그랬던 것처럼 고서점 거리를 한 바퀴 돌고 다시 역으로 오는 길에 산세이도 서점에 들렀다. 고서점 순례를 마치면 이곳에 와서 카페에서 식사도 하고 신간을 고르는 게 마지막 코스였다. 예전에는 없었는데 산세이도에도 헌책 파는 층이 생겼다. 책이 너무 낡아 보여서 대충 돌고 나오긴 했지만, 새 책 서점에 헌책 코너는 그리 매력적이지 못했다.

가게들이 다 문을 연 평일에 왔더라면 좋았을 텐데 하필 왜 일요일에 이곳을 찾았는지. 책을 살 목적으로 왔더라면 나의 준비성 부족에 자책했을 테지만, 모처럼 고서점 거리의 냄새를 맡아보고 싶어 온 것뿐이니 뭐 됐다. 이곳에는 싸고 맛있는 식당도 많아서 뭐라도 끼니를 때울까 싶었지만, 호텔에 혼자 있는 정하와 빨리 접선

本
100円
Book
Sale

하여 같이 먹어야겠다는 생각에 배고픈 것도 접어두고 다시 부랴부랴 역으로 와서 공중전화를 찾았다.

몇 번의 시도 끝에 전화가 연결됐다. 잃어버린 아이를 찾은 것처럼 반가워서 "우리 강아지, 어디 갔다 왔어!!" 그랬더니, 정하는 무덤덤하게 "편의점에"라고 했다. 역시 애는 저대로 잘 놀고 있는데 애미만 애가 탔던 거다. 자초지종 얘기는 나중에 하기로 하고, 우에노 역 공원 출구에서 만나기로 한 뒤 전화를 끊었다. 서로 휴대전화가 없으니 거기서 못 만나면 큰일이다. 조마조마한 마음으로 우에노 역으로 향했다.

모녀의 두근두근 공원 산책

우에노

도쿄 간다고 하면 사람들이 이구동성으로 하는 말이 있다.

"일본어도 할 줄 알고 거기 살다 오기도 했으니 지리도 잘 알고, 서울 시내 돌아다니는 것처럼 아무 불편 없죠?"

한국말 아주 잘하고 지방에서 올라 와 서울 산 지 37년째이지만, 매번 외출할 때마다 헤매는 아줌마한테 별 말씀을 다하신다. 게다가 면적이 서울의 3배가 넘는 도쿄다. 아무 불편 없을 리가요. 서울도 너무 넓어서 약속장소 찾아갈 때마다 애로사항이 많은데. 그래도 도쿄에서 전철은 잘 탄다고 생각했는데 그것도 아니었다. 평소에는 주로 JR만 이용하다 이번에 갔을 때는 다양한 지하철을 타게 됐는데, 헤매는 나를 안내하는 것은 오히려 정하였다. 정하가 "이쪽으로 가야 돼" "주황색 선 지하철을 타야 돼" 하고 가르쳐줄 때마다 매번 "헉, 어떻게 알았어? 너 천재다. 글씨도 모르면서" 하고 놀랐다. 히라가나, 가타가나는 알지만 한자는 잘 모르는데 어떻게 역명과 지하철 이름을 읽는 건지 신기했다. 그러나 그까짓 거 껌이라는 듯 "밑에 영어로 써 있잖아"라고. 아참, 그렇구나. 그리고 한글로 써 있는 곳도 많지….

두 번째는 아니 만났어야 좋았을

아무래도 가까운 곳에 있는 내가 우에노 역에 먼저 도착해서 애타게 기다리고 있는데, 드디어 멀리 정하의 모습이 보였다. 몇 년 만에 만난 것처럼, 아니 그동안 한 번도 싸우지 않은 것처럼, 엄청 사이좋은 모녀처럼 "정하야!!!" 하고 달려갔더니, 이 청소년 심하게 쿨하다. 못 만날까봐 걱정도 되지 않았는지 좀 전에 보고 또 보는 지겨운 가이드 만난 얼굴이다. 이 길치 가이드와 또 삽질 여행을 해야 하나 싶었으려나.

"엄마 전화 기다렸지?"

"안 기다렸는데."

"안 심심했어?"

"전혀."

이런 망할 것.

"혼자 전철 타니까 이제야 여행하는 기분 나고 엄청 좋은 거 있지."

이 대사는 당연히 내 대사일 거라고 생각하겠지만 정하 대사다. 어쩜 이렇게 둘 다 똑같은 생각을 했을까?

"엄마도 그랬는데! 완전 좋았어."

혼자 오니까 참 좋더란 말을 하면 혹시라도 언짢아할까봐 말하지 않았는데, 뭐 상대(?)가 솔직하게 나오니 나도 본심을 털어놓을 수밖에.

한나절 호텔에서 쉬었다 나와서인지, 혼자서 즐겁게 전철을 타고 와서인지 청소년은 꽤 컨디션이 좋아 보였다. 우리는 식사부터 하고 우에노 공원에 가기로 했다. 식사하러 갈 곳은 이미 서울에서부터 정해져 있었다. 예전에 왔을 때, 지나다 우연히 들어갔다가 둘 다 그 맛에 반해서 일본에 가면 꼭 다시 가자고 약속했던 집이 있다. 바로 아메야요코 시장 안에 있는 곱창구이집! 우리 모녀는 엄청난 곱창 팬이다. 일주일에 한 번은 사먹을 정도로. 서울에서도 맛있다 하는 곱창집은 대부분 가보았지만, 그 집에서처럼 화로구이에 구워먹는 곱창은 먹어본 적이 없어서 그 맛에 완전 반했었다.

아메야요코 시장은 남대문 시장 같은 곳이다. 규모는 훨씬 작지

만, 물건 값이 싸고 종류가 다양한 재래시장이다. 이 시장에서 유명한 명물 중에 시무라쇼텐이라는 초콜릿 가게가 있다. 세계 각국의 다양한 초콜릿들을 파는데, 이 가게 앞에는 항상 구경하는 사람이 많다. 커다란 봉지에 초콜릿을 가득 담아서 1,000엔에 팔고 있는데, 봉지에 담는 아저씨가 만담을 하듯 코믹하게 물건을 담기 때문이다. 구경하는 사람들은 단돈(?) 1,000엔에 봉지 가득 담아주는 걸 보고 나도 사볼까 싶어진다. 그렇다, 초콜릿 좋아하는 정하도 망설이다 큰맘 먹고 샀다. 하지만 별로 추천하고 싶지는 않다. 집에 와서 보니 모두 초콜릿이 아니고, 반 이상이 카라멜류, 과자류였다. 많이 넣는 것 같지만 메인 두세 개 이외에는 시시한 과자 부스러기뿐이다. 구경꾼이 많을 때는 호객을 위해 오버해서 넣지만, 구경꾼이 없을 때는 그냥 싸구려 과자 아무거나 집어넣어 봉투를 채우는 것 같다.

그렇게 시장을 내려오다가 보니 우리가 찾던 곱창구이집 '반초 호르몬'이 나왔다. '무작정 걸어가기만 하면 된다'는 오래된 기억을 더듬어 왔더니 있었다. 가게를 발견하는 순간, 잊고 있던 허기가 밀려왔다. 오후 5시가 되도록 100엔짜리 햄버거 한 개 먹은 게 전부였다.

이 집의 벽에는 잘 팔리는 메뉴 인기순위가 붙어 있다. 1위가 '上호르몬'이다. 괄호 안에 '소의 대장 上호르몬'이라고 적혀 있다. 대창이라는 말인가? 2위는 '마루짱'이라 해서 소의 소장, 즉 곱창이

다. 3위는 와규和牛 특상호르몬, 4위는 '上미노'라고 해서 소의 첫 번째 위. 8위에 '오빠이'라는 메뉴도 있었다. 괄호 안에 돼지 유방이라고 적혀 있다. 으웩, 아무리 돼지지만 연약한(?) 여자의 가슴을 먹다니. 9위는 우리 말 그대로 '울대'라고 써놓았다. 소의 목 연골이다. 이런 생생한 설명을 보면서 먹자니 식욕이… 떨어지기에는 배가 너무 고팠다.

일단 1위부터 4위까지 1인분씩 시켰다. 어쩐 일로 통 크게 시켰나 싶겠지만, 1인분이라 해도 양이 얼마 되지 않는다. 육개장도 한 그릇 시켰다. 곱창구이집들은 대부분 야키니쿠집과 메뉴가 비슷하다. 맛과 질은 야키니쿠집보다 못한 것 같지만. 이날 시킨 육개장은 즉석식품 육개장보다 맛이 없어서 좀 화가 났다.

게다가 기대에 차서 시킨 곱창은 명색이 1위부터 4위인 주제에, 거창하게 특상이니 상이니 하는 수식어를 붙인 주제에 맛은 명백히 하下였다. 한 번 먹은 맛을 잊지 못해 서울에서 그토록 그리워했었건만, 주인이 바뀌었나요? 으흑.

이럴 줄 알았으면 그냥 좋아하는 메뉴를 따로 시킬 걸 그랬다. 간만에 정하한테 맛있는 것 먹여주려고 과감하게 가격도 보지 않고 시켰더니. 계산을 하면서 가격을 듣고 아니, 그 돈 내고 이걸 먹느니 레스토랑에 가서 스테이크를 먹는 게 나았겠다 싶은 생각이….

"정하야, 우리 이제 이 집 생각 안 나겠다, 그지."

"응. 이제 안 올래."

그냥 맛있었다는 기억만 갖고 있을 것을. 이 집에 온다는 사실만으로 설레었는데 완전 허망, 허탈, 허무한 기분으로 나왔다.

우에노 공원으로 가기 위해 시장길을 올라오며, 찜찜한 입맛도 씻을 겸 "우리 우아하게 디저트 먹을까?" 하고, 커트 프루츠 판매대 앞에 잠시 멈추었다. 멜론, 파인애플, 수박 등 과일을 꼬치에 꽂아서 100엔, 200엔에 팔고 있는 과일 가게였다. 정하는 파인애플 꼬치를, 나는 멜론 꼬치를 하나씩 들었다. 우리의 이 선택은 서울에서나 어디서나 항상 똑같다. 그런데 아아, 오늘 왜 이러는 건가요. 일본 멜론이 정말 달고 맛있는데 이건 덜 숙성하여 먹을 수가 없는 맛이었다. 아깝지만 버릴 수밖에 없었다지요. 우아한 디저트가 아니라 불난 데 부채질하는 디저트였다. 간만의 비타민 섭취는 실패.

우에노 공원과 우에노 동물원

우에노 공원에서 쌀을 샀다…라고 하면 가본 사람들은 "뻥!"이라고 할 테고, 안 가본 사람들은 일본에는 공원에서 쌀도 파는구나, 참 신기하다, 그럴 테지요. 그런데 정말 우에노 공원에서 쌀을 샀다. 많이 산 건 아니지만, 무슨 정신으로 샀는지 그날 그거 들고 다니느라 꽤 애먹었다. 소량이긴 했지만, 관광객이 쌀을 사서 돌아다니다니 미치지 않고서야.

도쿄에 살았던 적도 있으면서 우에노 공원은 처음 가보았다. 그 유명한 데를 안 가봤냐고 할지도 모르겠는데, 서울 살지만 안 가본 곳 아주 많다. 돌아다니는 걸 좋아하지 않는 체질이라 내가 사는 지역구 말고는 잘 모른다.

정하와 도쿄에 올 때마다 매번 짧은 일정 탓에 항상 순위가 뒤로 밀려서 찾지 못한 우에노 공원. 처음 가본 소감은 "아, 이렇게 좋은 데를 왜 이제야 왔을까!"였다. 정말 좋았다. 초입에 들어서면서부터, 집들은 좁게 다닥다닥 지으면서 공원 한번 참 통 크게 만들었구나, 싶을 정도로 넓은 진입로와 울창한 나무들에 그동안 막힌 속이 탁 트이는 것 같았다. 한여름 교련(정말 추억의 이름이구나) 시간에 방독면을 막 벗었을 때, 때마침 불어오는 한줄기 바람이 눈물 나도록 상큼했던 그런 기분이랄까.

공연을 하는 한 무리의 힙합 청년들도 있고, 기타 들고 노래하는 아가씨도 있고, 매직 쇼를 하는 아저씨도 있었다. 여기저기 있는 벤치에서는 책 읽는 젊은이들, 노인들. 좋다, 좋다, 정말 좋다. 나도 그들 틈에 끼어 하루 종일 멍하니 광합성하며 앉아 있고 싶다.

이런 생각을 하며 쭉쭉 올라가는데 맛있는 냄새가 솔솔 났다. 아, 이런 게 가는 날이 장날이라고 하는 걸까. 동원東園에서 전국 특산물 시장 같은 게 열리고 있었다(참고로 동물원은 서원이다). 그리 큰 규모는 아니었지만, 축제 때처럼 천막 아래서 각 지역의 특산물을 팔고 있었다. 우리 모녀, 이런 구경 또 얼마나 좋아하는지. 코를 자극하는 맛있는 냄새는 닭꼬치구이와 시샤모구이 냄새였다. 배불리 먹고 오는 길이라 사먹진 않았지만.

그렇게 구경을 하며 한 바퀴 돌다 문제의 쌀을 만나게 된 것이다. 한 홉짜리 조그만 나무통에 쌀을 담아서 100엔에 팔고 있었다. 그것도 밥맛 좋기로 유명한 '고시히카리'를. 우리 둘이 한 끼는 먹을 양이었다. 시시한 기념품을 사느니 이렇게 영양가 있는 걸 사자 싶어서 200엔어치 주세요, 그랬다. 인심 좋게도 200엔어치를 담고 또 덤으로 듬뿍 더 퍼주더니, 쌀이 얼마 안 남았는데 남은 쌀을 다 사지 않겠냐고 했다. 관광객이고 지금부터 다녀야 할 곳이 많기 때문에 무거운 걸 들고 다닐 수 없다고 사양했다. 그러자 남은 쌀을 400엔에 주겠다는 거다. 순간 갈등. 무겁지만 열쇠고리 한 개 값밖에 안 되는 400엔으로 한 되가 넘는 쌀을 살 것인가, 들고 다니기 힘드니 포기할 것인가. 결국 쓸데없이 작렬한 주부정신으로 쌀을 사고야 말았다. 우에노 공원에는 동물원, 시노바즈 연못, 도쿄문화회관, 일본예술원, 도쿄도미술관, 도쿄국립박물관, 국립과학박물관, 국립서양미술관 등등 갈 곳이 얼마나 많은데, 공원에 오자마자 쌀을 샀으니 이 무거운 쌀을 들고 앞으로 어떻게 다닐까. 생각하니 막막했다. 고작 쌀 한 되 가지고 엄살이라고 하겠지만, 맨몸으로 다니는 것도 힘든데 몇 시간을 가방에 넣어 메고 다녀야 하다니…. 아악, 이런 무식한 쇼핑은 절대로 하지 마세요! 결국 이곳저곳 다 둘러보고 싶은 의욕 상실(애초에 없었으면서 쌀 핑계 대고 있다), 동물원과 국립서양미술관만 가기로 합의를 보았다.

일본 최초의 동물원이라는 우에노 동물원 입구에서 정하가 주춤했다. 입장료를 내야 하기 때문이었다. 동물들 별로 보고 싶지 않은데 이 돈을 내고 들어가야 하냐고 묻는다. 일반 600엔. 600엔이면 한 끼 식사를 할 수 있는 돈이긴 하다. 나도 그리 동물들이 보고 싶은 건 아니지만, 여기까지 온 길에 판다는 보고 가야 하지 않겠니, 하고 달래서 들어갔다.

2011년 4월에 중국에서 임대해온 자이언트판다 한 쌍. 이름은 리리와 싱싱이다. 리리가 암컷일 것 같지만 수컷이고, 암컷의 이름은 싱싱이다. 국민대공모를 하여 뽑힌 이름이라고 한다. 덩치가 산만한 놈에게 리리라는 가냘픈 이름은 어울리지 않는 것 같지만, 한자로는 力力이라고 쓴다. 힘이 넘쳐날 것 같은 이름이다. 싱싱은 眞眞이라고 쓴다.

동물원에 들어가서 바로 판다가 있는 곳으로 갔다. 다행히 입구에서 가까웠다. 그러나 불행히 줄이 길었다. 두 줄로 서는데 한 줄은 초등학생 이하의 아이가 있는 사람, 한 줄은 아이가 없는 사람. 처음에는 왜 그렇게 서는지 모르다가 점차 가까워진 뒤에야 알았다. 아이가 있는 줄은 판다를 앞에서 보고, 아이가 없는 사람들 줄은 뒤에서 본다. 어린이를 배려하고 빠른 이동을 위한 것이긴 하겠지만, 똑같이 돈 내고 들어와서 애 없다고 뒤에서 보는 건 좀 억울하다는 생각이 들었다. 물론 내가 꼬마를 데리고 줄을 섰더라면 그 배려에 몹시 감사했겠지만 말이다. 사람이란 게 원래 자기 위주로 지구가 돌길 바라는 이기적인 동물이지요.

드디어 판다가 보이는 곳으로 들어왔지만, 우리 뒤로도 줄이 기니 판다님을 오래 보고 있고 싶어도 그럴 수가 없다. 쭉쭉 빠져줘야 원활한 소통이 된다. 한 5분쯤 봤으려나. 듣기로는 귀가 동그랗게 머리 위에 있는 게 암컷이고, 옆으로 살짝 퍼져서 머리 위보다 조금 아래에 있는 게 수컷이라고 하는데, 멀리서 봐선 다 그놈이 그놈 같다. 그렇지만 귀엽기는 엄청나게 귀엽다. 한 마리 키우면 참 좋겠다 싶지만, 공원 측에서 중국에 지불하는 임대료만 연간 95만 달러라고 하니 이렇게 뵙는 것만도 영광으로 생각해야 할 듯.

600엔이나 내고 들어와서 그 긴 줄을 섰건만 달랑 5분간의 관람 시간이라니. 허무하긴 했지만 뭐 어쩌겠는가, 발길을 돌릴 수밖에. 여자인 싱싱이는 엎어진 채 움직이지도 않고, 남자인 리리는 조금 움직이는가 싶더니만 어디론가 들어가버렸다. 이 녀석들 손

무겁지?
내가 들까?
아냐….
괜찮아!

님 받는 매너가 영 아니네. 그래도 고향 떠나 와서 고생이 많으니 용서해주마.

그다음에 보러 간 것은 코끼리였다. 코끼리를 보러 간 이유는 단지 판다 축사에서 가깝기 때문. 정하는 연신 코끼리 발이 귀엽다고 그러더니 나중에 사진을 보니 온통 코끼리 발만 찍어놓았다. 그러고 보면 코끼리나 판다나 덩치가 그렇게 큰데도 귀엽다는 공통점이 있구나.

쌀이 든 가방을 서로 번갈아 들며 다니다가 우리는 동물원 구경을 이만 끝내기로 했다. 달랑 판다랑 코끼리만 보고 나가기에는 입장료가 아깝긴 했지만, 본전 뽑으려고 동물원을 돌아다니다가는 체력이 다 소진될 것 같았다. 이따가 도쿄 돔에도 가야 하는데, 쌀 때문에 많은 체력이 소모되고 있었다(라고 계속 쌀 핑계. 쌀 안 샀으면 어쩔 뻔했을까).

동물원 나오는 길에 기념품 가게에서 리리와 싱싱의 인형을 한 쌍 샀다. 2,000엔이 넘는 거금을 주고서. 판다를 못 살 것 같으면 판다 인형이라도 갖고 싶었던 것이다. 살지 말지 한참 갈등하다 결국 사지 않기로 했는데, 정하가 그런 내가 불쌍했는지 "내 용돈으로 사줄게, 사"라고 해서 효심에 감복한 척 냉큼 사버렸다. "그래, 이건 너랑 나랑 우에노에서 판다를 본 결정적인 기념품이 될 거야" 하면서. 쌀 한 되에다 인형 한 쌍이 또 늘어났다. 돌아오는 날 짐을 싸며 대체 이걸 왜 샀을까 하고 가장 후회했던 게 이 두 가지다.

이제 국립서양미술관으로 향했다. 아마 정하는 제대로 된 미술관에 오는 것이 처음일 거다. 나도 이렇게 큰 미술관에는 와본 적이 없다. 고흐, 로댕, 르누아르 같은 유럽 근대 미술 대표 작가들의 작품이 있다고 하니, 아무리 미술에 문외한인 우리 모녀라 해도 책에서만 보던 그들의 작품을 만나면 굉장히 감격스러울 것 같았다. 동물원 '옆' 미술관은 아니지만, 동물원에서 그리 멀리 떨어지지 않은 곳에 미술관이 있었다. 그런데!

관리 아저씨가 문 닫을 준비를 하고 있다. 아….

"끝났어요?"

"예, 그렇습니다."

여름을 제외하고는 오후 5시에 폐관이라고 한다. 5시가 되지 않았지만, 관람시간을 고려하여 일찍 닫는 모양이다. 아, 간만에 격조 높은 문화생활을 즐기는가 했더니만. 그래, 우리 주제에 미술관은 무슨 미술관. 흑흑.

이 와중에 미술관 입장료가 고등학생 이하 무료인 것이 눈에 들어왔다. 참고로 일반은 420엔. 청소년이 공짜라고 좋아할 뻔했는데 아깝네.

문이 닫혀서 은근히 기뻐하는 정하(이 청소년 정말 고품격의 것에 관심이 없는 듯. 엄마 닮은 건가요)와 라무네를 한 병 사서 벤치에 앉아 쉬기로 했다. 라무네는 마개가 유리구슬로 되어 있는 탄산 음료다. 라무네 파는 아주머니가 뚜껑을 뜯어서 구슬을 안으로 퐁 빠트려주었다. 한 모금 마시니 까마득한 기억 속의 말표 사이다 맛이 났다. 말표 사이다처럼 일본인들에게도 라무네는 어린 시절의 추억을 자극하는 음료수다. 미술관 관람을 못해서(그게 안 하는 거랑 못하는 거랑 기분이 다르더군요) 아쉬웠던 마음이 독특하게 생긴 라무네 병과 시원한 탄산 맛에 금세 사라졌다. 아, 늘 단순한 모녀. 정하는 빈 라무네 병을 기념품이라며 가방에 챙겼다. 우에노 공원에서 생긴 것, 쌀, 판다인형, 라무네 빈 병. 예, 다 짐이지요….

이렇게 신록이 우거졌을 때도 아름다운 우에노 공원이지만, 벚꽃 피는 계절에는 완전 최고라고 한다. 온 도쿄에서 벚꽃놀이를 즐기러 와서 인산인해를 이룬다고. 이 넓은 공원 가득 벚꽃이 피어 있으면 얼마나 아름다울까. 언젠가 꼭 한번 보러가고 싶지만, 지척에 있는 어린이대공원 벚꽃놀이도 게을러서 못 가는 주제에 과연 이루어질 꿈이려나.

빨강 파랑 노랑

도쿄 돔 시티 어트랙션

내 나이 스물한 살에, 태어나서 처음으로 놀이공원이라는 곳에 가보았다. 아직 롯데월드나 에버랜드가 생기기 전이어서 그 나이에 놀이공원에 처음 가는 게 그리 촌스러운 일은 아니었다. 서울에서 태어나 자란 친구들은 하다못해 어린이대공원의 몇 개 안 되는 놀이기구 구경이라도 해보았겠지만, 지방에서 살다 아버지 하시는 일이 망해서 서울로 쫓겨 오듯 전학 온 나의 어린 시절은 한마디로 암흑기였기 때문에 어린이대공원 근처에도 가보지 못했다. 공교롭게도 지금은 롯데월드나 에버랜드에 가려져 빛을 잃은 어린이대공원 언저리에 살고 있지만.

놀이터에서 시소나 미끄럼틀을 탄 게 고작이었던 내가 태어나서 처음 가본 놀이공원은 국내도 아니고 무려 도쿄 돔 옆에 있는 고라쿠엔이었다. 대학교 2학년 때 지도교수님의 인솔로 동기와 선배들과 함께 일본으로 연수를 갔을 때였다. 단체로 도쿄 여기저기를 다니다 딱 하루 개인 활동을 하는 날이 있었는데, 그때 교수님께서 나한테만 살짝 고라쿠엔에 같이 가자고 말씀하셨다. 소녀 같은 교수님이시긴 했지만, 그래도 어려워서 숨도 제대로 못 쉬던 시절이었다. 감히 거절도 못한 채 교수님과 나란히 걸어가자니 습하고 더운 도쿄의 여름 날씨에 호흡 곤란으로 쓰러져 죽을 것만 같았다. 고라쿠엔이 대체 뭐하는 곳인지, 이 더운데 교수님은 거길 뭐 하러 가려 하시는지, 다른 친구들은 재미있는 곳에 갔을 텐데 이게 웬 고문인지. 행여나 교수님 놓쳐서 길 잃어버릴까봐 종종종 따라가면서도 머릿속에는 연신 이 불편한 동행에 대한 불만이 가득했다.

그러다 어느 순간 눈앞에 펼쳐진 신세계에 깜짝 놀랐다. 태어나서 처음 보는 넓디넓은 놀이공원! 도쿄 디즈니랜드가 생긴 뒤로는 고라쿠엔도 어린이대공원처럼 시들해졌지만, 당시만 해도 최고의 유원지였다. 어린이대공원도 안 가본 사람이 고라쿠엔에 갔으니 얼마나 신천지 같았겠는가. 소녀 같은 교수님 역시 표정과 목소리가 한껏 들떠 있었다. 교수님은 유학 시절에 오고 처음이라고 했다.

처음 탄 놀이기구는 바이킹이었다. 지금도 바이킹은 무서워서 못 타는데 아무런 사전 정보도 없이 탔으니 그 공포감이란! 교수님은 이슬만 먹고 살 것 같은 공주과로 실제로 말씀도 곱게, 웃음도 곱게, 행동도 곱게 하시는 분이었고, 나 또한 만만찮게 가냘프고 얌전한 스무 살이었다. 그러나 바이킹에서는 완전히 서로의 처지와 관계를 잊고 인간 본연의 자세로 돌아가서 "아악, 악, 와악!" 있는 대로 비명을 지르다 내려왔다. 사람들은 이렇게 무서운 걸 왜 타는 건지 소리를 지르는 와중에도 몹시 의문스러웠다. 바이킹에서 비틀비틀 내려와 한참이나 마음을 진정시키고 정신을 가다듬은 뒤, 두 번째로 탄 놀이기구는 스카이플라워였다. 하늘로 쑥 올라갔다가 쓩 내려오는 것뿐이어서, 저건 무섭지 않겠지 하고 탔다. 그러나 웬걸. 높이 올라갈 때도 무서웠지만, 내려올 때는 발이 뭔가를 딛고 있는 듯한 느낌도 없이 땅으로 곧장 떨어져서 더 무서웠다. 바이킹만큼은 아니었지만, 이걸 탈 때도 비명을 질렀다. 교수님의 연약함(?)이 나와 동급이어서 참으로 다행이었다. 교수님이 소리를 지르지 않으셨다면 나도 혀 깨물고 참아야 했을 텐데.

정하처럼 종류 불문하고 모든 놀이기구를 잘 타는 사람이 있는가 하면, 나처럼 회전목마 이상은 취약인 사람도 있다. 그런 자신의 체질을 모르고 놀이공원 초짜가 바이킹에 스카이플라워를 탔다니, 정말 무모한 짓이었다.

그런데 참 희한하게도 그렇게 무서웠는데 스카이플라워를 탈 때의 느낌은 두고두고 생각이 났다. 햇살이 점처럼 흩어지던 밝디밝은 날, 하늘 위로 올라가는 알록달록한 스카이플라워 바구니 속 두 여자의 모습은 마치 가슴으로 찍은 사진처럼 오래도록 마음속에 남아 있었다. 그 스카이플라워를 꼭 한 번 더 타보고 싶었지만, 아쉽게도 우리나라 놀이공원에서는 보질 못했다.

학교를 졸업한 뒤로 자주 도쿄에 갈 기회가 있었지만, 그때는 이미 디즈니랜드 때문에 고라쿠엔은 촌스러운 유원지가 돼버린 지

오래였다. 고라쿠엔은, 그리고 스카이플라워는 그렇게 내 기억 속에서 화석이 되어갔다.

정하가 이번 여행에서 디즈니랜드에 가고 싶다 했을 때, 까맣게 잊고 있던 고라쿠엔이 떠올랐다. 환율 높은 세상에 '꿩 대신 닭'. 그래, 이번에는 고라쿠엔에 한번 가보자. 20여 년 전에 탔던 스카이플라워는 노후하여 없어졌을지도 모르지만, 그래도! 라고 생각했다. 그러나 놀이공원에 간다고 말했다가는 괜히 기대했다가 실망할까봐, 정하에게는 이 고라쿠엔 스케줄을 말하지 않았다. 일정표에는 그냥 '도쿄 돔'이라고만 썼다. 도쿄 돔 옆에 고라쿠엔이 있으니까.

도쿄 돔이 있는 스이도바시 역에 내렸을 때는 이미 해가 졌다. 역에서는 계속 안내방송이 나오고 있었다. 도쿄 돔에서 조금 전에 프로야구 경기가 끝나서 인파가 많이 몰리니 주의해달라는 내용이었다. 타이밍이 안 좋구나 생각하며 역에서 나와 도쿄 돔 쪽으로 길을 건너려는데, 맞은편 신호등에 사람들이 새까맣게 서 있었다. 한류 가수들이 폼 나게 콘서트를 열기도 하는 도쿄 돔은 요미우리 자

이언츠의 홈구장으로 6만 명 이상을 수용하는 곳이다. 그런 곳에서 경기가 끝난 뒤 떼로 나온 사람들이 인해전술처럼 계속 길을 건너고 또 건넜다. 도쿄 돔의 멋진 조명과 쏟아져 나오는 사람들을 보니 뭔가 흥겨운 기분이 들었다. 그동안 익숙하거나 지루한 풍경들만 보아서 여행 자체가 식상했던 정하는, 심지어 전날 밤 내일이 오는 걸 두려워하기까지 했던 정하는 처음 보는 이런 모습들이 흥겨웠던 모양이다. 이긴 팀 응원단의 환호 소리에 덩달아 들뜬 모습이었다. 물론 나도 '어라, 도쿄 돔이 이렇게 멋진 곳이었나? 진작 와볼 걸 그랬네' 하는 생각이 들었다. 기억 속의 도쿄 돔 주위는 이렇게 화려하지 않았는데 싶었지만, 그 기억이란 게 26년 전이고 보니 비교가 무의미한 일이었다. 강산이 세 번째 변하려고 준비하는 시기이지 않은가.

가는 날이 장날이었는지 아니면 주말에는 항상 그런지 모르겠는데, 도쿄 돔 주위에는 온통 코스프레 족들로 넘쳐났다. 차마 대놓고 사진을 찍을 용기가 나지 않아 제대로 찍진 못했지만, 우리같이 평범한 차림이 별로 없을 정도로 사방에는 노랗고 빨갛고 파란 머리들에 일본 애니메이션에 나오는 옷차림의 아이들로 가득했다. 보통 하라주쿠에서 그런 아이들을 종종 보는데, 하라주쿠는 여기에 비하면 새 발의 피 수준. 어쩌다 몇 명이 아니라 지나가는 모든 아이들이 다 그러고 다녔다. 정하랑 세트로 "헐" 하고 벌어진 입을 다물지 못했다. 다들 집에서는 멀쩡한 차림으로 나왔다가 거기

서 코스프레 분장을 하는지 소형 캐리어를 끌고 다니는 모습이 많이 눈에 띄었다. “니네 엄마는 너 그러고 다니는 거 아니?” 하고 묻고 싶어지는 학부모 마음.

우리가 그곳에 뭐 하러 왔는지도 잊고, 한참 동안 그 희한한 코스프레 족들을 구경하다 고라쿠엔 유원지로 향했다(향하고 말고 할 것도 없이 같은 공간이다). 이곳에 오는 전철에서 정하한테 고라쿠엔에 왔던 얘길 해주었다. 자그마한(최대한 기대치를 낮추기 위해) 놀이공원이지만, ‘스카이플라워’라는 엄청나게 재미있는 놀이기구가 있었다고. 혹시 아직도 있으면 그거 한번 타보자고. 그런데 놀이공원 쪽으로 들어서자마자 바로 그 스카이플라워가 보이는 게 아닌가. 하늘로 올라가고 있는 색색의 스카이플라워! 화석이 된 기억 속의 스카이플라워와는 좀 다르긴 했지만, 분명 스카이플라워였다.

"저거야, 저거!"를 외치며 얼른 달려가서 표를 끊고 줄을 섰다. 26년 만에. 정하한테 이거 내려올 때 무지 무서우니 각오하고 타라고 기다리는 동안 몇 번이나 주의를 주었다. 롤러코스터도 무서워하지 않는 아이한테 무슨 말도 안 되는 소릴 한 거냐, 라고 생각한 건 스카이플라워에서 내려온 뒤였다.

"뭐가 무서워. 짱 시시해."

그러게, 나도 시시했다. 바구니 모양의 탑승기를 타고 2분 동안 두 번 오르락내리락하고 끝. 무섭지 않았다. 스릴도 없고 긴장감도 없었다. 그때는 하늘 높이 올라가는 느낌이었는데, 그리 높다는 생각이 들지 않았다(알고 보니 61미터라고 한다). 내려올 때는 번지 점프 하는 공포라고 기억했는데, 그냥 엘리베이터를 타고 내려오는 기분이다. 재미도 없고 감동도 없고 돈 아까운 추억 여행이 돼버렸다.

나중에 사진을 보며 깨달았는데, 그때의 스카이플라워가 아니고 뭔가 개량된 모양이다. 하기야 26년 전의 놀이기구가 아직도 있다면 목숨을 걸고 타야 하겠지. 그리고 뭔가 시골스러운 고라쿠엔 분위기가 아니라고 생각했더니만! 역시나 내가 알던 그 고라쿠엔이 아니었다. 물론 내가 아무리 길치기로서니 엄한 놀이동산에 가서 놀았던 것은 아니다. 1955년에 생긴 고라쿠엔 유원지는 2003년에 리뉴얼되며 '도쿄 돔 시티 어트랙션'으로 이름이 바뀌었다고 한다.

그 사실을 당시에는 전혀 모르다가 여행 다녀온 뒤에야 알았다는 한심한 이야기. 흑흑.

'도쿄 돔 시티'란 도쿄 돔, 어트랙션, 호텔, 대형 쇼핑몰과 온천파크 등이 다 모여 있는 복합 엔터테인먼트 공간의 이름이다. 어쩐지 엄청나게 넓더라. 어쩐지 세련됐더라. 어쩐지 도시 냄새 가득하더라. 내가 갔던 곳은 1955년에 생긴 고라쿠엔이었으니 그 분위기는 당연히 천지차이였던 것. 어쩌면 도쿄 사람들의 마음의 고향이었을 고라쿠엔, 그냥 그대로 두었으면 좋았을 걸 싶긴 하지만, 금싸라기 같은 도쿄 땅에 영락한 유원지를 박물관처럼 모셔두는 것도 아까운 일이긴 하겠지.

이제 다 큰 딸하고 늙은 엄마하고 둘이 놀이공원에 갈 일도 없을 테고, 놀이공원은 이게 마지막일 것 같아서(다음 날 또 가게 될 줄이야) 같이 탈 수 있는 게 없을까 찾아보았지만, 달리 타고 싶은 것이 없었다. 자유이용권이 4,000엔인데, 그 돈 내고 즐길 만한 놀이기구도 별로 없다. 초등학생들은 어떨지 모르겠지만.

예전에 느꼈던 고라쿠엔의 운치도 없고 탈 만한 놀이기구도 없긴 했지만, 여전히 사방에 널린 빨강파랑노랑의 코스프레 족들을 구경하는 재미와 시원한 밤공기, 아직도 흥이 가시지 않은 응원단들의 구호 소리 등등으로 충분히 즐거운 곳이었다. 도쿄 돔 시티 어트랙션 전체가. 오는 길에 모처럼 기념품 가게에도 들렀다. 매장이

…
정하야. 미안.
나도 이렇게 심심할줄
몰랐지…

어찌나 넓고 탐나는 물건들이 많은지 둘 다 오랜만에 화색이 도는 얼굴로 구경 삼매경에 빠졌다.

그동안 별로 산 것도 없으니 갖고 싶은 것 다 고르라 해도 여전히 지우개 하나 들었다 놓고, 샤프 하나 들었다 놓으며 갈등하는 청소년. 그러더니 큰마음 먹고 리락쿠마 필통을 샀다. 1,000엔도 안 하는 걸 비싸다며 몇 번이나 들었다 놨다 망설여서, 그건 엄마의 경제력을 무시해도 너무 무시하는 거라고 뭐라 그랬더니, 그제야 마지못한 척 산 것이다. 지금도 분신처럼 잘 갖고 다니고 있다. 디자인이 마음에 들고 가격이 적당하면 이것저것 따지지 않고 바로 사버리는 나와 달리, 물건을 살 때 오래 쓸 수 있는 걸로 신중하게 고르는 정하의 쇼핑법은 사실 참 기특하다. 성미가 급해서 그 고르는 시간을 기다려주지 못하는 내가 문제지. 사람들이 종종 그런다. 그 집은 엄마가 문제야, 라고.

정하는 그렇게 사람들이 긴 줄을 서 있는데도 계산대의 판매원들이 일일이 친절하게 대하는 데 감탄하고, 고작 필통 하나인데 판매해도 될 듯한 선물용 종이가방에 담아주는 데 또 감탄했다. 낱장짜리 파일조차 파일 장수대로 포장 봉투를 따로 챙겨서 넣어주었다. 그러고 보면 일본은 참 먹는 데는 단무지 한 조각도 따로 돈을 받을 정도로 인색하면서, 이런 포장 인심은 정말 후하다. 100엔짜리 볼펜 한 자루도 기꺼이 포장해주는 이 인심은 대체 어디에서 나온 것일까.

교수님과 같이 탔던 그 스카이플라워의 기억은 이제 빨간 풍선이 되어 하늘 저 너머로 점이 되어 사라져버렸고, 내 기억 속의 고라쿠엔 유원지는 거기에 없었지만, 그 기억을 찾아온 덕분에 이런 별천지 같은 복합공간을 알게 된 건 확실히 행운이었다. 아무리 내가 일본통이니 뭐니 해도(아, '일본통'이란 말에 앞으로 많은 분들이 비웃겠죠), 도쿄 도내에 뭐가 생기고 뭐가 사라졌는지까지는 알지 못한다. "그 덩치 큰 게 생긴 지 십 년이 다 돼가는데 그것도 몰라!" 하시겠지만(알고 보니 2003년에 개장했더군요…). 그러게 말이다, 어째서 여태 몰랐을까. 정하가 좀 더 어릴 때 데리고 갔더라면 지금보다 훨씬 더 좋아하고 즐거워할 곳이었을 텐데, 아쉽다. 다음에 찾아올 때쯤이면 또 영락한 유원지가 되어 있으려나.

여긴, 도쿄 필수 코스

도쿄 도청

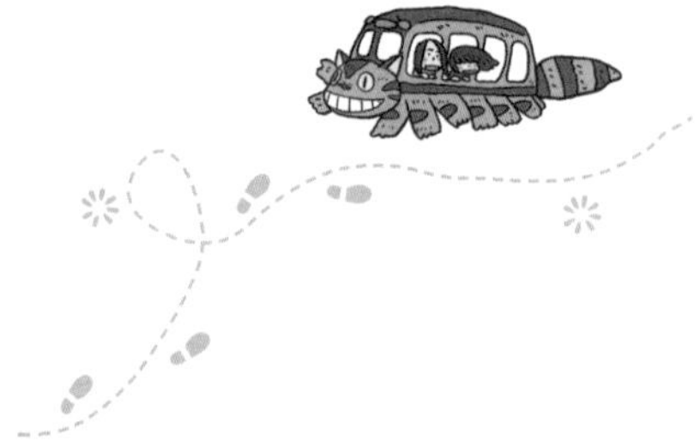

"오늘은 도쿄도청 전망대에 갔다가 거기서 밥을 먹고, 무사시코가네이에 갔다가 오후에 요코하마로 갈 거야."

"알았어."

방귀 질 나자 보리 양식 떨어진다는 속담처럼, 이제 여행에 익숙해졌는데 벌써 가기 전날이 됐다. 그동안 너무나 비협조적이었던 자신을 반성했는지(그럴 가능성은 미미하나), 정하는 바람직한 청소년의 모습으로 돌아와서 짜증나고 지친 기색 없이 사진도 열심히 찍으며 착하게 따라다녔다. 그렇다고 여행을 즐기는 건 아니었다. 밤에 잠자리에 누워서 갑자기 "꺄악!" 하고 비명을 질러 "왜??" 하고 놀라서 물으면 "서울 갈 날이 얼마 안 남았어. 짱 신나" 이런다. 누가 보면 정말 독사 같은 코치를 만나서 오지게 지옥훈련하다 돌아가는 청소년 국가대표인 줄 알겠다.

도쿄도청은 숙소인 W호텔 맞은편에 있다. 그런데도 올 때마다 이 호텔에 머물면서 도쿄도청에 가보지 못했다. 이번에도 매일 아침 호텔을 나설 때마다 눈앞의 도청을 바라보며 다짐은 철석같이 했다.

"오는 길에는 꼭 도청에 들러서 전망대에 올라가보자."

그러나 매번 가지 못했다. 한 번은 정하가 두통이 심해서, 한 번은 다리가 너무 아파서, 두 번은 카메라 배터리가 떨어져서…. 하루 종일 걸어 다니다 지쳐 돌아오는 길인지라, 코앞에 있긴 하지만 올라갈 엄두가 안 났다. 이러다 이번에도 도청 전망대에 못 가보고 돌아가게 될 것 같아서, 아예 이날은 첫 번째 일정으로 도청을 잡았다. 그렇게까지 기를 쓰고 가야 하는 이유가 있냐고 물으신다면, 당근 있다.

도쿄도청은 도쿄에 오는 관광객들의 필수 코스라고 해도 과언이 아닌 도쿄의 명소다. 거길 가려고 다른 사람들은 전철 타고 혹은 버스 타고 추운 날에나 더운 날에나 꾸역꾸역 먼 길을 오는데, 바로 코앞에서 일주일이나 있으면서 가보지 않는다는 건 말이 안 되지 않나. 게다가 이곳은 45층에 무료 전망대가 있

다. 무료! 이것은 여행자에게 듣기만 해도 가슴 설레는 말. 그리고 32층에는 아주 넓은 직원 식당이 있다. 이곳 음식의 다양함과 저렴한 가격 또한 여행자에게 아주 매력적이다(직원 식당이지만 온 동네 사람이 이용 가능함). 양식, 일식, 중식의 대표적인 음식은 다 있어서 같이 온 일행과 싸우지 않고 고를 수 있고, 맛도 괜찮다. 그리고 1층에 있는 관광정보센터에서는 다양한 관광정보를 제공해준다. 물론 관광정보센터는 도처에 널려 있다. 하지만 이곳은 명색이 도청이니만큼 더 풍부한 정보를 접할 수 있다. 특히 5명 이하의 개인 여행자에게 저렴한 가격으로 그 나라 말이 가능한 가이드가 관광 안내를 해주는 재미있는 코스가 있다. 두세 시간의 관광 체험에 드는 비용은 고작 가이드 전철비 정도. 신주쿠 거리 가이드라면 전철을 타지 않으니 0엔이다. 도쿄를 찾는 관광객에게 최대한의 편의를 제공해줄 준비가 되어 있는 곳이니, 만약 아무런 준비 없이 도쿄 여행을 왔다면 이곳에 가서 친절한 안내를 받으며 계획을 짜도 괜찮을 것이다. 비록 길치이긴 하지만 초보 여행자는 아니어서 도청 신세를 질 일은 없었지만.

그래도 신기해하며 관광정보센터를 구경하고 있는데 어디선가 짠, 하고 단발머리 할머니 한 분이 나타나서 관광을 도와주겠다고 자청했다. 그것도 한국말로. 마치 가이드하고 싶어 죽겠는데 한국 관광객이 너무 안 와서 심심해 죽겠다는 듯한 표정이랄까. 시간이 없다고 했더니 20분 정도만이라도 관광에 도움을 주겠다고 했다.

정말 시간이 없었던지라 안타깝게 돌아섰지만, 일본어 안 되시는 분들은 그곳에서 도움을 받으면 좋을 것 같다. 아참, 이곳에 진열된 가이드북에는 도쿄 내의 박물관, 미술관 목록과 입장료 할인쿠폰이 있다. 몇 푼 할인되진 않지만, 자동판매기에서 캔 음료 하나 마실 정도는 된다. 혹시라도 도쿄 여행의 목적이 박물관, 미술관, 기념관 순례라면 이곳에 들러 안내도 받고, 가이드북도 한 권 챙겨 가시기를. 음, 우리 모녀는 이렇게 학구적이거나 클래식하고 고상한 장소에는 별로 관심이 없어서 패스!(라고 당당하게 말할 일은 아닙니다만)

전망대는 45층으로 북쪽과 남쪽 두 군데가 있다. 도청 건물을 밖에서 보면 제일 윗부분이 ㄷ자를 U자처럼 눕혀놓은 모양으로 생겼는데 그것이 남북 전망대다. 당연히 각각의 전망대에서 보는 전망이 다르니 두 곳 다 가보는 게 좋을 것 같다. 낮에 가면 날씨 좋은 날에는 후지산이 보이고, 밤에는 도쿄타워가 보인다고 한다. 우리는 낮에 갔지만 그리 쾌청한 날씨가 아니어서 후지산은 보이지 않았다.

전망대 엘리베이터에서 내리자마자 보이는 것은 오랜만에 보는 기념품 가게. 사실 나는 도청에 온 게 두 번째다. 첫 번째는—이 책에서 사골보다 더 우려먹고 있는 것 같은데—대학교 때 연수 왔을 때다. 그때는 그 기념품 가게에 그렇게 갖고 싶은 것도 많고 예쁜 것도 많았는데, 어언 낼모레 갱년기를 맞이할 아줌마가 되어 찾아와 보니, 뭐 그냥 일반 관광지 기념품과 다를 바 없더군. 정하에게 기념품 하나 사라고 권했더니 이런 촌스러운 걸 왜 사느냐는 눈으로 쳐다보았다. 요즘 아이들은 워낙 팬시 제품이 풍요로운 세상에 살아서 욕심이 없는가 보다. 나는 처음 보는 물건들에 신나서 기념품을 샀었는데. 이 글을 쓰다 문득 생각나서 찾아보니, 그때 산 열쇠고리가 아직도 있다. 한때 열쇠고리 수집이 취미였던 적이 있다. 특이하고 예쁜 열쇠고리보다 그 장소의 특성을 살린 열쇠고리를 그곳에 다녀온 기념으로 모으기 시작했는데, 그 시초가 도쿄도청에서 산 열쇠고리였다. 정말 오랜만에 열어본 열쇠고리 수집통에는 도쿄 돔과 아사쿠사의 열쇠고리도 있네. 무려 27년이나 된 열쇠고리들인데, 신기하게도 마치 재작년에 산 것처럼 세월이 흐른 흔적이 없다. 그 긴 세월 동안 변한 거라면 열쇠고리의 위상과 나.

아무래도 도쿄타워 전망대에서 내려다본 도쿄의 야경이 아직도 생생한 탓인지 정하는 건성으로 저 아래 세상을 내려다보았다. 일본 소설을 번역할 때면 '우뚝 솟은 고층빌딩들이 즐비한 신주쿠'라는 식상한 표현이 자주 나오는 데 바로 그 신주쿠의 빌딩군이 눈 아래 펼쳐져 있다. 정말 신주쿠에는 빌딩도 많구나. 전망대를 한 바퀴 둘러보고 우리가 한 첫마디는 도쿄 시내를 본 소감이 아니라 "밥 먹으러 가자"였다. 금강산도 식후경이란 말이 괜히 있는 게 아

니었다. 역시 배가 고프니 아무리 좋은 풍경도 시큰둥한 것 같다. 도청에서 아침을 먹기로 하고 호텔에서 나왔는데, 점심때가 다 됐다. 호텔 바로 앞이라고 늑장을 부린 탓이다. 전망대와 기념품 가게 구경을 간단하게 마친 우리는 식당이 있는 32층으로 내려왔다. 아, 그러나 하필 12시. 정확하게 점심시간이다.

그 높은 도쿄도청에서 근무하는 직원들이 얼마나 많겠는가. 식당이 그렇게 넓은데도 줄이 무진장 길었다. 하긴 근무하는 사람들도 많겠지만, 그 사이사이에 우리처럼 평일에도 놀러 다니는 팔자 좋은 관광객도 있을 것이다. 거기다 다른 건물에서 오는 사람들도 있을 테고. 어쨌거나 관광객 주제에 본의 아니게 12시 정각에 와서 좀 미안했다.

온갖 종류의 음식이 진열된 푸드 케이스를 빙빙 돌며 메뉴를 고르고 고르다 정하는 하이라이스를, 나는 덴동(튀김덮밥)과 우동 세트를 먹기로 했다. 정하는 가장 싼 '밥' 종류를 고르느라 그걸 시켰고, 나는 사진을 찍어야 한다는 의무감에 일본다운 음식을 선택한 것이다. 실은 튀김을 좋아하지 않아서 대표적인 일본 음식이지만, 덴동을 한 번도 먹어본 적이 없다. 먹어보지 않은 음식에 도전하는 걸 공포스럽게 생각하는 나로서는 덴동을 선택한 것이 나름대로 모험이었다. 시장이 반찬이라고 어지간하면 먹을 수 있겠지, 하며 식권 발매기에서 식권을 사서 정하와 나는 각자의 메뉴가 나오는 창구 앞에 가서 따로 줄을 섰다. 수백 명의 사람들이 질서정연하게 줄을 서 있고 아무도 재촉하거나 서두르지 않지만, 주방에 있는 사람들은 불난 호떡집 같기 마련이다. 주방 안에서는 최대한 빨리 음식을 내주기 위해 앞에서 세 번째, 네 번째 사람에게까지 뭘 주문했는지 메뉴를 물었다. 그러면 제자리에 서서 메뉴를 크게 외쳐주고, 차례가 되면 식권을 내고 음식을 받아 온다.

점심 먹는 도청 직원들 사이에 끼여서 우여곡절 끝에 먹는 늦은 아침. 일단 생김새는 참으로 먹음직스러웠다. 정하는 하이라이스를 한 숟가락 떠먹더니 "음, 맛있네" 하고 끄덕거렸다. 그런데 덴동은 간장을 뿌려서 먹는 걸까, 그냥 먹는 걸까? 잠시 고민하다 옆에

毎週月曜日
スタランチ
スープ付 500円
たて、アツアツの
チキン南蛮
きのこ炒飯
さばの塩焼きと
栗ごはん
¥ 660
⑤番
①番
おすすめ品
五目かた焼きそば
セット
¥ 660
⑧番
チキンライス
ヘルシー定食
厚揚げの
そぼろあんかけ
¥ 580
洋定食
カキとほうれん草の
グラタン
¥ 660
食券番号

있는 아가씨한테 물어보았다. 그랬더니 그 아가씨도, 맞은편에 앉은 친구 아가씨도 모른단다! 한번 먹어보고 간이 안 맞으면 간장을 뿌려보라고 한다. 아, 그렇구나, 그런 당연한 방법이 있었지. 그래서 한입 먹어보고 있는데, 두 아가씨가 나누는 대화가 들렸다.

"나는 덴동을 한 번도 안 먹어봤어."

"나도 나도."

오잉, 덴동을 안 먹어본 일본인도 있구나. 일본인들은 다들 덴동을 좋아하는 줄 알았는데. 역시 젊은이들이 좋아하는 음식은 아닌 모양이다.

직원들이 다닥다닥 앉아서 식사하는데 관광객 티내며 음식 사진 찍기가 민망해서 사진은 차마 찍지 못했다. 이럴 거였으면 그냥 좋아하는 음식으로 먹을걸. 아, 그러나 처음 먹어보는 덴동은 꽤 맛있었다. 참고로 간장을 뿌리지 않아도 간이 맞았음.

한맺힌 숙제였던 도청 구경도 하고 배도 부른 우리는 점심시간을 이용해 도청 주변에서 햇볕놀이를 하는 직장인들을 구경하며 유유히 신주쿠 역으로 향했다. 그들의 모습이 어찌나 평화로워 보이던지 우리도 캔 음료 하나 뽑아서 쉬다 가고 싶었다. 하지만 무사시코가네이에 갔다가 요코하마로 가는 일정이 빠듯해서 그냥 지나쳐야 했다. 도청에서 신주쿠 역까지는 걸어서 10분 정도 걸린다. 그런데 신주쿠 역 서쪽 출구까지 무빙워크가 연결되어 있다는 사실!

말로는 들었지만 또 찾아 헤매느라 되레 시간이 더 걸릴 것 같아서 포기했는데, 신주쿠 역 쪽으로 방향을 틀다 우연히 발견하고 웬 횡재냐 싶었다.

이런 행운이 계속되길 바라면서 신주쿠 역에 도착한 모녀는 주오센을 탔다. 무사시코가네이는 미타카 역에서 네 역을 더 간다. 그래서 애초에 일정표를 짤 때 기치조지와 미타카에 가는 날 오전 스케줄로 잡아두었던 곳이다. 그런데 그날도 어영부영하다 하루를 늦게 시작하는 바람에 결국 이렇게 뒤로 미뤄졌다.

무사시코가네이에는 미야자키 하야오 감독의 애니메이션 〈센과 치히로의 행방불명〉의 배경이 된 '에도 도쿄 건축 공원'이 있다. 이번 여행에서 제일 기대되는 곳이었다. 인터넷에서 본 사진들을 떠올리며 정하에게 가본 사람보다 더 실감나게 무사시코가네이에 대해 설명했음은 물론이다. 센이 일하던 온천장, 그 주변의 식당, 가오나시와 유바바에 갈 때 탔던 전차며 배경이 됐던 건물들이 대부분 에도 건축 공원 안에 있다고 한다. 처음 듣는 지명이라 별로 기대를 하지 않던 청소년도 차츰 관심을 갖고 일정표를 들여다보더니만 갑자기 비명을 질렀다.

"엄마, 여기 월요일 휴원이라고 써놨네. 오늘 월요일이잖아!"

"엉, 그럴 리가?"

들여다본 일정표에 적혀 있는 내용은 다음과 같았다.

"주오센 다카오 방면 무사시코가네이 역 서쪽 출구로 나감. 3번 정류장에서 버스를 타고, 5번째 정류장인 고가네이코엔 니시구치에서 내림. 버스비 170엔. 에도 도쿄 건축 공원(월요일 휴일임)."

헉. 아무리 삽질이 일상화되어 있다지만, 이건 너무 심했다. 다음 날이면 돌아가야 해서 이제 더 이상 시간도 없는데! 어째서 일정표를 일정 짤 때만 보고 정작 여행 와서는 제대로 확인하지 않았던 걸까. 무슨 생각으로 내 머리를 과신했을까. 아아, 제일 기대한 곳이었는데 이렇게 허무하게 돌아가야 하다니. 안에까진 못 들어가더라도 밖에서나마 보고 올까 싶었으나, 그러기에는 왕복 한 시간여. 시간도 차비도 아깝다. 삽질에 삽질이 거듭된 여행이라 정하한테 면목이 없었지만, 정하는 어제오늘 일이 아니어서인지 태연한 표정으로 다음 역에서 내릴 준비를 했다. 어느 역에서 내렸는지도 모르겠다. 여행 중 최고로 패닉.

月휴관
일정표

요코하마 괴담

요코하마

현재 있는 위치에 따라 다르겠지만, 요코하마에 갈 때는 도큐도요코센 주요 역에서 미나토미라이 티켓을 사서 가는 게 가장 경제적이고 편리하다. 티켓 한 장으로 요코하마까지 왕복할 수 있을 뿐 아니라, 요코하마 내에서도 미나토미라이센을 자유롭게 이용할 수 있으니 말이다(실제로는 역을 찾아가는 시간에 걷거나 버스를 타는 게 빨라서 돌아올 때 말고는 전철을 탈 일이 없긴 했다).

무사시코가네이 가는 길에 허탕치고 내린 우리는 제일 가까운 역인 시부야 역으로 갔다. 시부야 역은 이번에 와서만도 이런저런 이유로 벌써 몇 번째 내렸다. 익숙하기 그지없는 곳이었지만, 아줌마는 그래도 착실하게 헤매주었다. 일단 JR 개찰구로 나와서 도큐도요코센 타는 곳으로 가야 하는데, 어디로 가야 하는지 몰라서 버벅버벅. 우리는 마침 남쪽 출구로 나왔고, 도큐도요코센 개찰구는 남쪽 출구 바로 우측에 있었는데 그 앞에서 방황한 것이다. 일부러 헤매라고 해도 헤맬 수 없는 곳에서 헤매는 것도 참 훌륭한 개인기이지 않나요. 흑흑.

겨우(?) 찾아서, 미나토미라이 티켓을 사려고 오렌지색 자동발매기 앞에 섰는데 이번에는 눌러야 할 티켓이 보이지 않는다. 발매기 왼쪽에서 사고자 하는 차표 종류를 고른 다음에 화면의 운임을 터치하는 것인데, 왼쪽에 아무리 봐도 미나토미라이 티켓이 없다. 할 수 없이 역원에게 물어봐야겠다고 생각하며 돌아서는데, 그제야 눈에 들어온 것은 모니터 오른쪽 하단에 특별히 커다랗게 표시돼 있는 미나토미라이 티켓…. 눈 뜬 장님이 따로 없구나.

그것으로 대단원의 삽질을 마무리하면 좋았을 텐데 말이다. 차표를 사서 개찰구를 통과해 홈으로 올라가니 양쪽 홈에 전철이 문이 열린 채 서 있었다. 한쪽은 사람이 많고 한쪽은 사람이 적다. 물론 둘 다 요코하마행이다. 보아하니 사람이 많은 쪽 전철이 곧 출발할 것 같아서 그쪽에 탔다. 운 좋게 빈자리에 나란히 앉기까지 했다. 전철은 바로 출발했다. 간만에 '찍기'를 잘했다. 엄마의 삽질로 고생한 정하는 그제야 안도하며 한숨 자려고 눈을 붙였다. 그런데 가다가 보니까 이 전철, 역마다 다 선다. 그랬던 것이다. 양쪽에 있었던 전철은, 한쪽은 역마다 서는 '카쿠에키'各驛고 한쪽은 '카이소쿠'快速라고 해서 큰 역만 서는 것이었다. 완행과 급행의 차이랄까. 나는 앞으로 어디 가서 일본에 살았었다는 말, 일본어 번역가라는 말 절대 하지 않기로 굳게 맹세했다.

정하에게 말하기도 창피해서 그냥 이대로 완행을 타고 갈까 싶었지만(어차피 애는 모르는 사실이니), 그러기에는 시간이 20여 분이나 차이가 났다. 잠시 갈등하다 별일 아니라는 듯이 "정하야, 아까 그 전철을 타면 20분쯤 빨리 갈 수 있는데 내려서 그거 탈까, 이거 그냥 타고 갈까?" 물었더니, 눈치 빠른 청소년님께서는 말없이 고이 자리에서 일어나셨다.

전철에 타기만 하면 깊은 잠에 빠지는 청소년이 '카이소쿠'로 갈아타니 어쩐 일로 자지 않았다. 아마도 갈아타는 동안 잠이 깨버린 모양이다. 그래서 요코하마 차이나타운이 얼마나 이국적이고 재미있고 볼거리 많은 곳인지 또다시 침 튀기며 얘기해주었다. 서울에서부터 몇 번은 했을 텐데, 엄마 마음에 이 인간이 매번 건성으로 듣는 것 같아 재방송, 삼방송을 하게 되는 것이다. 왜 엄마들이 똑같은 얘기를 무한 반복하는지, 엄마가 되니 그 이유를 알 것 같다. 얘기를 한 기억이 없는 게 아니라 듣고 있는 자식의 이해력이 못 미더운 것이다. 못 알아들은 것 같으니 한 얘기 또 하고, 또 하고.

그러나 차이나타운 홍보는 애가 건성으로 들을 때 그만두는 게 좋았을 뻔했다. 역시 모든 꽃노래는 1절만 할 때 아름다운 법.

우여곡절(이라고까지 할 만한 일은 없었으나) 끝에 미나토미라이 역에 도착했다. 요코하마에 가는데 요코하마 역에 내리지 않고 왜 미나토미라이 역에 내리는가 물으신다면, 요코하마 관광의 중심이 미나토미라이센 지역이고 그 중심이 미나토미라이 역이기 때문이다. 미나토미라이센 자체가 요코하마 주요 관광지를 빠르고 편리하게 연결하기 위해 개통한 지하철(미나토미라이 역을 비롯, 여섯 개 역밖에 없는 짧은 노선). 그러니 요코하마에 대한 정보가 전혀 없다면 미나토미라이센만 타고 한 바퀴 돌아도 된답니다.

미나토미라이 역에 내려 5번 출구로 나오면 초대형 복합 쇼핑시설인 '퀸즈스퀘어 요코하마'와 연결되어 있다. 퀸즈스퀘어는 밖에서 보면 사이좋은 삼형제처럼 세 개의 빌딩이 파도 모양으로 서 있지만, 17층에 연결 통로가 있어 서로 이어져 있다. 어찌나 넓고 넓은지. 평일 낮이어서 사람은 별로 없었지만, '초대형'이란 수식어에 걸맞게 그 넓은 공간에 가득한 브랜드점과 레스토랑들에 연신 "우와" 하는 감탄사만 나왔다. 그러나 모처럼 거대한 쇼핑몰을 보고 들떠서 구경하고 싶어 하는 정하에게 근엄하게 얘기했다.

"여긴 실내여서 해가 져도 충분히 구경할 수 있지만, 바깥은 어두워지면 제대로 못 볼 수도 있잖아. 여긴 이따 집에 가는 길에 와서 천천히 구경하자."

정하도 듣고 보니 맞는 말 같은지 수많은 브랜드의 유혹을 뿌리치고 순순히 동의했다. 그러나 지나간 짜장면은 다시 돌아오지 않는다는 사실을 깜박했다. 여기저기 다니다보면 돌아올 때도 이 역으로 온다는 보장이 없는데 말이다.

퀸즈스퀘어를 나오니 바로 앞에 의미를 알 수 없는 조형물이 있고, 그 너머에 요코하마의 상징인 '요코하마 랜드마크타워'가 있었다. 무려 70층으로 일본에서 제일 높은 건물이다. 제일 높은 건물인 만큼 당연히 전망대('스카이가든'이라고 함)가 유명하다. 정하에게 "올라가자!" 했더니 정하는 입구에서 입장권 가격을 보고 고개를 절래절래 흔들었다.

"나 여기서 기다릴 테니까 엄마 혼자 갔다 와. 전망대 지겨워. 이제 막 토할 것 같아."

이해는 갔다. 도쿄타워에서 실컷 본 전망대, 아까 낮에도 도쿄도청에서 본 전망대, 또 봐야 하니 지겹기도 하겠지. 요코하마에서 보는 전망은 또 다를 텐데, 청소년에게는 일본 땅이 다 거기서 거기지 싶을지도 모른다. 게다가 공짜도 아니고 입장권 1,000엔. 저렴한 스테이크를 먹을 수 있는 돈이니, 절대 쓰고 싶지 않았을 것이다. 결국 정하의 고집을 이해하기로 하고, 혼자 올라가기로 했다. 표를 사서 들어갔더니 아무도 없다. 주말이면 매표소에서 엘리베이터 타는 곳까지 줄이 굽이굽이 늘어져 있다던데, 평일의 현실은 달랑 나 한 명. 안내원과 둘이 덩그러니 탄 전망대행 엘리베이터, 69층 전망대까지 올라가려면 몹시 뻘쭘할 것 같았으나, 그런 걱정은 할 필요가 없었다. 이 엘리베이터로 말할 것 같으면, 분속 750미터로 지상 2층에서 69층까지 40초 만에 올라가는 일본에서 제일 빠른 엘리베이터다. 뻘쭘해할 틈도 없이 엘리베이터 문이 열렸다. 그리고 몇 발자국 더 나가서 내다본 전망대 바깥 풍경이란!

보자마자 내 입에서 나온 것은 비명이었다. "아악, 어떡해. 억지로라도 정하를 데려와야 했어!" 정말이지 혼자 보기 아까운 그림 같은 풍경이 펼쳐졌다. 휴대전화가 있었더라면 좋았을걸. 캔디 폰을 로밍 하는 건 완전 개그라 생각해서 그냥 왔더니만…. 여행 중 딱 세 번 휴대전화가 절실했을 때가 있었는데 그중 한 번이 이때였다. 마침 날씨마저 쾌청해서 하늘 색깔도 어찌 그리 아름다운지. 퀸즈스퀘어 세 개의 빌딩 옆에 닻 모양 같기도 하고 반달 모양 같기도 한 예쁜 호텔 건물과 마주보고 있는 테마파크인 코스모월드의 놀이기구들과 바다. 이쪽 전망이 가장 그림 같았다.

일정표를 짤 때, 요코하마 쪽은 너무 갈 데도 많고 복잡해서 '가이드북을 참고할 것'이라고만 써놓았다. 그런데 그 '가이드북'을 서

울에서 갖고 오지 않은 것이다. 요코하마를 여러 번 와봤다고는 하지만, 그때마다 간 곳은 차이나타운인 '주카가이'中華街와 그 옆에 있는 야마시타 공원뿐. 이 미나토미라이21 지역은 처음이어서 어떻게 돌아야 하나 고민했는데, 전망대를 내려다보니 가야 할 곳들의 위치가 눈에 쏙쏙 들어왔다. 짜릿한 득템! 아, 코스모월드가 바로 코앞이구나, 아카렌가소코가 저기구나, 걸어서 가도 되겠네. 야마시타 공원은 저기네. 이제 내려가면 정하한테 이 동네 지리 엄청 잘 아는 것처럼 척척 가이드해서 오늘 아침부터 이어진 삽질의 기억을 잊게 해주어야지. 지리를 파악해서 든든한 마음 한편으로, 여전히 딸과 이 아름다운 광경을 같이 보지 못하는 안타까움이 남았다. 그래서 "아이구, 아까워라"를 연발하며 사진으로나마 보여주려고 혼자 360도를 돌면서 요코하마의 정경을 촘촘하게 찍어 얼른 내려왔다. 밑에서 기다리고 있을 애를 생각하니, 아무리 그림 같은 풍경이지만 천천히 감상할 마음의 여유가 없었던 것이다.

그러나 "우리 강아지, 많이 기다렸지?" 하고 헉헉거리며 뛰어왔더니, 아이팟을 갖고 놀고 있던 청소년은 전혀 안 기다렸다는 얼굴로 이렇게 말했다.

"헐, 돈 아까워. 그새 다 봤어?"

요코하마 랜드마크타워에서 나와 다음에 간 곳은 전망대에서 본 아담한 테마파크인 코스모월드였다(퀸즈스퀘어, 랜드마크타워, 코

스모월드가 전부 모여 있어서 이동거리는 상당히 짧다). 이곳에서 가장 인기 있는 것은 세계에서도 높기로 손꼽히는 112.5미터짜리 관람차라고 한다. 관람차는 무섭지 않아서 내가 제일 좋아하는 놀이기구지만, 정하는 느려 터졌다는 이유로 회전목마만큼이나 싫어한다. 그래서 타지 않았다. 아마 밤이었더라면 야경을 구경하기 위해서라도 탔을 것 같지만. 놀이기구는 총 27종. 각각 타는 가격이 다른데, 매표소에서 원하는 액수의 표를 끊어 사용하면 된다. 이건 우리 동네에 있는 어린이대공원 놀이기구 탈 때와 비슷한 시스템. 우리는 2,000엔짜리 표를 샀다(2,000엔짜리 표를 사면 300엔 서비스된다). 서울에 가서도 수능 치기 전까지는 앞으로 놀이기구 타러 갈 일이 없을 테니, 고교 시절에 마지막이라 생각하고 돈 아끼지 말고 타라고 타이르고 타이른 끝에 산 것이다. 2,300엔이면 몇 개 타지도 못하니 혼자 다 타라고 했다. 정하는 무서운 것만 타는데, 나는 무서운 건 절대 못 탈 뿐만 아니라 놀이기구 탈 나이는 아니지 않은가. 평일 오후라는 시간 탓인지 사람들이 거의 없었다. 그 큰 놀이기구를 정하 혼자 탈 때도 있고, 두 사람이 탈 때도 있었다. 롤러코스터 탈 때 예닐곱 명 정도가 제일 많은 인원이었다. 딱 하나만이라도 같이 타자는 정하의 강권에 못 이겨 친목 도모를 위해 같이 탔다가 무서워서 기절할 뻔했다. 놀이기구의 이름은 기억나지 않지만, 어찌나 하늘 높이 올라갔다 내려갔다 빙빙 돌았다가 하는지. 이러다 요코하마 하늘에서 떨어져 죽는 거 아닐까 싶은 공포에 몸을 떨다 내려왔다. 눈을 꼭 감고 있어서 아무것도 안 보이는데, 옆에서 정하의 웃음소리가 깔깔거리며 들려왔다. "아하하하, 엄마 얼굴 짱 웃겨. 눈 떠, 눈. 하나도 안 무서워!"

그랬다. 보기만 해도 으스스한 롤러코스터를 타고 내려와서도 "아이, 시시해. 하나도 안 무서워"라고 말하는 청소년이다. 나와 종족이 다른 인간임을 새삼 깨달았다.

정하는 다 타고 나서야 시시하다며 돈 아까워하긴 했지만(정말 그렇긴 하더라만), 그래도 잠시나마 아담한 놀이공원에서 즐거운 시간을 보냈으니 됐다.

"엄마 대단하지 않냐? 저렇게 큰 놀이기구를 너 혼자 타게 해줬잖아. 이런 건 드라마에서 재벌집 아들밖에 못하는 일이야."

이런 말도 안 되는 생색도 잊지 않았다.

그다음 간 곳은 아카렌가소코였다. 어릴 때 아버지가 붉은 벽돌을 '아카렝가'라고 해서 어린 마음에 무슨 노가다(?) 계의 전문용어인 줄 알았다. 아마 아버지도 공사판 사람들이 '아카렝가'라고 하니 '아카렝가'라고 했을 뿐 말의 어원 같은 건 몰랐을 거다. 나중에 일본어를 배우면서 '아카렌가'라는 말이 나와서 "어? 아버지가 쓰던 말인데" 하고 반가워했었다.

아카렌가소코倉庫는 말 그대로 '붉은 벽돌 창고'다. 충분히 상상할 수 있듯이 항구에서 창고로 쓰던 곳으로 무려 메이지 말기에 만들어진 오래된 건물이다. 그런 곳이 이제는 요코하마의 명물이 되어 관광객들이 빼놓지 않고 찾는 곳이 되었다. 요코하마 시가 정부로부터 이 창고를 인수하여 새롭게 개조해서 2002년에 새로운 문화와 상업시설로 문을 열었다고 한다(아시겠지만, 숫자가 나오는 이런 설명들은 대부분 해당 장소에서 주워온 팸플릿에 적힌 내용들이다). 처음에는 그깟 창고가 뭐 볼 게 있겠냐 싶었다. 그렇지만 다른 사람들도 가니 우리도 한번 가보기나 하자꾸나 하는 마음으로 갔는데, 아이쿠, 어찌나 예쁘고 볼거리가 많던지! 주변에 아카렌카파크라는 공원이 있어서 일단 초록으로 눈이 즐겁다. 그리고 '붉은 벽돌 창고'는 해가 지기 전에는 그냥 붉으죽죽한 창고 건물이었으나(그러나 의외로 하염없이 길다), 서서히 해가 지며 여기저기 불이 켜지기 시작하더니 동화에나 나올 법한 붉은 벽돌의 성이 되어갔다. 1호관과 2호관 창고가 기다랗게 마주보고 있는데, 아기자기하고 예쁜 가게들로 가득한 2호관은 기존 쇼핑몰과 전혀 다른 독특한 분위기와 인테리어로 마치 외국에 쇼핑 나온 기분이 들었다(실제로 외국이긴 하지만). 예쁘고 독특한 아이디어 상품들이 많아서 무지무지 탐났지만, 청소년의 제지로 하나도 사지 못했다. 흑흑. 이곳에서는 겨우 240엔짜리 도넛 한 개 사서 나눠먹은 게 전부다. 반 나눠서 한 입씩 먹고 서로 "헉!" 하며 얼굴을 마주보았다. 진짜 맛있어!

그러나 차이나타운에 가서 저녁을 먹기로 했기 때문에 그냥 맛만 보는 걸로 끝.

차이나타운인 '주카가이'까지는 교통수단을 이용해야 했다. 걸어서는 한 20분 걸린다고 한다. 아카렌가소코 앞에 주카가이까지 데려다주는 꽃미남 청년들의 인력거가 두 대 있었다. 1인당 300엔. 색다른 경험도 할 겸 그걸 타고 가자고 했더니 당연히 청소년이 반대했다. 버스 타면 100엔인데 왜 돈을 낭비하느냐고. 이게 자식이니 망정이지…, 왜 신혼부부들이 공항 이혼을 하는지 정말 뼛속 깊이 이해가 가더군요.

투덜거리며 버스 타는 곳에 갔더니 '아카이구쓰'(빨간 구두)라는 이름이 적힌 예쁜 버스가 막 도착했다.

"주카가이 가요?" 물어보았다. 반대방향으로 가는 건지도 모르니 확인해본 것이다..

"10분 뒤에 *&%#@&%."

주카가이 가는 버스는 10분 뒤에 온다는 것 같았다. 우리는 10분 동안 기다리기로 했다. 기다리는 동안 둘러본 밤이 내린 아카렌가소코 주변은 정말 아름다웠다. 청소년은 의자에 앉아서 기다리고, 나는 계속 사진 찍느라 찰칵찰칵. 한참 그러다 "저 버스는 왜 안 가고 있냐?" 하면서 정하 옆에 앉았더니, 운전기사가 출발 준비를 하며 내게 묻는다.

"안 타세요?"

으헉. 아저씨가 아까 한 말은 10분 뒤에 출발한다는 말이었던 것이다.

대체 삽질의 끝은 어디인가요.

드디어 어둠이 짙어진 블루라이트 요코하마. 버스는 오늘의 하이라이트인 차이나타운 주카가이에 우리를 내려주었다. 짜잔, 정하는 드디어 이국적인 풍경에 여행 온 기분을 물씬 느낄 수 있을 것이다. 기대에 차서 차이나타운에 들어서는데, 왜 이렇게 어둡지? 그토록 거품 물고 선전했던 차이나타운이었는데 썰…렁…하…다. 휘황찬란한 불빛에, 흥겨운 중국 음악에, 축제날처럼 넘쳐나는 길거리 음식에, 야릇한 향냄새 나는 기념품 가게, 애들 머리만 한 왕만두 가게에서 시식을 권하는 아주머니들…이런 거 다 어디 갔지? 왜 이렇게 조용하지? 왜 이렇게 어둡지? 이제 겨우 저녁 7시인데?

속으로는 그런 생각을 하면서 정하한테는 "저기 좀 봐. 정말 중국 같지?" 하고 한자투성이인 간판과 중국 물건이 널린 잡화점을 가리키며 흥미를 유도했지만, 정하가 어린애도 아니고 그 썰렁함을 어찌 감지하지 못하겠는가.

"여기가 엄마가 말하던 차이나타운이야?"

"으응. 중국 냄새 나지? 신기하지?"

"……."

어딜 보고 신기해해야 하는지 당혹스러운 표정이다. 아아, 불 꺼

진 가게도 많고, 지나다니는 사람도 별로 없고, 어디 하나 흥이 나는 광경이 없다. 깃발을 든 가이드를 따라 노인들이 일렬로 지나가고 나니 정말 사람 그림자조차 드물어졌다. 혹시 주카가이도 월요일엔 노는 날인가? 뭐가 없을까, 뭐가 안 나올까, 속으로 초조해하며 지나가다 보니 어느 한 가게 앞에 사람들이 긴 줄을 서 있었다. 가까이 가서 보니 텔레비전에도 소개된 집인 듯, 그 가게가 소개된 텔레비전 프로그램이 모니터에서 무한반복 되고 있고, 오픈 주방에서 부지런히 뭔가를 만들고 있었다. 우리가 보기에는 만두를 빚는 모습이었지만, 그게 만두인지 뭔지. 모니터를 보아하니 동글동글한 만두처럼 생긴 것이 깨물면 뜨거운 육즙이 나오는 모양이다. 개그맨이 한 입 깨물었다가 터져 나오는 육즙이 뜨거워서 팔짝팔짝 뛰는 몸 개그를 하고 있다. 이상한 맛이면 어떡하지 걱정이 됐지만, 할 일도 없고 볼 것도 없는데 경험 삼아 먹어보자 싶었다.

줄을 서서 자세히 보니 사람들이 주로 사먹는 것의 정체는 '야키소롱포'라는 것이었다. 뜨거운 육즙이 터져 나오니 혀를 조심하라는 안내문인지 경고문인지가 붙어 있다. 식성이 좋은 편이 아닌 우리는 여전히 맛에 대한 기대보다 두려움이 더 컸지만, 1인분 4개가 480엔이니 각자 두 개쯤은 소화할 수 있겠지 생각했다. 문제는 일본어로 그것의 이름이 뭔지 모르겠다는 것. 결국 가장 원초적인 방법을 썼다. 해당 음식을 가리키며 "이거 하나 주세요"로 주문. 일본어를 할 줄 아는 사람이나 못하는 사람이나 똑같다. 아이구, 창피

해라.

맞은편에 문 닫힌 가게 앞에 쪼그리고 앉아서 조심조심 한입 맛을 보았다. 순간 둘 다 또 서로 눈을 보며 뜨악! 하는 표정. 이게 무슨 맛이지? 뭐 이렇게 맛있는 게 다 있지? 육즙 한 방울 남기지 말고 다 먹으라는 설명이 이해가 갔다. 한입 깨물면 맛있는 육즙이 빵 터져 나오는데 그게 정말 맛있다. 정하랑 서로 마주보며 감탄하는 사이 각자 두 개씩 다 먹었다. 한국에 와서도 한동안 그 야키소룡포 얘기를 했을 정도로 아주 인상적인 맛이었다.

주카가이에 와서 이 맛 하나라도 제대로 건져서 다행이었다. 그러나 아무리 어슬렁거려 보아도 더 이상 청소년이 흥미를 가질 만한 곳이 없었다. 어둠 속을 지나가다 규모가 큰 기념품 가게가 있어, 구경도 하고 조카손녀 선물이나 하나 사갈까 하고 들어갔다. 우리가 고른 것은 요코하마의 상징인 빨간 구두를 신은 모양의 무릎까지 오는 긴 양말이었다. 카운터의 아가씨가 비닐봉지에 담아주는데 "선물 포장할 수 없을까요?" 했더니, 얼른 다시 꺼내서 빨간색 천으로 만든 중국풍의 선물주머니에 넣어주는 게 아닌가? 야키소룡포에 이어 두 번째 기분 좋았던 것. 선물주머니 자체가 팔아도 될 만큼 예쁜 것이었다.

사소한 일로 또다시 즐거워져서 길거리에 나오니 펼쳐진 것은 더 짙은 어둠, 어둠, 어둠. 자, 그럼 계획했던 대로 주카가이의 근사한 차이나 레스토랑에 가서 맛있는 중국음식을 먹자 했으나, 이런, 좀 전에 먹은 야키소룡포 덕분에 전혀 배가 고프지 않은 불상사가…. 이번 여행에서 그럴 듯한 식사를 하지 못한 이유가 다 여기 있다. 맛보기로 먹은 사소한 간식 하나로 시장기가 달아나버리니 말이다. 먹는 것을 좋아하지만 위가 작은 모녀의 슬픔이라 하겠다.

결국 '차이나타운에서 맛있는 저녁을'이란 계획도 물거품이 되고, 차이나타운의 어둠 속을 더 이상 배회하는 것도 별로 의미가 없어서 야마시타 공원이나 한 바퀴 돌고 호텔로 가기로 했다.

"야마시타 공원에는 아베크족들이 많아서 교육에 안 좋긴 하지만, 그래도 밤 풍경이 멋있어. 바다에 배도 떠 있고."

"아베크족이 뭐야?"

"바퀴벌레들 말이야."

"아하."

달라붙어서 데이트하는 족속들을 바퀴벌레라고 최초로 명명한 사람이 누구인지 모르겠지만, 아베크족을 이렇게 간단히 설명할 수 있게 해준 데 감사한다.

주카가이에서 길을 건너 좀 걸어가면 야마시타 공원이다. 멀리 정박해 있는 배의 불빛이 반짝거리는 게 보였다. 가는 길목은 어둡고 인적도 드물긴 했지만, 바퀴벌레로 넘쳐나는 야마시타 공원에 가면 좀 생기가 돌 거라 생각했다. 그러나 막상 가보니 바퀴벌레는 커녕 개미 새끼 한 마리 보이지 않았다. 요즘은 여기서 데이트 안 하나? 아무리 평일이라고는 하지만 아직 이른 저녁 시간인데 어쩌면 그렇게 사람이 없는지. 절전 때문인지 가로등도 드문드문 켜져 있고 어두워서 데이트하기 좋겠더만.

"정하야, 예전에 왔을 때는 사람들 많았던 거 기억 나?" 그랬더니 "여기 왔던 것도 기억 안 나"라고 한다. 아기 때까지 합치면 세 번째이지만, 역시 어릴 때는 아무리 보여줘도 기억을 못 하는 모양이다.

주카가이가 썰렁하면 야마시타 공원도 썰렁한 게 당연한데 미처 그 생각을 못했다. 열려 있는 기념품 가게 하나 없네. 기념품 가게에 들어가면 정하가 기억을 좀 떠올릴지도 모를 텐데.

다리도 아프고 목도 마르고 해서 자판기 캔 음료를 뽑아 배가 보이는 벤치에 앉았다. 둘러보니 멀찌감치 벤치에 아줌마 두세 명이 있을 뿐, 그 이외에는 정말 바퀴벌레도 개미도 보이지 않았다.

24시간 붙어 있으면서 새삼스레 나눌 대화도 없고 사방이 캄캄하니 얼른 캔을 마시고 가야겠다는 생각뿐. 차이나타운 오면서 했던 말이 다 '뻥'이 돼버렸다. 어째서 모든 현실이 내 기억과 딴판이 되어 있을까. 방사능이나 쓰나미 탓에 관광객이 줄어서만은 아닌 것 같다. 어쩌면 내 기억이 미나토미라이21이 형성되기 전에 머물러 있어서 그런 건 아닐지. 퀸즈스퀘어니 랜드마크니 아카렌카소코니…이런 것들이 없고, 요코하마 하면 '주카가이'가 최고였던 화려한 시절에 다녀간 기억뿐이어서 그런 건 아닐지. 아니면 하필 월요일이어서이거나.

벤치에 앉아 배를 보며 정하한테 실없는 얘길 꺼냈다.

"정하야, 요코하마 괴담 알아?"

"몰라."

"낚시꾼이 낚싯대에 뭐가 걸려서 고기인 줄 알고 잡았는데 애 머리더래. 근데 그 머리가 '너 어디서 왔니?', '너 이름이 뭐니?' 하고 아무리 물어도 '요코하마, 요코하마' 이 소리만 하더라는 거야. 그래서 신기해서 박물관에 기증했는데, 그 소문을 듣고 애를 죽인 오빠인지 형인지가 박물관에 찾아와서 그 머리한테 '너 누가 그랬니?' 물었더니…."

"아악, 하지 마. 무서워!!"

'네가 그랬잖아!' 하고 놀라게 해야 할 타이밍이었는데 애가 무섭다고 일어나서 가버렸다. 무서운 이야기를 하기에는 절묘한 분위기구만. 요코하마에 그렇게 여러 차례 와도 한 번도 생각나지 않던 어릴 때 들은 괴담이, 절로 떠오르는 요코하마 밤바다였습니다.

요코하마~ 요코하마

주카가이 역에서 미나토미라이센을 타고 시부야 역으로 돌아오는 길에, 정하는 퀸즈스퀘어에서 내릴 것인가 말 것인가로 한참 갈등했다. 퀸즈스퀘어가 있는 미나토미라이 역에서 전철 문이 열려 있는 동안까지도 갈등하더니 결국 포기하고 말았다. 지친 몸으로 왔던 길을 다시 가는 건 역시 무리였다. 지나간 짜장면은 돌아오지 않는다는 나상실의 말은 진리.

맛있긴 맛있었는
스테이크 하우스

신바시

길었던 것 같지만 지나놓고 보니 짧은 일주일의 여행. 드디어 마지막 날이다. 일정표의 계획대로라면 새벽에 일찍 일어나 체크아웃을 한 뒤 호텔에 짐을 맡기고, 세계 최고의 수산 시장이라는 쓰키지 시장에 가야 했다. 이른 아침부터 스시가 넘어갈진 모르겠지만, 그곳에서 그렇게 유명하다는 스시집 '다이와'大和에 가서 3,150엔 한다는 세트 메뉴로 아침을 먹는 것이 서울에서 세운 일정이었다. 럭셔리하다. 스시로 브런치라니. 그러나 이번 여행, 일정표대로 한 게 몇 가지나 되는가. 일정표를 몇 번 들여다보았는가. 번역일 제쳐놓고 보름동안 열심히 짠 일정표, 서울 가면 그냥 이면지로나 써야 할 듯. 대체 누구를 위하여 무엇을 위하여 만든 일정표였나요. 다음부터 여행 올 때는 그냥 아무 계획 없이 바람 부는 대로 발길 닿는 대로 정처 없이 떠돌아다니는 나그네 콘셉트로 다니리.

화려한 일정은 그러했으나 아침에 일어나니 오전 9시. 적어도 오전 5시에 일어나 체크아웃하고 출발해야 줄을 몇 시간씩 서야 한다는 '다이와'에 가서 오전 중에 스시를 먹을 수 있다(물론 그동안의 경험으로 보아 이제 그리 긴 줄은 없겠지만). 쓰키지 시장은 한 번도 간 적이 없어서 이번엔 꼭 가보고 싶었는데, 씻고 화장하고 체크아웃하고 짐 맡기고 출발하면 점심때에나 먹게 될 테고, 그렇게 되면 오늘의 두 번째 일정이었던 신바시의 스테이크 하우스 'Volks'에서 런치 메뉴 먹기는 포기해야 한다. 하지만 이 또한 놓칠 수 없는 일정. 이 집의 스테이크 맛을 꼭 확인해야 했기 때문이다.

드디어 서울로 돌아가는 날이라고 아침부터 신난 청소년에게 선택권을 주었다.

"일본에서 제일 맛있는 스시 먹을래? 아니면, 신바시의 스테이크 먹을래?"

청소년은 스시 킬러지만 아침부터 스시가 당길 리 없다. 그보다 예전부터 'Volks'의 스테이크 맛을 엄마에게 꼭 보여주고 싶다는 간절한 희망을 갖고 있던 청소년이다. 결론은 당연히 스테이크로!

언젠가 도쿄에 다녀온 정하가 감탄감탄감탄을 하며 그 집에서 먹은 스테이크 얘기를 했다.

"신바시에 있는 스테이크 전문점인데 고기를 입에 넣었더니 완전 녹아. 나 그렇게 맛있는 스테이크 처음 먹어봤어."

그 뒤로 가끔 집에서 스테이크를 해줄 때마다 그 집 스테이크 얘기를 했다.

"엄마 다음에 일본 가면 나랑 꼭 같이 가자. 정말 엄마한테 그 맛을 꼭 보여주고 싶어. 엄마도 엄청 좋아할 거야. 완전 맛있어."

그 소리를 오십 번은 족히 했을 텐데, 어찌 포기할 수 있겠는가. 얼마나 맛있기에 그리도 간절히 엄마에게 먹이고 싶어 하는지. 우리는 스시를 버리고 스테이크를 택했다. 쓰키지 시장은 이번에도 못 가는구나. 쓰키지 시장, 신바시, 긴자는 같은 지역구여서 마지막 날 스케줄을 가장 환상적으로 짰는데. 일주일 동안 피로가 쌓여 아침 일찍 일어나는 건 역시 무리였던 모양이다. 이런 일정은 아직 힘이 남아도는 초반에 넣었어야 했다(라고 쓰고 보니 초반에 더 지쳐 있었구나).

일정 하나를 포기한 덕분에 조금 여유를 부릴 수 있었다. 느긋하게 준비하고 체크아웃하고 짐을 맡겨놓은 뒤에(호텔 앞에서 리무진 버스를 타고 하네다 공항으로 갈 예정이었다. 신주쿠 역에서 코인로커에 맡기면 여행용 캐리어를 넣는 칸이 무려 개당 800엔이나 한다. 우리는 캐리어가 두 개. 그리고 계단 오르내리는 불편을 생각하면 호텔로 돌아오는 게 훨씬 수월하다) 신바시로 향했다. 둘 다 오던 날보다 더 들뜨고 더 신났다. 스테이크를 먹으러 가기 때문이다. 그동안 제대로 된 식당에서 제대로 된 식사를 몇 끼 하질 못해서 맛있는 음식에 한이 맺힐 지경이었다.

신바시 역에 내려서 스테이크 하우스 'Volks'의 위치를 찾느라 간만에 일정표를 꺼내 메모를 보았다. "신바시 역에서 서쪽으로

250미터, 니시신바시 사거리에 위치"라고 적혀 있었다. 음, 상세히 적어왔으니 쉽게 찾으리라 생각하시나요. 어디가 서쪽인지 동서남북을 모르는 걸요. 정하는 몇 번 와봤으니 당연히 길을 알아야겠지만, 이 청소년 또한 막강한 길치 유전자를 물려받아서 많은 걸 기대하면 안 된답니다.

마침 역 앞에 파출소가 있어서 'Volks'의 위치를 물었다. 못 알아듣는다. 내 발음이 후졌던 모양이다. 아니다, 일본인들의 영어 발음이 이상해서 내 발음을 못 알아들었을 것이다. "???" 이런 얼굴로 쳐다보아서, 나는 일정표에 적힌 영어 이름을 보여주었다. "아하" 하고 청년으로 보이는 젊은 순경 중 한 명이 용기를 내더니 지도 앞으로 갔다. 그가 굳이 용기까지 낸 이유가 있었다. 외국인이니 영어로 설명해야 한다는 사명감을 느꼈던 것이다. 지도를 가리키며 엉터리 영어로 설명을 하는데 아줌마가 가로막았다.

"죄송하지만, 일본어로 가르쳐주세요."

옆에서 구경하던 순경이 킥킥 웃었다.

영어로 설명하던 순경이 뻘쭘해하며 다시 일본어로 설명을 해주었다. 나는 알아들은 척 끄덕거리다 설명이 끝난 뒤에 밖으로 나와서 물었다.

"그러니까 여기서 어떻게 가면 돼요?"

"아, 이쪽으로 쭉 가면 저기 큰길이 보이죠? 그 길을 따라서 좌측으로 쭉 내려가면 돼요.”

이 사람아, 처음부터 그렇게 가르쳐주면 쉬웠잖아. 지도 앞에 안 가도 되고, 영어로 말하느라 고생하지 않아도 되고. 서로 그런 상황을 깨닫고 순경들은 자기네끼리 키득거리고, 우리 모녀는 우리 모녀대로 키득거렸다. 훈훈한 길 안내로구나.

누가 봐도 거기가 'Volks'라는 걸 아는 위치까지 와서야 청소년은 신대륙을 발견한 콜럼버스처럼 “엄마, 바로 여기야!”라고 소리쳤다. 압니다.

드디어 정하가 그토록 찬양하던 스테이크 하우스에 들어가자,

나이가 지긋해 보이는 여성이 안내를 해주었다. 하도 스테이크가 맛있다고 해서 굉장히 고급스러운 가게인 줄 알았더니, 별로 특별하지 않은 지극히 평범한 체인점이었다. 엄청 비쌀까봐 가격 보고 놀라지 말아야지, 하고 마음을 단단히 먹고 왔으나 다 부질없는 짓이었다. 런치 세트여서 그렇기도 하겠지만 제일 비싼 게 스태미너 비프로 1,590엔이다. 착하기 그지없는 가격이다. 정하에게 그걸 시켜주고, 나는 1,390엔 하는 슬라이스 비프 고젠을 시켰다. '고젠'은 '진지'라는 말. 슬라이스 비프라는 영어에 '고젠'이란 일본어가 붙은 이유는 일식 밥상 차림에 슬라이스 비프가 나오기 때문이다. 그래서 포크가 아니라 젓가락이 나온다. 착한 가격과 함께 자유롭게 이용할 수 있는 샐러드 바와 수프 바까지 있었다. 다른 지점에서는 빵까지 무한 제공한다는데, 신바시 점은 빵은 제공하지 않는다. 우리는 뭐 그리 많이 먹지도 않고 빵을 좋아하지도 않으니 아쉬울 건 없었다.

샐러드를 한 접시 떠와서 먹고 있을 때, 드디어 효녀 정하가 그토록 엄마에게 먹여주고 싶어 했던 스테이크가 나왔다. 음, 그 스테이크를 본 솔직한 소감은 '뜨헉'이었다. 기대가 컸던 모양이다. 메뉴판의 사진으로 보긴 했지만, 비주얼이 평범하다. 여느 패밀리 레스토랑의 그것과 별로 다르지 않거나 좀 떨어진다. 속으로 '이게 뭐야? 내가 해주는 거랑 뭐가 달라?' 싶었지만, "와, 맛있겠다. 어서 먹자" 하고 먼저 고기 한 점을 입에 넣었다. 입에서 살살 녹는 고기 맛은 어떤 것일… 이런 망할, 녹기는커녕 잘 씹히지도 않네? 몇 점 먹다가 진지하게 물어보았다.

"이거 네가 전에 와서 먹었던 것 맞아?"

"으응…이상하네. 그때는 맛있었는데…."

"맛은…있어. 입에서 녹질 않아서 그렇지."

"…미안해. 이런 맛이 아니었는데…."

미안할 정도는 아니었지만, 이걸 먹으러 신주쿠에서 여기까지 왔나 싶은 생각은 들었다. 이 정도라면 신주쿠 근처 패밀리 레스토랑에 가도 충분히 먹을 수 있었을 텐데. 그렇지만 기대치에 미치지 못했을 뿐 맛이 없진 않았다. 명색이 소고기를 구운 건데 맛이 없기야 하겠는가. 집에서 내가 해도 맛있는데.

정하가 자꾸 미안해해서 "아니야, 맛있긴 맛있어. 정말이야" 하다 보니 다 먹었다. 그렇다. 양마저 적었던 것이다. 아무 생각 없이 지나가는 길에 들어와서 먹었다면 그럭저럭 괜찮았을 텐데. 이걸 먹을 생각에 서울에서부터 기대에 부풀어 있었던 것이나, 아침도 먹지 않고 신주쿠에서 여기까지 온 게 억울해서 좋은 점수를 줄 수

길치의 미로찾기게임
굉장히 돌아온것같지?
소화시켰다고 생각해!!
GOAL
volks
start

없었다. 그러나 정하는 나보다 더 속상했을 것이다. 입에서 녹는다고 그토록 찬양을 했는데 질긴 고기가 나왔으니까.

그래도 유명한 집이어서인지 우리가 이른 점심을 먹고 나오니 꽤 많은 사람들이 밖에까지 줄을 서서 기다리고 있었다.

아침부터 컨디션이 좋은 모녀, 이제 배까지 부르니 마냥 즐거워졌다. 다음 코스는 긴자다. 다시 신바시 역으로 한참 걸어 돌아가서 지하철을 타고 긴자 역으로 갔다. 으음…, 누군가 저 위에서 우리 모녀의 동선을 내려다보고 있었다면 속 터져서 그 자리에서 사망했을지도 모르겠다. 우리가 있던 데서 그냥 쭉쭉 걸어 나가면 긴자였다. 그 사실을 여행을 다녀오고도 한참 뒤에, 긴자 지도를 들여다보다 알았다. 그러고 보니 몇 해 전, 긴자에서 신바시 역까지 걸어온 적이 있다. 그때도 그런 생각을 했었다.

'아아, 긴자랑 신바시랑 붙어 있었구나.'

노숙자와 빌딩숲

신주쿠

신주쿠라고 하면 제일 먼저 뭐가 떠오르는지?

당신이 남성이라면 아마도 가부키초의 야한 스트립쇼나 이상한 술집을 떠올릴지도 모른다. 여성이라면 역 주변의 오다큐, 게이오, 루미네, 다카시마야 같은 대형 백화점이나 쇼핑몰을 떠올리지 않을까.

나는 신주쿠 하면 '노숙자'가 제일 먼저 떠오른다('노숙자'를 제일 먼저 떠올리는 것은 어느 성性인가). 내가 태어나서 '노숙자', 즉 일본인들의 호칭대로 하자면 '홈리스'를 처음 본 것이 신주쿠 역이었기 때문이다. 도쿄에 처음 온 1986년도. 우리나라에 '거지'는 있었지만(물론 '거지'는 동서고금 있을 테지만), 아직 '노숙자'라는 개념이 일반적이지 않을 때였다. 그래서 신주쿠 역에 처음 내렸을 때 박스로 집을 짓고 사는 노숙자들의 모습은 굉장히 충격이었다. 위로 위로 올라가는 고층 아파트가 아니라, 옆으로 옆으로 이어지는 박스 집에 사는 지저분한 사람들. 박스에 수건이나 양말도 빨아서 널어놓고, 시든 꽃으로 장식해놓은 사람도 있었다. 두꺼운 만화책을 잔뜩 쌓아놓고 나름대로 독서 삼매경에 빠진 사람, 새까만 손으로 대낮부터 사케를 들이키는 사람, 지나가는 사람들을 구경하는 사람….

일본은 잘사는 나라인데 어째서 이렇게 거지들이 많을까? 하는 놀라움, 거지들이 역 앞에 모여 산다는 신기함, 그 박스 집 앞을 지나가야 한다는 공포, 거지인데 어째서 구걸은 하지 않지? 하는 의문 등등, 그들을 처음 본 소감은 복잡하기 그지없었다. 우리나라에서 노숙자가 사회 이슈가 될 정도로 늘어난 것은 1998년 IMF 사태 이후이니, 그보다 12년 전에 노숙자를 보고 놀랐던 건 당연할지도 모른다. 노숙자와 거지의 결정적 차이는 아무래도 구걸을 하고 안 하고 일까. 박스 집을 짓고 살긴 하지만, '한 푼 줍쇼' 하는 사람들은 없었다. 노숙자들의 박스 집은 한두 무리가 아니라 역 구내는 물론이고 신주쿠 역 서쪽 출구에서 도쿄도청까지 이어진 지하도에 줄줄이 늘어서 있었다. 그러나 그로부터 10년 뒤, 그곳에 거주하던 노숙자들은 지하도에서 강제로 쫓겨나고 대신 그들이 있던 자리에 무빙워크(정하와 내가 도쿄도청 구경을 마치고 신주쿠 역 서쪽 출구까지 타고 왔던)가 생겼다. 무빙워크를 개통(이라고 하나?)하던 날, 제일 먼저 탄 사람이 노숙자여서 나름대로의 소소한 복수가 화젯거리가 되기도 했다.

그렇게 지하도에서 쫓겨난 노숙자들은 신주쿠 역 서쪽 출구 지하로 모여 박스 촌을 이루고 살다가 또 강제철거를 당해서 신주쿠 중앙공원으로 거주지를 옮겨갔다. 오전이면 공원의 다리 난간에 색색의 이불도 널어 말리고, 식수대에서 양치질을 하고 세수를 하는 풍경을 흔치 않게 볼 수 있다고 한다. 갈 때마다 줄어드는 박스 집을 보며 '그 많은 노숙자는 어디로 갔을까' 궁금했는데 그런 일이 있었더라고요. 그렇다고 신주쿠 역 언저리에서 노숙자들이 완전히 사라진 건 아니고 그래도 곳곳에서 꿋꿋하게 버티는 박스 집 주인들이 있긴 하다. 신주쿠 역 서쪽 출구 앞에는 주운 만화책을 널어놓고 파는 노숙자들이 항상 보인다. 그 책 사보는 사람들 비워도 좋다는 생각이 들기도 하지만.

신주쿠 역은 남쪽 출구, 신남쪽 출구, 동남쪽 출구, 동쪽 출구, 서쪽 출구가 있는데 노숙자들이 유독 서쪽 출구 쪽을 사랑하는 이유는 서쪽 출구를 중심으로 하여 양쪽으로 사이좋게 오다큐 백화점과 게이오 백화점이 있기 때문이라고. 백화점 지하의 식품관 규모가 워낙 커서 잔반이라도 얻어먹기 수월한 것이다. 그리고 많은 역 중에서 왜 하필 신주쿠 역에 그리 노숙자가 많은가 싶었는데, 허허벌판이었던 니시신주쿠에 도시개발 프로젝트를 하면서 도쿄도청을 비롯한 빌딩숲이 등장한 게 영향이 있는 모양이다. 명明이 있으면 암暗이 생기는 당연한 이치 때문일까. 실제로 빌딩숲이 생기기 전에는 노숙자가 없었다고 한다.

옛날, 내가 아직 학생이었던 시절, 신주쿠 서쪽에는 아무것도 없었다. '아무것도 없었다'고 해서, 그것은 '특별히 쓸 만한 것이 아

무것도 없었다'거나, '가치 있는 것은 아무것도 없었다'고 하는 복잡한 것을 의미하는 게 아니라, 정말 문자 그대로 아무것도 없었다. 있는 것이라곤 그저 텅 비고 넓은 들판뿐이었다. 지금은 그곳에 고층빌딩이며 호텔이며 도청청사 등이 빽빽하다.

아무것도 없었던 곳이지만, 장래 도시 계획의 일부로서 그 당시에도 있었던 지하도만은 비교적 말끔히 정비되어 있었다. 신주쿠에서 놀다가 밤이 늦어져 기숙사나 하숙집에 돌아가기가 귀찮아지면, 그리고 그것이 춥지 않은 계절이면 친구들과 함께 그곳에서 뒹굴었다. 그 무렵에는 아직 노숙자가 없었다. 같은 또래의 젊은이들이 삼삼오오 아침까지 시간을 보내고 있었을 뿐이다.

신주쿠 서쪽으로 갈 때마다 '옛날 이곳엔 그저 넓디넓은 들판이 있었는데' 하는 생각을 한다. 생각한다고 어떻게 되는 것도 없겠지만.

무라카미 하루키의 『무라카미 라디오』에서

1960년대에 신주쿠 역의 다다음 역인 다카타노바바에 있는 와세다 대학교 학생이었던 하루키는 아마도 그 신주쿠 역 지하도의 단골손님이었을 것 같다. 그 당시에는 없었다지만, 바로 몇 년 뒤부터 쑥쑥 늘어난 노숙자들처럼 지하도 구석에서 박스를 깔고 밤을 새지 않았을까… 하고, 남의 과거를 멋대로 상상해본다. 지금은 고층빌딩 숲으로 유명한 신주쿠 역 서쪽 출구가 당시에는 텅 빈 들판이었다니. 논밭이었던 강남이 빌딩숲이 돼버린 것과 비슷하려

나. 이런 얘기 들을 때면, 그때 땅 좀 사두었더라면 부자 됐겠구나 하는 생각이 드는 건 설마 이 아줌마인가요. 사실 하라주쿠 역 앞도 20여 년 전 내가 아르바이트 하던 시절에는 건물들이 없었다. 그래서 다케시타도리 입구에는 축제 때처럼 천막을 친 가설 점포들이 즐비했는데, 내가 일했던 봉제인형 회사도 그중 한 곳에 점포를 열어 주말이면 그곳에서 일을 한 적도 있다. 지금처럼 건물이 빽빽하게 들어선 것보다 그때가 훨씬 운치 있고 좋았는데 말이다. 배부르게 운치를 찾는 것은 땅주인이 아니기 때문이겠지.

어쨌거나 신주쿠 노숙자들에 대한 나의 단상은 여기까지. 매번 신주쿠에 갈 때마다 어째서 그들의 안부를 궁금해하는지 나도 참 모를 일이다. 갓 스물한 살의 나이에 본 신주쿠 역 노숙자들의 모습이 어지간히 충격이었던 모양이다.

매일 셔틀버스를 이용했던 구역이 서쪽 출구 앞에서 도쿄도청 앞에 있는 호텔까지이다 보니 우리는 날마다 그 유명한 니시신주쿠 빌딩숲 앞을 지나다녔다. 자주 보는 빌딩들이라 나도 특별히 관심을 갖진 않았지만, 정하는 그게 유명한 빌딩들이란 사실조차 모르니 더욱 관심이 없었을 거다. 셔틀버스를 타고 다녀서 더더욱. 다녀온 뒤에 인터넷에서 우리가 지나다녔던 멋진 빌딩 사진을 보며 "우리 여기 매일 지나다녔는데, 그지?" 그랬더니 "아니. 언제?"라고 금시초문이란 듯 반문했다. 다 함량미달의 가이드 잘못입니다.

우리가 지나다녔던 니시신주쿠에 우뚝 솟은 빌딩들. 신주쿠 NS 빌딩(30층), 신주쿠 엘타워(31층), 신주쿠 아일랜드타워(44층), 도쿄도청(제1본청사가 48층), 신주쿠 노무라빌딩(50층), 신주쿠 파크타워(52층), 신주쿠 스미토모빌딩(52층), 신주쿠 센터빌딩(54층) 등등. 층수만 봐도 어마어마하다. 빌딩 앞의 오브제가 유명한 곳도 있고 전망대가 유명한 곳도 있고 건물 디자인이 유명한 곳도 있지만, 우리가 들어가 본 곳은 도쿄도청뿐. 정말 게으른 관광객이었다. 각 빌딩마다 구경꾼(?)들을 위한 쇼룸이나 무료 전망 로비, 전망 플로어도 있는데 한번 들어가 보면 좋았을 것을. 하긴 전망대 올라가자고 하면 정하가 또 토할 것 같다고 했을지도 모르지만. 사방이 빌딩이어서 그다지 전망이 좋지도 않았을 것 같기도 하지만(이라며 애써 합리화). 그래도 유명한 빌딩 앞에서 기념사진이라도 한 장 찍으면 좋았을 걸 그랬다. 그러고 보니 워낙 미모가 미모인 탓에 서로 사진 찍히기를 싫어해서 그렇게 돌아다니고도 기념사진이란 걸 한 장도 찍지 않았다. 필름카메라 시절만 해도 지나가는 사람에게 방실거리며 "사진 좀 찍어주세요" 하고 부탁해서 꼭 기념사진을 남기고 그랬는데, 디지털카메라로 바뀐 뒤로는 그런 기억이 점점 줄어들고 있다. 우리 모녀만 그런 게 아니라 다들 좀 그런 경향이 있지 않나요? 해외여행이 쉬워지고, '셀카' 찍기가 쉬워져서일까요? 음, 신주쿠에서 얘기가 새고 있습니다.

사실 이 니시신주쿠의 빌딩숲, 남들은 명소라고 멀리서도 찾아와서 구경하고 들어가 보고 사진도 찍고 그러는데, 솔직히 대수롭잖게 보고 다니긴 했다. 매일 그 앞을 지나다니다 보니 그냥 서울 시내 빌딩들처럼 평범해 보였던 것이다. 63빌딩이 서울의 명소이지만, 근처 사는 사람들에게는 별다른 감회가 없을 것이다. 그런 이치…라고 하면 망언이려나. 하나라도 더 보는 게 남는 것인 관광객 주제에.

변명 아닌 변명을 하자면, 처음 도쿄에 갔을 때부터 지금까지 20여 년 동안 갈 때마다 언제나 숙소는 신주쿠였다. 중간에 잠시 학교를 다닐 때도 신주쿠 근처였고, 미타카에서 신혼생활을 보낼 때도 지인들을 만날 때는 무조건 신주쿠였다. 그래서 내게 신주쿠는 서울의 어느 한 구처럼 친숙하다. 마음은 주민이나 다름없다. 천하제일의 길치지만 신주쿠만은 대충 머릿속에 윤곽이 잡혀 있다. 20년을 다녔으면 윤곽이 아니라 지도를 그릴 정도가 돼야 하지 않느냐고요? 너무 많은 걸 바라십니다. 으음, 그런데 정하가 이 글을 읽으면 "그래서 엄마가 신주쿠에서는 안 헤맸어?"라고 비웃을 것 같다. 어쩔 수 없다. 가게를 찾는 일은. 게다가 정하가 태어난 뒤로 환락가인 가부키초 쪽으로는 거의 발걸음을 하지 않아서 말이지. 물론 낮에 가면 아무렇지도 않은 동네이긴 하지만, 그곳이 아이와 같이 볼거리가 많은 지역은 아니니까. 처음 도쿄에 갔던 대학교 2

학년 때 인터넷도 없던 그 시절에, 게다가 해외여행이 자율화된 지 두어 해밖에 안 된 그 시절에도 남학생들은 가부키초의 스트립쇼 하는 곳이나 야한 행위를 하는 풍속업소들을 귀신같이 꿰차고 있었다. 남자들에게 가부키초는 뭔가 도쿄 여행의 로망 같은 곳…이진 않겠지요, 설마? 다행인지 불행인지 2004년부터 그런 퇴폐업소들은 철퇴를 맞아 예전만큼 야한 가부키초는 아닌 모양이다. 우리 모녀하고는 상관없는 일이지만. 그러고 보니 신주쿠 역 서쪽 출구에서 동쪽 출구 갈 때도 헤맸구나. 신주쿠 지리 잘 안다는 말은 취소.

일정표에는 신주쿠 관광 일정이 전혀 없었다(두 군데의 식당 외에는). 위에서 말한 것처럼 그냥 그곳 주민이라는 착각을 하고 있어서 일단은 관광이란 개념이 없었고, 가보고 싶은 곳이 있으면 틈틈이 시간 날 때 가보면 된다고 생각했다. 일정에 없는 곳이다 보니 어딜 들어가더라도 허겁지겁 둘러보고 다음 행선지로 향하게 된다. 항상 갈 때마다 일정에 넣지 않은 것을 아쉬워하는 곳이 있다. 다카시마야 타임스퀘어다. 이곳은 백화점, 도큐핸즈, 기노쿠니야 서점, HMV, 영화관 등이 있는 14층짜리 대형 쇼핑몰이다. 백화점은 신주쿠에 너무 많아서 별로 관심이 없고(그러고 보니 한국에서도 백화점에는 별로 관심이 없군), 우리가 진짜 열광하는 곳은 바로 도큐핸즈와 기노쿠니야 서점이다. 도큐핸즈는 대형 잡화 체인점인데 층별로 생활에 필요한 모든 물건들이 구비되어 있어 구경을 하기에도 쇼핑을 하기에도 좋은 곳이다. 이를테면 건강용품 코너에 가면 귀에 관한 상품이 있는 진열대, 치아에 관한 상품이 있는 진열대, 머리, 발 등등 신체 각 부분별로 필요한 아이디어 상품들이 즐비하다. 주방용품 코너, 화장품 코너, 생활용품 코너 등등 어디를 가도 평소 잘 보지 못하던 기발한 상품들이 많다. 가격이 싼 편은 아니어서 테스트용품을 한번 써보고 "아, 이거 사고 싶다" 소리만 수십 번 하고 오지만. 그래도 종일 구경만 해도 즐거운 곳이다. 그러나 현실은 일정이 빡빡하여(그 일정이 대체 어디가 빡빡하냐고 하시겠지만) 들를 시간이 없었다. 매일 신주쿠 역에 갈 때마다 "아, 우리 도큐핸즈 가야 되는데" 소리를 입에 달고 살 뿐.

혼자 도쿄에 올 때는 기노쿠니야 서점에서 종일 시간을 보냈는데, 정하와 같이 오고부터는 도큐핸즈만 찾게 되는 것 같다. 서점에 가면 따님은 한 30분 눈을 반짝거리다 이내

지루해하기 때문이다. 일본어를 좀 읽고 쓰기야 하지만, 그래봐야 까막눈에 가까워 일본 책에 별로 관심이 없는 건 당연히 이해가 간다. 그런데 우리 집 책장에 꽂혀 있는 일본 그림책이나 동화책들이 출장 올 때마다 꼬꼬마 정하를 보고 싶어 하며 바로 이 서점에서 고른 것이라는 걸 얘기해줘도 별로 반응이 없다. 아, 메마른 감성의 소녀. 난 기노쿠니야에 갈 때마다 그때 생각이 나서 아직도 코끝이 찡한데. 그곳에서 그림책을 고르면서 정하가 커서 언젠가 도쿄에 같이 오면 얼마나 좋을까, 상상하던 일이 현실이 된 게 신기해서 가슴이 찡한데. 그런 얘길 하면 정작 당사자는 "엄마 또 사람들 많은 데서 애 보고 싶어서 운 거 아냐?" 하고 십여 년 전의 일이지만 지금도 창피하다는 듯 얼굴을 찡그린다.

드디어 귀국 전날 밤, 그날 일정을 다 마치고 신주쿠 역에 내렸더니 저녁 8시가 조금 지났다. 아직 기운이 좀 남아 있으니, 오늘은 꼭 도큐핸즈를 가자! 일본 와서 별로 쇼핑다운 쇼핑도 한 게 없으니 이번에는 뭐라도 마음에 드는 게 있으면 사자! 하고 간만에 의견일치를 보았다. 그런데 도큐핸즈 입구까지 가니 이미 파장 분위기다. 아뿔싸, 폐점 시간이 8시 30분이었던 것. 흐규. 박복한 모녀.

짧은 시간 동안 잠시 돌아보고, 터덜터덜 허탈하게 나와서 간 곳은 신주쿠 미로드 모자이크도리. 게이오 백화점과 오다큐 백화점

사이로 좁은 골목처럼 나 있는 계단 길을 따라 예쁘고 아기자기한 가게들이 촘촘히 붙어 있는 곳이다. 여행 초반 같았으면 "사지도 않을 걸 뭐 하러 봐" 하고 외면했을 청소년도 이때쯤에는 착한 청소년으로 돌아왔기 때문에, 하나하나 들여다보며 품평도 하고(예쁘다, 귀엽다가 고작이지만) 디스플레이가 예쁘게 된 진열장을 보며 사진도 팡팡 찍었다. 백화점이나 이런 가게의 쇼윈도를 볼 때마다 느끼지만, 디스플레이가 정말 예술이다. 이 귀차니즘 청소년이 절로 사진을 찍고 싶어 할 정도이니. 물론 아무리 디스플레이가 예뻐도 역시 가격표를 보며 "어어어" "으아악" "우에에" 하는 감탄사만 흘리고 쇼핑은 하지 않았다. 우리는 실용적이지 않

은 것에 돈을 쓰지 말자 주의여서, 모자이크도리의 예쁜 물건들은 눈요기만으로 충분했다. 여행이 끝나갈 즈음에야 그런 생각이 들었는데, 둘 중 한 사람이라도 충동구매를 자제 시켜서 다행이었던 것 같다. 물론 뭐…그 한 사람이 엄마가 아니라 자식이었던 게 좀 유감이긴 하지만.

뭔지 모를 아쉬움에 종일 돌아다니고도 아직 에너지가 남아도는 도쿄에서의 마지막 밤이었다. 그렇다고 그 시간에 아이를 데리고 마땅히 갈 만한 곳은 없었다. "마지막 밤인데 카페에서 맛있는 케이크라도 먹을까?"라고 했지만, 마지막 밤이라고 스크루지 구두쇠가 환골탈태하는 건 아니었다. 그렇다고 청소년하고 그때부터가 절정인 가부키초에 구경 갈 수도 없는 노릇이고. 그래서 일찌감치(라고 하지만 일주일 중 가장 늦게 돌아가는 것) 호텔로 가자고 하며 늘 가던 큰길이 아니라 뒷길로 한번 가보았다. 그랬더니 세상에, 늘 다니던 심심하고 지루한 큰길과 달리 식당과 술집, 전자제품 가게, 가라오케 등이 가득한 화려한 뒷골목이 펼쳐져 있는 게 아닌가. 그 호텔에 몇 번이나 머물렀지만, 큰길로만 다녀서 이런 사실을 전혀 몰랐다. 아아, 진작 알았더라면 호텔 편의점 도시락이 아니라 몇 끼쯤은 더 맛있는 음식을 먹을 수 있었을 텐데. 어째서 중요한 사실은 항상 마지막에 알게 되는 걸까? 라고 한탄하기 전에, 게을러서 여기저기 돌아다니지 않은 자신을 탓해야겠지요.

그래도 백화점이나 옷가게 많은 신주쿠 역을 매일 다닌 탓에 몇 가지 산 것은 있다. 유니클로에서 내 카디건을 샀고, 정하 티셔츠를 두어 장 샀다. 환율로 환산해도 충분히 괜찮은 가격이었기 때문이다. 이거나마 안 샀더라면 도쿄에 와서 쇼핑 같은 쇼핑은 하나도 못 했을 뻔. 아, 게이오 백화점에서 쇼핑을 한 것도 있긴 하다. 우리가 게이오 백화점에서 쇼핑할 처지는 못 되지만, 조카손녀에게 줄 귀여운 아기 머리띠가 있으면 하나 사려고 갔었다. 오오, 정하 아기 때 백화점 아동복 매장에 가보고 처음 가는 것이었는데 귀엽고 예쁜 아기용품이 어찌나 많던지, 둘 다 꺄악꺄악거리며 구경했다. 정하가 "엄마는 내가 아기 낳으면 분명 여기 다 털 거도 남을 거야"라고 했다. 그러기에는 가격이 너무 비싸구나. 찾던 머리띠가 없어서 턱받이를 하나 사기로 했는데, 손바닥 만한 턱받이 하나 1,300엔. 우리 둘이 점심을 때울 수 있는 액수다. 그렇지만 매장에서는 제일 싼 것. 이러니 손녀 옷 사주려고 그곳을 털려면 집을 팔아야 할지도.

선물용으로 포장해달라고 했더니 아주 예쁜 포장지에 담아주었다. 한참 구경하다 겨우 소품 하나 사는 것도 좀 민망하다 싶었는데, 나이 지긋한 두 명의 직원은 누가 보면 아주 비싼 물건이라도 사가는 것처럼 과하게 친절했다. 매장을 다 나와서 무심코 뒤돌아보니 두 명의 직원은 그때까지도 우리 등 뒤에 대고 나란히 허리를 숙이고 있었다. 그런 모습을 처음 보는 정하는 "어떻게 저럴 수 있지? 고작 턱받이 하나 샀는데?" 하며 놀랐다. 일본에 온 우리나라 사람들이 제일 먼저 온몸으로 느끼는 게 바로 그런 모습일 것이다. 설령 그게 매뉴얼이라도 손님 대접을 받는 것은 흐뭇한 일이다.

여행을 가기 전에는 신주쿠에서 머무는 동안 딱 하루만이라도 일찍 일어나 정하와 함께 메이지 시대의 황실 정원이었던 신주쿠교엔을 산책해야지, 하는 야무진 꿈이 있었다. 그러나 막상 가서 보니 아침에 일찍 일어난다는 건 언감생심. 게다가 허약 체질의 모녀가 아침부터 그 넓은 공원을 돌았다가는 일정대로 다니지도 못하고 바로 깨갱거리며 호텔로 돌아와 뻗었을 것 같았다. 그래서 정하한테 말도 꺼내지 못하고 포기하고 말았는데, 여행을 다녀온 뒤 두고두고 후회스러웠다. 숙소에서 멀지도 않은데 조금만 부지런을 떨었더라면 좋았을걸. 다음에 또 신주쿠에 온다면 하루쯤은 종일 신주쿠에서 먹고 놀고 구경하는 스케줄을 짜보아야지 싶다. 이번에는 신주쿠 역만 줄기차게 이용하다 온 것 같다.

어른들의 거리

긴자

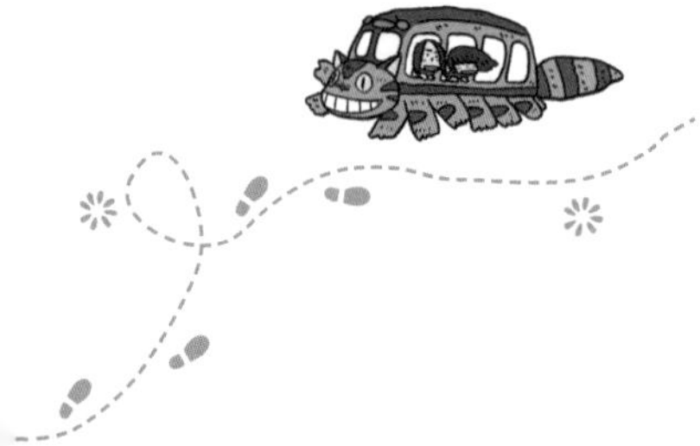

한국에서 한국인 선생님에게 일본어를 처음 배운 사람들은 발음이나 억양이 아무래도 한국식으로 입에 익는다. 일본어 하는 걸 딱 들으면 아무리 능숙하게 잘해도 한국 사람이란 것이 표시가 난다. 물론 일본에서 오래 생활해서 본토 사람처럼 능숙한 사람들도 있긴 하지만, 아마 그들도 입에 익은 발음과 억양을 고치느라 많은 노력을 했을 것이다.

다른 사람 얘기 할 것 없이 나야말로 한국식 발음과 억양을 쓰는 대표적인 사람이다. 일본인 선생님은 "귀여운 일본어"라고 칭찬해 준 적도 있지만, 그건 텔레비전에서 사유리가 이상한 억양의 한국어를 쓸 때 "귀엽네"라고 해주는 거나 마찬가지였을 터.

일본어에서 특히 한국인이 하기 어려운 발음이 있는데, 탁음이 붙는 か(카)행과 さ(사)행, た(타)행이 그렇다. 탁음이 붙으면 が(가), だ(다), ざ(자)가 되는데, 정확하게는 'ka'와 'ga', 'ta'와 'da', 'ja'와 'za'의 중간 발음을 해야 한다. 말이 쉽지 자꾸 하다 보면 혀가 굳어지는 것 같다. 전공이 전공이라 연습을 많이 하긴 했지만, 그래도 내 혀로 죽어도 안 되는 발음이 있으니 그게 바로 ぎ(기)다.

내가 이 발음을 하면 십중팔구의 일본인이 못 알아듣는다. 그러나 이 글자가 어디 다른 글자와 잘 섞여 있으면 대충 알아들어 주기도 하는데, 하필 한국인이 제일 안 되는 발음 が(가)행과 ざ(자)행이 다 들어간 단어 'ぎんざ'(긴자)일 때는 환장한다. 꼭 대여섯 번씩 "긴자, 긴, 자, 깅자, 깅! 자!" 해도 못 알아들어서 "긴코노긴(은행의 銀), 자시키노자(좌석의 座), 긴! 자!" 이래야 "아하, 긴자!"라고 알아듣는다. 듣기에는 그게 그거구만 내 긴자와 네 긴자가 어디가 다르냐고 묻고 싶은 억울한 심정.

대학교 때 도쿄에 왔을 때, 일행 중에 회화는 내가 그나마 나아서 대표로 긴자 가는 길을 물어 보는데, 그때 상대방이 도통 못 알아들어서 엄청나게 창피해했던 적이 있다. 그런데 지금도 '긴자'라고 할 때마다 상대방이 "??" 이런 표정을 지으니, '긴자'의 트라우마는 앞으로도 벗어날 수가 없을 것 같다.

게다가 긴자 하면 떠오르는 이미지는 고급, 고가, 부티크, 대형 백화점, 명품 브랜드숍, 귀부인…. 명품 가방 하나 없는 빈민층(?)인 나와는 거리가 멀어서 더욱 위화감이 들고 거리감이 느껴졌던 시절이 있다. 그런데 요즘은 왠지 긴자가 좋다. 만만하다. "살림살이가 좀 폈나 보오"라고 생각할지도 모르겠는데, 그건 아니고요. 긴자 자체가 힘을 많이 빼고 있다. 한때는 일본 제1의 고급 번화가였지만, 그 중심이 신주쿠, 시부야, 이케부쿠로로 흘러가면서 긴자는 그냥 '도쿄 동부의 한 번화가'로 주춤했다. 그러다 1990년대에 들어서 외국의 유명 브랜드숍들이 생기며 다시 긴자의 명성을 되찾기 시작하긴 했지만, 이미 시대의 흐름을 거역할 순 없으니 긴자 자체가 스스로 낮추기를 선택한 것 같다. 드러그스토어도 생기고 식당 체인점도 늘어나고 나름 서민층 코스프레를 한다고나 할까? 어쩌면 내 나이 이제 40대 중반이 지나고 보니 비로소 이 거리가 편해졌는지도 모른다. 이제 시부야나 이케부쿠로 같은 젊은이의 거리보다 긴자가 훨씬 좋다. 이 동네에서 자유로이 쇼핑할 수 있는 경제력이 있다면 금상첨화겠지만.

이곳이 얼마나 만만한 곳이 되었는지, 정하도 중학생 때 혼자 와서 돌아다녔다고 한다. 긴자 역에서 "어디로 나가지?" 하고 수많은 출구 번호를 보며 머릿속에 물음표만 동동 띄우고 있을 때 "이리로 가면 돼" 하고 앞장 선 것은 이 청소년이었다. 긴자에서는 일단 중심 도로인 '주오도리'로만 나가면 대형 백화점과 명품 브랜드숍 등을 다 만날 수 있다. 대부분의 사람들이 긴자에서 와서 찾는 곳은 주오도리에 있는 미쓰코시 백화점이나 맞은편의 와코 백화점이니까. 굳이 쇼핑을 하지 않더라도 그 두 백화점은 긴자의 랜드 마크이기 때문이다. 그런데 이 청소년이 주오도리로 나가는 출구를 기억하고 있었다. "A8이나 A9로 나가면 돼." 오호, 청소년의 말대로 A8 출구로 나오니 미쓰코시 백화점이 바로 나왔다. "너 기억력 되게 좋다" 하고 머리를 쓰담쓰담 해주며 미쓰코시 백화점에 가서 한 일은 화장실 가기. 끝. 쇼핑할 목적이 없었고 다음 일정도 많아서 그냥 스치기만 하기로 했다. 이 백화점에서 윈도쇼핑을 해봐야 가격표 보고 위화감만 느낄 뿐. 아무리 '쫄지 마, 쫄지 마' 하고 되뇌어도 명색이 '긴자 미쓰코시'. 추레한 관광객 차림으로 들어가서 쫄지 않을 수 없다. 으흑.

백화점에서 나와 이번에는 청소년이 나를 안내해준 곳이 있었다. '애플스토어 긴자'. 일본에 올 때면 이곳에 와서 제품들도 구경하고 인터넷도 하다 가곤 했단다. 심지어 "여기 애플점이 오픈한 날, 5,000명이나 와서 줄을 섰대" 하는 일화까지도 들려주었다. 마치 가이드를 하려면 이렇게 해, 하고 시범을 보이는 것 같다. 청소년 가이드의 안내를 받아 은색 벽에 애플사의 사과가 있는 건물로 들어갔더니, 1층은 마치 누구나 들러서 책을 읽고 가도 되는 공공도서관 잡지 코너 같은 분위기다. 전혀 부담스러운 장식이나 인테리어가 없는 내부에는 기다란 테이블에 태블릿 PC와 노트북 등 애플사의 제품들이 죽 널려 있고, 사람들은 그것들을 자유롭게 이용하고 있었다. 침이 꼴깍꼴깍 넘어갈 정도로 예쁜 최신 노트북들이 있는 테이블로 가더니, "여기서 마음대로 인터넷을 하면 돼" 하고 가이드가 또 친절하게 알려주었다. 사람들 사이사이로 파란색 티셔츠를 입은 젊은 도우미들이 많은 게 인상적이었다. 인터넷에 목말라 있던 우리는 얼른 노트북 한 대씩 꿰차고 네이버부터 접속했다. 메일을 체크하고, 우리가 여행 온 뒤로 궁금해할 사람들을 위해 블로그에 '여기는 긴자 애플사'라는 제목으로 포스팅을 했으나, 삽질대마왕! 노트북 사용 미숙으로 글을 날려버렸다. 흑흑. 도우미가 지척에 있었지만, 차마 "얘가 내 글 먹었어요. 왜 그래요?" 이러지는 못하겠더라고요.

노트북을 오래 써도 별로 눈치도 주지 않고 모처럼 인터넷을 할 수 있어 신이 났지만, 우리는 언제나 시간에 쫓기는 모녀. 다음 장소로 가려고 하자, 가이드가 "여기 엘리베이터 되게 신기해. 엄마 꼭 타보고 가"라며 엘리베이터 타는 곳으로 안내했다.

오, 정말 신기했다! 일단 엘리베이터처럼 생기질 않았고, 보통 엘리베이터의 두세 배 넓이에 실내를 향하고 있는 유리문이어서 각 층에 설 때마다 그곳이 뭘 하는 곳인지 훤히 볼 수 있었다. 특이한 건 이용자가 버튼을 누를 수 없다. 그냥 엘리베이터님께서 서면 그때 타거나 내려야 한다. 연신 "우와" 하는 감탄사뿐. 촌사람들이 엘리베이터를 처음 타면 딱 이런 기분이겠구나 싶었다. 그렇게 해서 본의 아니게 구경한 애플 전 층. 2층은 디지털 허브, 3층은 극장식 홀, 4층은 소프트웨어와 액세서리 판매, 5층은 스튜디오. 아이디어 엘리베이터 하나로 이렇게 깔끔하게 자사를 소개하다니, 멋지더군요. 비록 기계치에다 얼리어답터와는 거리가 먼 아줌마여서 그저 신기해하기만 했지만, 이런 쪽으로 관심 많은 사람들이라면 이곳은 천국일 것 같다.

스티브 잡스가 세상을 떠났을 때 시민들이 이곳에 찾아와서 애도를 하여 꽃다발이 엄청나게 쌓였었다고 가이드는 마무리 설명을 해주었다.

애플스토어에서 나와서 간 곳은 바로 길 건너에 있는 '이토야'. 이토야는 생긴 지 100년이 넘는 문구점이다. 그렇다고 고풍스러운 모습은 아니고, 불가리와 티파니 매장 사이에 껴서도 꿀리지 않는 좁지만 아담한 9층짜리 건물이다. 네모난 까만색 간판 위에 빨간 클립, 작지만 존재감은 최고다. 이곳은 우리 모녀에게 천국이다. 우리가 늘 긴자를 찾는 이유는 이토야 때문이라고 해도 과언이 아니다. 둘 다 문구류라면 미친 듯이 좋아하는데, 티 라운지와 갤러리가 있는 9층만 빼고, 지하 1층부터 8층까지 문구류와 팬시류가 가득하니 얼마나 신나는지. 비록 비루한 체력이라 4, 5층까지만 돌고 지쳐서 나오긴 하지만.

서울에서나 도쿄에서나 대형 문구점에 가면 정하는 펜 종류부터 고르고, 나는 편지지와 엽서 종류부터 고르기 때문에 처음에는 따로 떨어져서 구경한다. 펜을 쓰려면 종이가 있어야 하고 종이에 쓰려면 펜이 있어야 하거늘, 희한하게도 정하는 종이에 관심이 없고 나는 펜에 관심이 없다. 100엔짜리 펜 하나 고르는 데도 일일이 다 써보고 감촉을 비교하며 꼼꼼히 고르는 정하와 달리, 내가 편지지나 엽서를 고르는 기준은 참으로 간단하다. 기왕이면 우리나라에서도 살 수 있는 평범한 디자인이 아닌 것, 가격이 한 세트에 500엔을 넘지 않는 것. 어지간한 연락은 이메일로 하는 요즘에는 편지지에다 손글씨로 편지를 쓸 일도 별로 없는데, 어릴 때부터 편지쓰기를 좋아했던 탓에 예쁜 편지지나 엽서를 보면 습관적으로 탐을 내는 것 같다. 그러나 이번에는 한두 세트만 사고 말았다. 어쩌다 보니 여행 콘셉트가 '구두쇠 여행'이 돼버려서 나도 모르게 동참하고 있었던 모양이다. 역시 환율의 영향이 컸다. 편지지와 엽서 쪽은 일찌감치 정리하고 정하를 찾아가니 이 청소년, 예전에 이곳에

itya
손님, 다른물건도 많이 있습니다만…
아니! 난 이거면 돼!
볼펜심

서 산 볼펜의 심만 고르고 있다.

아, 졌다.

이토야에서 나와 다시 미쓰코시 백화점 쪽으로 걸어 나왔다. 그 사이에 길 양쪽으로 명품관이 즐비하다. 티파니, 불가리, 루이비통, 카르티에, 샤넬, 던힐…. 이런 곳은 그저 바깥 건물 구경하는 것만으로도 족하다. 내부에 있는 물건들에는 별로 관심이 없다. 유명 건축가들의 작품이라는 건물들은 정말 멋있더군.

역으로 되돌아 가는 길에, 명품관뿐 아니라 여행 가이드북에서 '긴자' 하면 빠짐없이 나오는 원조 단팥빵 빵집(?)으로 유명한 기무라야도 보이고, 일본 최초의 경양식집이라는 렌가테이도 있고 돈가스카레가 유명한 그릴 스위스도 있다. 마치 길에서 연예인 만난 것처럼 "아, 저 가게 책에 나와" 하면서 청소년에게 가르쳐주었지만, 당연히 관심은 없으셨다. "뭐 좀 먹고 갈까?" 했지만, 여전히 배도 고프지 않으셨다. 식사한 지 얼마 되지 않긴 했다.

유행의 첨단을 걷는 브랜드숍과 100년 이상 된 전통 가게와의 조화를 볼 수 있는 주오도리. 혹시 여행 와서 시간 없을 때는 긴자역 A8이나 A9 출구로 나와 쭉 내려갔다 길 건너서 쭉 올라오기만 해도 긴자 구경했다고 할 수 있을 것이다. 긴자라고 하면 연상되는 최첨단 유행과 오랜 전통을 동시에 체험할 수 있으니. 주말이면 차량통행이 금지되고 보행자 천국이라 하니 그 길을 걸어보는 것도 즐거울 것 같다.

미쓰코시 백화점 앞의 4초메 사거리는 가로 본능의 주오도리와 세로 본능의 하루미도리가 교차한다. 이 사거리에서 미쓰코시 맞은편에 있는 것이 시계탑으로 유명한 와코 백화점이다. 초등학교 때부터 일본의 세이코 시계가 유명하다는 것은 익히 들어왔는데, 이 와코 백화점이 바로 1947년에 세이코 시계점 소매점으로 시작한 것이라고 한다. 뭔가 근엄해 보이는 외관에 일단 위화감이 들어 아직 한 번도 들어가 보진 않았지만.

하루미도리에 있는 가부키좌(가부키 전용극장)를 찾느라 걸어가

다 보니 이 동네 은근히 매력 있었다. 기모노를 입은 귀부인의 모습이 자주 눈에 띄는 것은 기모노 가게가 많아서였으려나. 대로변에는 화려한 부티크와 백화점, 뒷골목에는 그런 부티크나 백화점에서 사 입은 고급 옷을 입고 있는 호스티스들로 넘쳐나는 고급술집. 최첨단의 유행과 오랜 전통. 두 얼굴을 가진 긴자이지만 두 얼굴 다 진짜 얼굴. 그래서 매력적이다.

아아, 그나저나 지나가는 사람에게 물어가며 찾아간 가부키좌는 공사 중이었다. 어쩐지 "가부키좌가 어디에요?" 물었더니 "이리로 저리로 가면 돼요"라고 대답해놓고는 혼잣말처럼 "거기 공사하는데…"라고 중얼거리는 것 같더니만. 주오도리의 이토야에서 하루미도리에 있는 가부키좌까지 그 먼(?) 길을 쉬지 않고 걸어온 게 좀 허탈하기도 했으나, 이런 게 여행의 묘미 아닌가요? 막 이래 본다.

그럴 줄 알았으면 일본 최대의 장난감점인 하쿠힌칸 토이파크로 갈걸. 가부키좌도 하쿠힌칸도 예전에 정하랑 같이 가본 적은 있다. 당연히 정하는 하쿠힌칸에 가길 바랐지만, 사진을 찍기에는 가부키좌가 훨씬 멋있다는 이유만으로 가부키좌를 선택했더니 역시 의도가 순수하지 못하니 벌을 받는구나. 가부키좌는 2014년에 개장 공사를 마친다고 한다. 하쿠힌칸 토이파크까지는… 우리 걸음으로 1, 20분은 족히 걸어야 할 것 같아서 생략하기로 했다.

하쿠힌칸은 스물네 살 때인가, 인형 회사 전무와 처음 가봤었는데, 엄청나게 큰 규모에 깜짝 놀랐었다. 그런데 몇 년 전 정하랑 같이 갔을 때는 기억 속에서처럼 그렇게 크지 않아서 놀랐다. 이번에 다시 갔더라면 또 어떤 느낌이 들었을지.

터덜터덜 역으로 되돌아오는 길에, 허름한 문방구 같은 곳에서 문구와 팬시류를 절반 값으로 팔고 있는 걸 발견했다. 이토야에서 쇼핑을 자제했던 우리는 '반값'에 반해서 정하는 친구들에게 줄 선물을 사고, 나는 아까 못 산 편지지 세트를 몇 개 골랐다. 갈수록 새 편지지는 쌓여가고, 편지 쓸 사람은 없어져가고, 이제 슬슬 편지지와 정을 끊어야 할 때가 되지 않았나 싶지만.

에도 시대에 최고의 번화가였던 긴자. 어쩌면 옛것과 새것이 그렇게 우아하게 조화를 이루고 있는지. 늘 바쁜 일정 속에 점만 찍고 가거나 아니면 아직 젊을 때여서 별로 그 매력을 느끼지 못했는데, 사십 중후반에 찾아온 긴자가 이렇게 마음에 드는 걸 보니 역시 긴자는 '어른들의 거리'인 모양이다. 물론 그 앞에는 언제나 '화려한'이라는 수식어가 붙지만.

긴자에 와서 몇 시간을 걷는 동안 청소년의 얼굴이 아주 해맑았다. 갈수록 웃음도 많아지고 말수도 많아지고 아주 밝고 건강한 청소년이 나를 따르거나 인도하고 있었다. 그 이유는 아마도… 그날 저녁에 서울로 돌아가기 때문이었을 듯.

우리 또 여행 가면 좋겠다

도쿄에서 서울로

돌아오는 비행기는 하네다 공항에서 저녁 8시 40분에 있었다. 아침에 체크아웃을 하며 호텔에서 리무진 버스를 예매해놓고, 버스 시간이 되기 전까지 부지런히 돌아다녔다. 도쿄에 와서 가장 즐겁고 알차게 보낸 하루였다. 여행 끝물에야 정하의 컨디션이 좋아진 것도 큰 이유고, 막상 떠날 날이 되니 개학 전날 아이들처럼 밀린 방학숙제 하는 기분으로 촌음을 아끼며 다니기도 했고, 무엇보다 신바시 스테이크와 긴자 나들이라는 일정이니 즐거울 수밖에 없었다. 둘 다 빨리 일주일이 가기를 바랐지만, 막상 떠날 날이 되니 며칠 더 있었으면 하는 생각이 간절했다. 어째서 갈 때가 되니 힘이 나는지. 무엇보다 가장 중요한 일이었던 '마트에서 장보기'를 못했다. 호텔 근처에는 변변한 슈퍼마켓도 하나 없어서 꼭 사가려고 마음먹었던 것들을 하나도 사지 못했다. 정하도 그제서야 그동안 쇼핑을 제대로 하지 않은 걸 후회하는 빛이었다. 반대로 나는 정하 덕분에 경비를 많이 절약해서 고마운 마음이 컸다(뭔가요, 이 공영방송의 일일드라마 마지막 회 같은 훈훈한 분위기는).

호텔 앞에서 하네다 공항으로 가는 리무진 버스를 타자마자 정하는 잠에 곯아 떨어졌다. 창밖으로 보이는 어둠 속의 도쿄타워가 얼마나 아름다웠는데, 오색으로 반짝거리는 오다이바의 관람차가 얼마나 아름다웠는데. 나중에라도 보여주고 싶어서 부랴부랴 카메라를 꺼냈지만, 움직이는 차 안에서 찍은 야경이다 보니 심령사진이 따로 없더군요.

밤이 진하게 깔린 하네다 공항에 내린 우리는 일단 체크인부터 하고, 그다음에 리무진 버스표 파는 곳으로 갔다. 그렇다. 오던 날 잃어버린 버스표! 그걸 찾은 것이다. 에헤라디야.

왜 그럴 때 있지 않나. 그냥 놔두면 될 걸 꼭 잘 챙긴다고 챙겼다가 어디 있는지 몰라 못 찾을 때. 이 버스표도 그렇게 몇 번을 뒤졌던 숄더백에서 나왔다. 점선이 있는 부분대로 접어 숄더백 속의 핸드폰 넣는 공간에 넣어두고는 못 찾은 것이다. 나름 이유는 있었다. 반으로 접힌 버스표 뒷면이 하필이면 호텔인가 어딘가 할인 쿠폰이었다. 여행사에서 책자 보내줄 때 같이 보내는 그런 쿠폰들 같은. 어딜 어떻게 봐도 전혀, 절대로, 리무진 버스표로 보이지 않았다. 그래서 그걸 뻔히 보면서도 버스표라고 생각하지 못했던 것이다. 덕분에 여행 내내 표를 끊을 때마다 안 잊어버리도록 신중, 또 신중을 기하며 챙기게 됐으니 좋은 경험을 했다고 치자. 물론 그것 때문에 여행 초장부터 기분 잡치기는(어머, 이런 속된 표현을) 했지만. 구두쇠 청소년이 날려버린 줄 알고 살 떨려 했던 버스비 2,400엔을 무사히 찾아서, 공항 식당인 스카이키친에서 우동과 스시를 먹으며 마지막 도쿄를 음미하고, 면세점에서 지인들에게 줄 과자 선물도 몇 개 사고, 드디어 파란만장한(혹은 지리멸렬한) 도쿄 여행을 마치고 비행기에 올랐다. 오던 날의 음울함은 흔적도 없이, 여행 마지막 날의 서운함이라곤 눈곱만치도 없이 서울 간다고 까악까악 원숭이처럼 신난 청소년, 비행기 타자마자 또 잔다. 일주일 동안 늦게 기상하고 일찍 귀가한 탓에 호텔에서도 꽤 주무신 것 같은데 말이다. 마치 그동안 아침 일찍부터 밤까지 우루루 끌려 다니느라 고생한 패키지여행 관광객처럼 정신없이 주무시느라 기내식도 못 먹었다. 식사를 하고 타서 어차피 먹지 않았을 테지만.

해외 전지훈련(?)의 성과

무사히 김포공항에 내려 집으로 오는 지하철 안에서는, 비행기에서 푹 자서 눈동자 초롱초롱해진 청소년이 계속 수다를 늘어놓았다. 누가 보면 정말 즐겁게 여행을 다녀오는 모녀 같아 보였을 것이다. 정작 도쿄에서는 어딜 다녀와도 소감 한마디 얘기하지 않더니 이제 와서 하라주쿠의 크레페가 어쩌고, 시부야의 하치코가 어쩌고, 미타카의 옛날 집이 어쩌고 재잘거린다. 주위에 사람이 없었기에 망정이지, 아마 누가 들었으면 도쿄에서 방사능 잔뜩 묻혀 왔을까봐 피하지 않았으려나.

밤 12시가 다 된 시간에 도착해서 무거운 캐리어를 들고 지하철역 긴긴 계단 올라갈 때는 '아, 쓰는 길에 택시비 몇 만원 더 쓰고 편하게 올걸' 후회했지만, 구두쇠 청소년에게 그게 어디 가당키나 한 소린가. 무겁지도 않은지, 서울에 와서 신난 정하는 같은 무게의 캐리어를 들고 계단을 신나게 올라갔다. 나는 그 뒤를 낑낑거리며 올라가고 있는데, 어디선가 번개처럼 나타난 청년이 내 캐리어를 번쩍 들더니 계단 위까지 날라다 주고 고맙다는 인사를 할 겨를도 없이 후다닥 내려가는 게 아닌가. 오오, 밤중에 그런 온정의 손길이 뻗치다니! 정하와 나는 '아직도 살 만한 세상'이라며 한참이나 감동했다. 그래, 여행이란 게 이런 미담이라도 있어야지. 그랬지만 여긴 여행지가 아니라 우리 동네. 어쨌든 여행의 시작은 지랄 맞았지만, 마무리는 나름대로 훈훈했다.

여행을 다녀온 다음 날, 나는 여행의 피로로 몸살이 나서 종일 먹지도 못하고 시체처럼 널브러져 있었다. 집에서 쉬는 사람도 이렇게 힘든데 몇 시간 잠도 못 자고 새벽에 혼자 일어나 학교에 간 정하는 얼마나 괴로울지. 보건실에서 좀 쉬면 좋을 텐데 쉬었으려나? 야자라도 빼먹고 오면 좋을 텐데 일찍 오려나? 아픈 와중에도 온통 애 걱정이었는데, 정작 정하는 야자까지 하고 밤 11시가 넘어서 씩씩하게 돌아왔다.

분명 집에 돌아오자마자 힘들어 죽겠다며 쫙 뻗을 거라 예상했더니, '내가 언제 여행 갔었어?' 하듯이 쌩쌩했다. 아니, 이것이 도쿄에서 일주일 내내 다 죽어가던 그 청소년이란 말인가? 오후 6시만 되면 힘들어 죽겠다고 호텔 가자고 보채던 그 청소년? 보건실에 가기는커녕 되레 며칠 뒤에 가는 수련회에 장기자랑 구성을 해서 애들한테 안무를 가르치고 왔단다. 어지간한 걸그룹 안무는 다 꿰고 있는 춤사랑 청소년다운 짓이긴 했지만, 그래도 분명 도쿄에선 걸어다니는 산송장이었는데 오자마자 이게 무슨 돌변인지. 이것은 대체 어디서 나온 초인적인 힘인지. 그 정신으로 여행에 협조해주었더라면 얼마나 모녀 간에 사랑이 꽃피었을까요.

정하는 도쿄에서 온 뒤 휴일에도 쉬지 않고 학교에 나가서 아이

좋은 사람이다!!
멋지다!
살만한
세상이야

들에게 춤을 가르쳐주다 수련회를 갔다. 그리고 장기자랑에서 자기네 반이 1등 했다고 문자를 보냈다. 자식이지만 참 알다가도 모를 인간이란 생각이 들었다. 정하한테 이렇게 리더십이나 적극적인 성향이 있는지 몰랐다. 유치원 재롱잔치 때는 부끄러워서 무대 한쪽 구석에 징징 짜며 서 있던 아이였는데 말이다.

나는 여행 다녀온 뒤로 거의 한 달 이상 후유증으로 갤갤거리며 제 컨디션을 찾지 못해 애를 먹었는데 정하는 반대였다. 여행지에서 조금만 걸어 다녀도 힘들어 해서 우리나라 청소년 체력 참 문제 있다고 하지 않았던가. 대체 이 넘치는 에너지의 근원은 무엇일까. 설마 도쿄 여행보다 학교 생활이 쉬웠어요, 인가?

"그러게. 나도 그때 왜 그랬는지 모르겠어."

도쿄에서는 왜 그랬냐고 물어보았더니 이런 대답이 돌아왔다. 미친 사춘기 호르몬이 갑자기 그 시기에 발작을 일으킨 것이었나. 여행을 다녀온 뒤 성적이 놀라울 정도로 올랐고, 표정에 자신감이 넘치게 된 것은 오비이락일 거라 생각하지만, 결과물로 봐서는 여행이 아니라 극성 엄마의 성적 올리기 위한 해외전지 훈련이 돼버렸다. 심지어 텔레비전에서 하는 고교생 퀴즈프로에 나가서 3등 하는 사고를 치기까지 했으니 해외전지 훈련의 성과 끝내준다.

즐거웠든 즐겁지 않았든 힘들었든 힘들지 않았든 여행이란 것이 뇌에 긍정적인 자극을 주었던 것은 분명한 사실인 것 같다.

엄마, 우리 또 여행 가면 좋겠다

사춘기 딸과 떠난 도쿄 여행. 재미있고 신나는 여행과는 거리가 멀어도 아주 멀었다. 그 원인을 꼽자면 무엇보다 가이드가 길치여서 딸이 짜증났을 거라 생각한다(여행지에서 깃발 들고 다니는 가이드 분들 존경합니다). 알찬 여행을 하기 위해 생업을 팽개치고 짠 일정표를 제대로 활용하지도 못하고(흑흑), 활용하지도 못한 주제에 이런 소리 하긴 그렇지만 일정표 자체가 재미없었던 것 같기도 하다. 아이가 좋아하는 곳 위주로 갔더라면 좀 더 협조적인 동반자 노릇을 해주었을지도 모를 텐데. 아, 그러나 아이가 가고 싶어한 디즈니랜드는 비용이 많이 드는 게 큰 단점이고, 하루를 통째로 써야 하니 비효율적이고, 무엇보다… 아기 때부터 몇 차례나 간 탓에 지겨워서 난 별로 가고 싶지 않았다. 하지만 디즈니랜드를 한 번도 가본 적이 없는 도쿄 여행자라면 꼭 권하고 싶은 곳 넘버원. 그곳은 신세계다. 정하 말로는 미국 디즈니랜드보다 한참 시시하다고 하지만(그러면서 왜 가고 싶어하냐고요). 참고로 도쿄에서 두 번째 추천하고 싶은 곳은 오다이바. 오다이바 역시 볼 것 많고 아름답고 멋진 곳이지만, 자주 갔던 곳이어서 이번에는 가지 않았다(세 번째 추천하고 싶은 곳은 이 책에 나오는 곳들입니다. 하하).

하라주쿠나 시부야 같은 젊은이들의 거리에 가면 좋아할 줄 알았는데, 의외로 이 청소년 가장 반응이 시들했던 곳이 이런 곳이었다. 하필 가는 날 날씨가 흐렸던 탓인지는 모르지만, 유감스럽게 모녀의 갈등이 가장 고조됐던 곳들이다. 시부야 한복판에 버리고 오고 싶을 정도로.

두 번째 원인은 '사춘기 호르몬의 발작'이 아니었을까. 보는 것마다 신기해하고, 재미있어하고, 궁금해했던 어린 시절과 달리 고딩은 뭘 봐도 시큰둥, 뭘 해도 시큰둥이다. 맛있는 음식을 먹을 때 잠시 즐거워하며 눈을 반짝이다가 다 먹고 나면 이내 사춘기 호르몬이 발작을 일으키는지 얼굴에 굵은 빗살무늬 칙칙칙. 물론 초반의 한 사흘 정도이긴 했지만.

아아, 어찌 됐건 되도록 고등학생 자식하고 떠나는 해외여행은 권하지 싶지 않다. 아직 사춘기가 오지 않은 맑디맑은 청소년이라면 모를까. 조석으로 달라지는 컨디션에 부응하려면 부모 속 다 썩는다.

그런데 희한한 일도 다 있다. 분명 우리는 '절대 같이 여행하지 않을 것'이라고 서로 치를 떨며 돌아왔다. 아마 신혼부부였더라면 공항에서 헤어졌을지도 모른다. 너랑 절대 못 살아! 하면서. 음, 그런 분들에게 조심스럽게 말한다. 그냥 살아도 될지 모른다. 시간이 지나 흙탕물이 흙과 물로 분리됐을 때, 차분히 그 흙의 성분을 분석하다 보니 내 잘못과 네 잘못이 보였다. 이번 여행에서 잘못했던 점과 잘했던 점이 보였다. 우리는 거기에 대해 얘기를 하진 않았지만, 서로 느끼는 게 있었던 것 같다. 다시 여행을 간다면 삽질도 덜 하고 훨씬 재미있게 다녀올 수 있을 텐데, 하는 생각이 들었을 때, 정하도 슬며시 다가와 "엄마, 우리 또 여행 가면 좋겠다"라고 했다.

우리 모녀는 길치일 뿐 아니라 머리까지 나쁜 모양이다. 다시는 같이 여행 가지 말자고 했던 맹세를 잊고 또 어디론가 떠나 그곳에서 길을 헤매고 길을 찾으며 또 하나의 추억을 만들고 싶어 하고 있다. 남은 고등학교 생활은 수능 공부로 불태울 테고, 다음 여행은 아마도 멋진 여대생이 된 정하가 가이드를 하겠지. 아, 설렌다.

이 집에서 점심 먹기

음식 이야기

스시, 샤브샤브, 야키소바, 우동, 야키니쿠, 패밀리 레스토랑의 여러 가지 메뉴…. 도쿄 가기 전에 정하랑 꼭 먹고 오자고 꼽았던 것들이다. 서로 가느니 마느니 하며 티격태격하다가도 이 음식들 얘기만 나오면 급 분위기가 훈훈해졌다. 우리한테 여행의 즐거움은 관광보다도 맛있는 음식을 먹는 데 있었다. 아마도 지금까지 읽어오신 분들은 이 말에 "웃기고 있네" 하고 코웃음을 치지 않을까 싶지만. 그러게 말이다. 그렇게 먹고 다닌 주제에 잘도 이런 소리를 하고 있다. 아침은 규동 같은 걸로 때우거나 거르거나. 점심과 저녁 중 한 끼만 제대로 먹는 날도 있고 안 그런 날도 있고. 중간에 간식이라도 하나 사먹은 날에는 호텔에 그냥 돌아와서 밤늦게 편의점 도시락으로 때우고. 돈이 없어서 그러고 다녔으면 얼마나 불쌍했을까. 모녀가 위소胃小한 탓에 어쩔 수 없었다. 동행이 구두쇠여서 더 어쩔 수 없었고.

그래서 제대로 된 식당에서 제대로 된 식사를 한 것은 딱 세 번뿐. 그나마도 일정표에 '이 집에서 점심 먹기'라고 적어 놓아서 일정표대로 가느라 먹었던 것이지 그렇지 않았더라면 이마저도 못

챙겨먹었을 것이다. 일정표에 적은 것은 다음 세 곳이었다.

1. 신주쿠 역 동쪽 출구에서 도보 3분 샤브샤브 '나베조'
2. 신주쿠 역 동쪽 출구에서 도보 2분 야키니쿠 '사카이'
3. 신바시 스테이크 하우스 'Volks'

샤브샤브와 야키니쿠

'나베조'라는 곳은 샤브샤브와 스키야키 전문점이다. 샤브샤브나 스키야키는 싼 음식이 아니어서 마음 편하게 먹기는 좀 부담스럽지만, 이곳은 1,980엔에 무한리필하여 먹을 수 있는 집이다. 이거 도쿄 가는 서민들에게 굉장히 유용한 정보인데, 이곳을 알려준 사람은 지역구민을 따라 먼저 가본 정하였다.

"엄마, 신주쿠에 샤브샤브 다베호다이(무제한 뷔페) 집이 있더라. 다음에 갈 때 엄마도 꼭 가보자."

그러면 뭐 하나요. 이 청소년 길도 모르고 가게 이름도 모르는데. 신주쿠에서 샤브샤브집 찾기라는 건 종로에서 삼겹살집 찾기나 마찬가지 아닐까. 할 수 없이 청소년이 같이 갔던 지역구민에게 직접 물어서 '나베조'鍋ぞう라는 이름을 알아냈다. 그리고 인터넷을 검색하여 대충 위치를 파악했다.

날씨도 흐릿한 그날, 몸은 안 좋았지만 그래도 간만에 식사다운 식사를 한다는 기쁜 마음으로 '나베조'를 찾아 나섰다. 신주쿠 역 동쪽 출구로 나가서 "여기서 어디로 가?" 하고 정하에게 물었더니 "잘 모르겠어"라고 했다. "네가 간 데가 신주쿠 점은 맞아?" 물었더니 "그러게"라고 했다. 이 왕길치 청소년을 믿었던 건 아니지만, 나는 어째서 동쪽 출구에서 도보 3분이라는 애매한 설명만 적어왔을까. 어느 쪽으로 어떻게 걸어가란 말인가. 택시 운전사한테 물어도 모르고, 지나가는 사람한테 물어도 모른다. 하긴 신주쿠 역 앞을 지나가는 사람 중 신주쿠 지리를 잘 아는 사람들이 얼마나 되겠는가. 광화문 교보문고 앞에서 일본인이 "경복궁 어디로 갑니까?" 묻는데 "글쎄요" 했던 아줌마인지라, 그들의 심정 아주 잘 압니다.

우여곡절 끝에 가게를 찾아간 건 도보 3분 거리를 20분쯤은 헤맨 뒤였다. 헤매다가 '마쓰모토 키요시'에 들어가서 감기약을 사며 물어보았더니 가르쳐주었다. 역시나 우리는 그 주위에서 헤매고 있었다. 가게 간판 바로 앞에서 "엄마, 바로 여기야!" 하고 또 콜럼버스처럼 외치는 청소년. 아무리 삽질 연속의 여행이긴 했지만, 명색이 일어 번역가인데 설마 그 간판 하나 못 읽겠니, 딸아.

가게에 도착한 시간이 12시가 지났다. 집에서야 그 시간에 아침을 먹고 하루를 시작하는 게 일상적인 아줌마이지만, 여행 온 사람이 하루를 너무 늦게 시작하는 것 같지 않은가? 맞다. 덕분에 그날 일정 중 한 곳은 포기해야 했다. 겨우 맛있는 집을 찾아왔는데, 일정대로 움직이려면 샤브샤브를 규동처럼 허겁지겁 먹고 나가야 한다. 일본 와서 처음으로 제대로 먹는 음식인데, 게다가 무제한 뷔페인데 그럴 수는 없었다.

깔끔한 인테리어의 '나베조'. 200엔을 추가하면 샤브샤브와 스키야키 두 가지를 같이 먹을 수 있다고 주문 받으러 온 종업원이 설명해주었다. 그러나 우리는 샤브샤브만 먹기로 했다. 주문을 받고난 뒤 가방에 국물이 튀지 않도록 일회용 부직포를 씌워주고 가는 배려에 살짝 감동했다. 기본은 일단 깔끔하게 차려주고 채소 리필은 셀프, 고기 리필은 종업원에게 주문하면 된다. 싼 가격이 말해주듯이 호주산 쇠고기는 그리 양질은 아니었지만, 맛은 그럭저럭 괜찮았다. 우리는 리필을 두 번 정도 시키고 끝냈다. 아침이라(물론 시간상으로는 낮 12시가 지났지만) 고기가 별로 당기지 않았다. 우리같이 먹는 사람도 있어야 이런 뷔페 장사가 망하지 않겠지?

나베조. 차분하고 깔끔한 분위기에 친절한 서빙도 좋았고, 맛만 착한 가격에 양보하면 제법 괜찮은 집이다. 다음에 도쿄에 가면 또 찾을 것 같다. 혹시라도 이 미친한 글을 읽고 가고 싶은 마음이 드는 분들을 위해 길을 가르쳐 드리자면, 지하철 신주쿠산초메 역 A5출구에서 1분 거리이고, JR 신주쿠 역에서 내리면 동쪽 출구에서 5분 정도(다리가 짧은 우리 걸음 기준임) 걸린다. 공식적으로는 물론 3분 거리. 대로에 서서 츠타야TSUTAYA라는 큰 건물의 간판을 찾은 뒤 그쪽으로 가면 된다. 눈이 나빠서 잘 안 보이면 동네사람들에게 "이세탄 백화점 어디에요?" 하고 물어보세요. 이세탄 백화점 건너편이니.

2번의 야키니쿠집 '사카이'. 이 집은 야후 재팬에서 검색한 맛집이었다. 야키니쿠집이라 하면 물론 한국음식집이다. 겨우 일주일인데 한국음식 정도 좀 참지 뭐하러 맛집까지 찾아서 가냐고 할지도 모르지만, 아, 그게 말입니다. 맛이 달라요. 야키니쿠집에서 구워먹는 고기를 과연 '한국음식'이라고 할 수 있을지. 소스도 다르고 맛도 다른데. 요즘은 우리나라에서도 '일본식 야키니쿠'라는 간판이 붙은 집이 더러 보인다. 역시 야키니쿠가 순수 한식은 아니란 얘기. 우리가 보통 고깃집에서 먹는 것과는 맛도 소스도 불판도 다르다. 그래서 정하와 내가 일본에 가면 꼭 먹고 싶어하는 음식 중에 이 야키니쿠가 있다.

신주쿠 역 동쪽 출구를 나와서 도보 2분이라고만 적어놓았지만, 가부키초 초입이라는 정보가 있어서 찾기 쉬울 것 같았다. 그러나 한 번에 찾아가면 스릴이 없을까봐 그랬나. 주변을 뱅글뱅글 돌며 헤맸다. 으음, 동쪽 출구로 나와서 길을 찾아갔으면 쉽게 찾았을 텐데, 셔틀버스가 선 서쪽 출구에서 걸어왔기 때문에 헤맸던 게 아닌가 싶다. 왜냐하면 신주쿠 역의 서쪽 출구에서 동쪽 출구로 간다는 것은(그것도 역 구내에서가 아니라 밖에서) 길치에게 상당히 난이도가 높은 일이거든요(라는 길치다운 변명).

돌고 돌다 환경미화원 아저씨를 발견하고 길을 묻고 있는데 대각선으로 보이는 건물에 '사카이'라는 간판이! 그러게. 하늘에 사는 분들이 우리 모녀를 보면서 "재들 또 몸 개그 하네" 이러면서 즐거워했을 것 같다. 꼭 그 집만 피해 다니며 뱅글뱅글 돌다가 그 집 앞에 다 와서야 길을 물어보고 있으니. 그러나 찾아서 신났다고 올라간 집은 폐업인지 휴업인지 영업시간이 오후부터인지 문을 닫았고. 아악.

가부키초에서 낮 12시란 시간은 아침이나 다름없다. 워낙 밤의 환락가인 거리여서 지나다니는 사람도 별로 없고 열려 있는 식당도 별로 없다. 그러나 어딘가 또 다른 야키니쿠집이 있을 거란 희망에 굶주린 배를 안고 돌아다니다 찾은 곳. 청강원淸江苑. 사실은 여행을 다녀온 뒤 사진을 확대해서 보며 간신히 찾은 이름이다. 당시에는 배가 고파서 가게 이름, 가게 위치 따위 확인할 겨를이 없었다. 야키니쿠집이 있다는 사실만으로 오아시스를 찾은 것 같았으니까.

지나다니는 사람이 별로 없으니 가게 안에도 손님이 없다. 그리 넓지 않은 야키니쿠 가게에서 이탈리아 레스토랑 지배인처럼 나비넥타이에 까만 조끼, 하얀 와이셔츠 차림의 키가 큰 점장(으로 보이는 사람)이 자리를 안내해주었다. 엄청 많은 종류의 메뉴 중에 갈비 런치와 모둠 고기 런치를 주문했다. 너무 손님이 없어서 왠지 맛이 좀 불안하네 생각하고 있는데 의외로 푸짐한 밑반찬이 나왔다. 콩나물 무침, 상추 겉절이, 연두부, 김치, 미역국. 먹어보니 대개 야키니쿠집의 한국음식은 뭔가 20% 부족한 짝퉁 맛인데 아주 맛있기까지 한 게 아닌가. 하긴 허기진 탓에 돌이라도 맛나게 씹었을 테지만, 그걸 감안해도 맛있었다. 평소 이런 반찬들을 잘 먹지 않는 정하도 완전 맛있다고 감탄했다. “그 집 반찬 정말 맛있더라. 또 먹고 싶어” 하는 얘기를 며칠 동안 했을 정도로. 아마도 짝퉁 맛이 아니라 전형적인 한국음식 맛이어서였던 것 같다. 주방장이 혹시 교포나 한국사람 아닌가 모르겠다. 다녀와서 글을 써야 하는 처지이니 점장에게 넌지시 물어봐야 했겠지만 워낙 수줍음 많은 아줌마여서 말입니다.

다른 야키니쿠집과 시설 면에서 별 차이는 없었지만, 고기도 맛있고 무엇보다 밑반찬이 그렇게 맛있었던 건 처음이어서 이 집도 다음에 신주쿠에 가면 또 갈 것 같다. 그렇지만 이리저리 헤매다 찾은 집이어서 도무지 어디쯤에 있었는지 모르겠다. 가부키초를 헤매다 보면 어딘가에 있으려나.

이랏샤이!
오아시스가…
밥이다!

스시와 우동

이번 여행에서 가장 아쉬운 것은 스시를 실컷 먹지 못했다는 사실. 이유는 간단하다. 회전스시집에나 가야 실컷 먹을 수 있는데, 배가 고플 때는 주위에 회전스시집이 없었다는 것, 회전스시집 앞을 지나갈 때는 배가 고프지 않았다는 것. 배가 고프고 주위에 회전스시집이 있었을 때도 있지만(롯폰기 힐스에 갔을 때) 너무 비싼 집이었다는 것. 이번에는 꼭 비싼(?) 스시를 먹기로 했지만, 말했듯이 구두쇠 청소년이 거부하였다는 것. 그래서 도통 스시를 먹을 기회가 없었다.

그러다 서울 오기 전날 밤에야 호텔로 돌아오는 길에 적당한 가격의 회전스시집을 발견했다. 진작 못 본 것을 통탄하며 두 곳 있는 회전스시집 중 한 집에 들어갔다. 폐점 시간이 가까운 탓인지 가게에 손님도 별로 없고 컨베이어 벨트 위에 돌아가고 있는 스시도 별로 신선해 보이지 않았다. 우리는 포장을 해가기로 했다. 포장을 하면 새로 만들어서 주니까 신선한 스시를 싸가서 편하게 널브러져 먹을 수 있다. 먹을 때마다 주문을 하면 되긴 하지만, 아줌마가 또 그런 것 몹시 쑥스러워한다…. 분위기를 즐기며 그 자리에서 먹는 재미도 있겠지만, 파장 분위기라 그 재미를 포기해도 그리 아쉽지 않을 것 같았다.

포장을 해가겠다고 하니, 아주머니가 한글로 된 스시 메뉴판과 주문지를 주었다. 아아, 이 아주머니, 일본어 못하는 일어 번역가란 걸 아셨나. 늘 일어로만 보던 스시 메뉴를 한글로 보니 어찌나 헷갈리던지.

무엇을 먹을지 고르면서 우리는 여행 와서 처음으로 세상에서 제일 사이좋은 모녀가 되었다. 역시 좋아하는 음식 앞에서 사람은 한없이 착해지는 모양이다. 참치나 새우 같은 기본 스시 150엔, 스시 중에 갑인 '오토로'(참치의 뱃살 부분)가 500엔인데, 정하는 내가 그걸 주문해도 전혀 제지를 하지 않았다. 그동안 너무 아껴 써서 엔화가 많이 남았으니 이제 사먹어도 된다고 생각한 것인지, "이런 건 일본 왔을 때 먹어봐야 돼. 이거 입에 넣자마자 사르르 녹잖아" 하는 내 유혹에 넘어간 건지는 모르겠다. 하지만 나중에 오토로를 먹으며 그때 정하가 말렸어야 되는 건데! 하는 생각을 뼈저리게 했

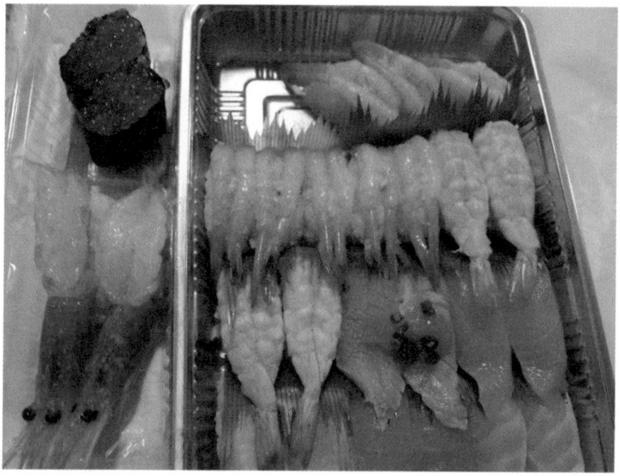

다. 고른 메뉴 중 가장 비리고 맛이 없었다. 500엔에 고급 오토로를 기대하는 게 무리였던 듯.

둘 다 가장 좋아하는 스시는 새우 종류다. 특히 생새우(아마에비)를 좋아한다. 고맙게도 스시집에서 가장 기본 가격의 스시여서 마음 놓고 먹을 수 있다. 스시를 좋아한다고는 해도 나는 먹는 것에 모험하는 걸 두려워하는 편이라 늘 먹던 것만 먹는다. 광어, 도미, 연어, 새우, 참치 정도가 한계. 정하는 스시킬러답게 이것저것 잘 먹는 편이다.

호텔 1층에 있는 편의점에서 캔맥주와 사이다를 사와서 침대 위에 스시와 함께 차려놓고 먹으니 그야말로 만찬이었다. 이렇게 맛있는 걸 못 먹고 갈 뻔했네 하면서 어찌나 행복하게 먹었는지.

두 번째로 스시를 먹은 건 하네다 공항에서 비행기를 타기 전이었다. 비행기 개찰구 바로 위에 있는 식당인 '스카이키친'은 공항인데 비해 가격도 그리 비싸지 않고 맛도 훌륭하다. 하네다에서 돌아갈 때면 꼭 이곳에서 스시와 우동을 사먹는데 마지막으로 즐기는 일본 음식이 이렇게 맛있다 보니 돌아와서도 그 맛이 그리워지는 것 같다. 게다가 이번에는 스시도 실컷 먹지 못했지만 우동은 아예 먹지 못해서, 비행기 시간이 얼마 남지 않았는데도 꾸역꾸역 뜨거운 우동을 주문해서 혀 천장 데어가며 먹었다. 아, 역시 끝내주는 국물. 시간이 없어서 그만 가자고 일어서면서도 정하는 국물에 대한 미련을 버리지 못했다(인간아, 평소 사먹자고 할 때 좀 사먹지).

먹느니 마느니 해도 패밀리 레스토랑에 가지 못한 것 빼고는 그래도 대충 소기의 목적은 달성한 듯싶네. 방사능 때문에 일본 식자재도 사지 않는 주부들이 보기에는 우리 모녀가 참 무모하고 철없어 보일지도 모르겠지만, 어차피 각자의 가치관 차이.

호텔과는 밀당을 할 수 없다

숙소 정하기

도쿄에 갈 때는 휴식을 취하러 가는 게 아니니 고급 호텔은 아니어도 되지만, 일본의 비즈니스호텔은 좁아도 너무 좁다. 아무리 잠만 자고 나온다 해도 성냥갑 속에 갇힌 기분이 들어 답답하기 그지없다. 몇 해 전, 정하랑 도쿄에 갈 때 경비를 최소한 줄이느라 싼 비즈니스호텔을 이용한 적이 있는데, 방에 들어서자마자 "헉!" 소리가 나도록 실내가 좁았다. 여행 기분을 망치기에 충분한 면적이었다. 그전까지는 타인의 도움이었지만 특급 호텔만 이용했던 터라 더욱 그랬을지도 모르겠다. 그 기억이 아주 진하게 남아 있어 여행사 홈페이지에서 에어텔(항공+호텔) 상품을 고를 때, 비즈니스호텔이어도 좀 괜찮은 곳을 고르려고 한다.

그래서 정한 곳이 도쿄도청 앞의 W호텔이었다. 정하는 잠만 잔다는 사실을 강조하며 좁으면 어떠냐고 더 싼 곳으로 가자고 하더니, 막상 이곳을 예약했다고 하니 "우와, 좋아라" 하며 기뻐했다. 머리로는 싼 호텔로 가서 경비를 줄여야 한다고 생각하지만, 지 마음이 내 마음이지 어디 코딱지 같은 호텔방에서 쉬고 싶겠는가. 이곳도 겉으로는 어마어마하게 좋은 호텔 같아 보이지만, 그래봐야 비즈니스호텔. 1,500개의 방 중에는 비싸고 좋은 방도 있지만(특히 신관 쪽에는), 저렴하고 좁은 방도 많다. 우리는 당연히 후자 쪽을 이용한다. 아주 작은 창을 열면 전망이라고는 전혀 없고 잿빛 건물만 보이는 방이다.

우리가 이 호텔을 선호하는 것은 앞에서 얘기했듯이 공항에서 호텔까지 직통 리무진 버스가 있다는 것이 가장 큰 이유고, 호텔에서 신주쿠 역까지 100엔 셔틀버스가 다닌다는 것이 두 번째 이유고(오후 7시까지만 다니지만), 에어텔 상품이어서 명성에 비해 호텔비가 비싸지 않다는 것이 세 번째 이유다. 이건 순전히 내 생각이지만, 몇 해 전에 이 호텔에서 살인사건이 일어나서 시끄러웠던 적이 있다. 혹시 그 영향으로 숙박객이 줄어들어 여행사에서 싸게 팔고 있지 않은가 싶으나, 전혀 근거 없는 생각이다.

예전에는 조식 뷔페가 괜찮다는 것이 네 번째 이유였는데, 환율 탓에 그건 제외되었다. 그런데 생각해보니 조식을 신청하는 것도 괜찮았을 것 같다. 조식 시간이 정해져 있으면 밥값 낸 게 아까워서 챙겨 먹으려고 일찍 일어났을 테니 말이다. 이 호텔의 조식 뷔페는 피크 시간에 가면 줄이 어마어마하게 길다. 6,000명을 수용하는 곳이다 보니 그럴 수밖에 없을 터. 그래서 전에 왔을 때는 줄 서지 않으려고 아침 7시쯤 가서 식사를 했다. 이번에도 그렇게 부지런을 떨었더라면 하루를 좀 더 길게 쓸 수 있었지 않을까. 역시 모든 일에는 일장일단이 있는 것 같다. 돈이냐, 시간이냐 그것이 문제…는 아니었다. 이 호텔의 조식 뷔페가 좀 인기가 있긴 하지만, 한 끼 1,500엔의 조식 뷔페는 위소한 모녀에게 아무래도 낭비.

무엇보다 이 호텔에 다시 온 이유는 익숙해서 편안하다는 것이었다. 적어도 역에서 내려 호텔까지 가는 길을 몰라 헤맬 일은 없었다. 늘 길을 헤매는 게 일인 우리한테 그건 중요한 사실이다. 그래서 망설임 없이 이 호텔을 숙소로 택했다. 몇 번 오다보니 그냥 내 집처럼 편해서 새벽에 100엔짜리(15분당) 인터넷을 하러 로비에 내려가도 무섭지 않았다.

그러나 이번 여행에서 절실히 깨달은 게 있다. 여행에서 익숙함이란 건 좋은 게 아니었다. 역에서 호텔 가는 길을 헤매지 않아도 되기 때문에 좋다고 생각했지만, 그렇지가 않았다. 늘 같은 길을 가는 것은 지겨운 일이었다. 호텔에서 잔다는 설렘이 아니라, 그냥 하루 일상을 마치고 집으로 가는 기분이었다. 새롭지가 않았다. 도쿄에 온 지 며칠이 지난 뒤 터덜터덜 호텔로 가는 길에 정하와 내가 자연스럽게 의견 일치를 보았던 것은 "다음에는 이 호텔에 오지 말자"였다. 교통도, 시설도, 전혀 아무 문제없는데(물론 방이 좁아서 좀 답답하긴 하지만, 방 면적이란 게 가격과 비례하는 것이니 불만은 없다), 단지 여러 번 묵어서 여행지 숙소의 설렘이 없다는 이유만으로 우리는 다음부터 그 호텔을 버리기로 합의를 본 것이다. 그러고 보니 남녀가 연애할 때와 비슷한 것 같다. 종종 드라마나 영화에서 이런 대사를 읊지 않는가. "이제 널 봐도 떨리지 않아. 우리 헤어져." 이게 여행지의 호텔에도 적용되다니. 호텔과 밀당을 할 수도 없고, 어쩔 수 없구나. W호텔, 안녕.

여행가방에 무엇을 넣나

가방 이야기

나에게 여행가방에다 뭘 넣고 다니느냐 물으면 나는 시원한 대답을 하지 못한다.

이병률의 『바람이 분다, 당신이 좋다』에서

이병률 시인의 『바람이 분다, 당신이 좋다』에서 '여행가방에 무엇이 있나'라는 소제목의 글을 읽다가 문득 우리의 여행가방을 떠올렸다. 나에게 여행가방에다 뭘 넣고 다니느냐 물으면 나는 완전 시원하게 대답할 수 있다. 뻔하지 않은가? 옷, 옷, 옷.

정하는 이번 여행에서는 사진을 많이 찍을 거라고 했더니 옷을 있는 대로 다 챙겨 넣었다. 나도 나름 여러 벌의 옷을 넣었다. 둘 다 인터넷 쇼핑몰을 뒤져 몇 벌의 옷을 더 사기도 했다. 누가 보면 "설마 저 얼굴들로 화보 촬영하러 가나?" 하고 어이없어 할 정도로 모델과는 거리가 먼 외모의 아줌마와 청소년은 여행가방을 옷으로 가득 채웠다. 외적 조건이야 어찌 되었거나, 그래도 우린 우리의 여행 얘기를 사진과 글로 남겨야 하니 어쩌면 서로 모델이 돼주어야 할지도 모른다 싶어서 옷을 여유 있게(너무 여유가 있었던 게 탈) 챙겨간 것이다. 그래서 평소 같으면 캐리어 한 개면 충분했을 텐데, 이번에는 각자 한 개씩 끌고 가게 됐다. 마치 스튜어디스 코스프레 하듯이.

여행에서 돌아오는 날, 나는 짐을 꾸리며 혼잣말처럼 구시렁구시렁 잔소리를 늘어놓았다.

"입지도 않을 걸 뭐하러 이렇게 많이 가져와 가지고선, 짐만 됐잖아. 네가 무슨 모델도 아니고, 이게 뭐야."

사실 나도 잔소리 할 처지는 아니었다. 둘 다 사진 찍히기를 좋아하지 아니하여 서로 모델이 되길 꺼린 탓에 매일 다른 옷, 예쁜 옷을 입고 나갈 필요가 없었다. 예쁘고 뭐고 그저 편한 게 장땡이었다. 그래서 가지고 간 옷 중에 제일 편한 옷만 여행 내내 입고 다닌 탓에, 그 많은 옷들, 특히 사진을 위해 인터넷 쇼핑몰에서 급구한 옷들은 캐리어 속에 처박힌 채 빛 한 번 보지 못했다. 아, 정하는 옷에 맞는 신발까지 따로 가져갔지만, 역시 땅을 밟아본 신발은 갈 때 신고 간 것 한 켤레뿐이었다. 쇼핑을 하니 안 하니 해도 돌아갈 때는 아무래도 짐이 늘어나게 마련이다. 짐 넣을 데도 없는데 입지도 않으면서 가져온 옷들을 보니 입에서 자동으로 잔소리가 튀어나왔다. 정하는 나보다 더 많은 옷과 신발까지 갖고 왔으므로 잔소리를 피할 수 없었던 것이다. 그런데 잔소리를 주절거리다 보니 그런 생각이 들었다. 어째서 엄마란 사람은 이렇게 잔소리를 하는 걸까? 아무 생각없이 주절거리다 문득 정신을 차리고 보면 같은 대사를 무한반복하고 있다. 아마도 다른 집 엄마들도 오십보백보일 듯한데. '어머니와 고등어'가 아니라 '어머니와 잔소리'라는 노래가 나와야 할 것 같다.

내가 그렇게 잔소리를 하는 스타일이 아닌데, 유독 왜 애한테만 잔소리를 할까 생각해본 적이 있다. 그런데 아무 이유 없었다. 그냥 '엄마여서'다.

(자자, 잔소리 집어치우고) 옷 말고 여행가방에 무엇이 있나. 화장품, 수첩, 일정표, 자료, 대충 그 정도? 혼자 청초하게 떠나는 여행이라면 폼 나게 책도 몇 권 넣었을지도 모르지만, 절대 책 읽을 시간은 없을 거란 걸 예상했다. 괜한 멋은 짐이 될 뿐이다. 옛날에는 컵라면이나 김치 같은 먹을 것도 넣어 왔지만, 장기간 있는 것도 아닌데 굳이 한국음식을 챙겨오는 건 여행의 즐거움을 줄이는 일이었다. 역시나 여행의 최고 즐거움은 여행지의 음식을 먹고 마시는 것이 아니려나(이런 말을 할 자격은 없습니다만).

돌아올 짐을 다 싼 뒤에 정하랑 이렇게 결론을 내렸다. 다음에 여행 갈 때는 옷은 최소한으로만 가지고 가자고. 정 필요하면 현지에서 조달할 수도 있는 게 옷이니(어디 간들 싸구려 옷집 한두 군데는 있을 터), 절대 여행가방을 옷으로 가득 채우지 말자고. 하루키 아저씨는 여행갈 때는 버릴 때가 된 옷을 모았다가 갖고 가서 시원하게 버리고 온다고 하더라만, 차마 여인네들이 버릴 때가 된 구질구

질한 옷을 입고 갈 수는 없는 노릇이니.

그럼 가방에 뭘 넣어 가느냐고요? 여행에 대한 설렘과 기대를 잔뜩…(아, 죄송합니다).

여행 전날, 짐을 싸려고 캐리어를 열어놓으면 강아지 나무가 제일 먼저 쏙 들어간다. 시간 없다고 나오라고 해도 절대 안 나온다. 언젠가 다녀온 여행냄새가 배어 있는, 그 아늑한 캐리어 속이 개님은 너무 좋은 모양이다. 짐을 챙기느라 이리저리 왔다 갔다 하다 보면 벌러덩 누워서 코까지 골며 자고 있다. 혹시 저 혼자 놔두고 떠날까봐 미리 들어가 있는 걸까? 라고 생각하기에는 우리 개님 그리 머리가 좋지 않다. 이루어지기는 힘들겠지만, 정하와 내가 정말로 여행가방에 넣어가고 싶은 목록 1호는 우리 나무다.